磅礴沙金

沈洋

著

作家出版社

图书在版编目（CIP）数据

磅礴金沙：金沙江下游水电开发移民纪实 / 沈洋著. -- 北京：作家出版社，2023.10
ISBN 978-7-5212-2258-6

Ⅰ. ①磅… Ⅱ. ①沈… Ⅲ. ①报告文学– 中国 –当代
Ⅳ. ①I25

中国国家版本馆CIP数据核字（2023）第056928号

磅礴金沙：金沙江下游水电开发移民纪实

作　　者：沈 洋
责任编辑：郑建华　夏宁竹
装帧设计：青研工作室
出版发行：作家出版社有限公司
社　　址：北京农展馆南里10号　　邮　　编：100125
电话传真：86-10-65067186（发行中心及邮购部）
　　　　　86-10-65004079（总编室）
E-mail:zuojia@zuojia.net.cn
http://www.zuojiachubanshe.com
印　　刷：中煤（北京）印务有限公司
成品尺寸：152×230
字　　数：205千
印　　张：15.25
版　　次：2023年10月第1版
印　　次：2023年10月第1次印刷
ISBN　978-7-5212-2258-6
定　　价：54.00元

▲乌东德电站远眺（宋大明／摄）

▼云雾中的向家坝电站（宋大明／摄）

▲白鹤滩电站全景（宋大明／摄）

▼溪洛渡电站大坝泄洪实景（宋大明／摄）

▲金沙江上最后的淘金人（宋大明／摄）

▼金沙江上最后的溜索（宋大明／摄）

▶溪洛渡电站建成后一江绿水的永善县码口（宋大明／摄）

▲ 向家坝水电站淹没区的移民新城绥江（宋大明／摄）

▲巧家县天生梁子移民安置区的早晨（宋大明／摄）

▲巧家县北门移民安置区（闫科任／摄）

▼巧家县蒙姑十里坪移民安置区（闫科任／摄）

▲白鹤滩电站大坝远眺（宋大明／摄）

题　记

　　高峡出平湖，千年黄汤变清流！在金沙江下游，云南省境内，自下而上先后筑起四道大坝：向家坝、溪洛渡、白鹤滩、乌东德。世界排名前八名、中国排名前五名的超级水电站，金沙江下游云南境内就坐拥四座，四座水电站的总装机容量，是三峡水电站的两倍。2023 年白鹤滩水电站全面投产，这标志着世界最大清洁能源走廊全面建成。大国重器傲然崛起，备受世人瞩目。

目　录

01. 乌蒙高原的磅礴

在乌蒙群山之巅俯瞰磅礴大地，这里的山川大气雄浑，尽显绵延巍峨之雄势；这里的江河奔腾浪涌，抖染巨龙逶迤之神韵。

乍一看，这国画一样的水墨山水似乎只适合悬挂于厅，供人赏玩。看，那勾、皴、擦、染，万般精确。光那"皴"法，或披麻皴、斧劈皴、折带皴，抑或牛毛皴、卷云皴、荷叶皴，灵动传神，令人叫绝。如此雄奇险峻之绝世景致似乎只适合仙风道骨之高人游山玩耍，祭天拜地，吟诗作赋，感悟人生。无论从土地之多寡、平整，土壤之润泽、肥沃来看，似乎都难以满足草根百姓吃饱穿暖、生息繁衍的基本生存条件。

要是不亲自走进这大山腹地，穿越金沙江下游数百里奇险峡谷，亲眼看到那沉甸甸的稻谷和玉米，黄澄澄的柑橘、白橘与脐橙，甜蜜蜜的蓝莓和葡萄，嫩悠悠的竹笋等果蔬，香喷喷的花椒和砂仁，白生生的魔芋和豆腐……外人有谁会想到，在这千万重皱褶般的大山里，竟然升腾起袅袅炊烟，竟然生活着近千万芸芸众生，竟然传承了千年之文化，竟然创造过辉煌的历史，竟然还筑起了向家坝、溪洛渡、白鹤滩、乌东德四座世界超级巨型大坝。

一个叫永善的小地方，就深藏在这万水千山之间。

自启动建设向家坝和溪洛渡两大超级水电站以来，在永善大地，书写了一部撼人心魄的移民史。为了国家战略，为了强国之梦，永善人民舍弃家园，阔别亲友，远走他乡，不得不在异乡的土地上探寻生存发展之路。

还清晰地记得，2013年7月，一个炎热的下午，一个偶然的机会，我们走进了这块神奇而博大的土地，纵横千里，深入腹地，亲近自然，探访移民。站在永善的大地上，我们的视觉，被宏大的山水所震撼，被壮观的金沙江所冲击，不得不暂停，放慢脚步，环顾四野，看一眼这磅礴大气与众不同的土地、山川与河流，感受它强劲的脉搏与平静的心跳，抚摸它古老的沧桑与悠远的宁静。

乌蒙山雄奇险峻，异峰矗立，金沙江玉带一般环绕其山脚，奔腾至溪洛渡，大地抬升，隆起一座雄浑厚重的大山，坡面平缓，地势开阔，白云笼罩，蓝天当顶，雾岚飘浮，宛如仙境。大自然在制造大山的同时，也鬼斧神工地造就了一道神秘的峡谷，至于这道峡谷何以在21世纪派上用场，在这峡谷中建设一座超级水电站，这也许是造物主都难以想到的一个问题。峡谷两岸，两道笔直的悬崖如两列巨型火车排山倒海般飞驰而来，一声汽笛长鸣之后，稳稳地停在了溪洛渡，成了一道天然石门，为巨型电站的建设创造了得天独厚的有利条件。这让人不免想起"天门中断楚江开"这样气势磅礴的千古绝唱来。金沙江浪滚潮涌，奔腾不息，气吞万里如虎，一泻千里，赛跑一样朝着太平洋的方向奔流。江左岸，是四川的大凉山和宜宾地界，雷波、屏山两县和江右岸的永善地界遥相呼应，两省人家一衣带水，一江之隔，相互通婚，互通有无，搭伙经商是家常便饭，从两岸人家或青瓦白墙或两层小洋楼里飘出的炊烟，不出一袋烟的工夫，就已在江心的上空融为一体。站在对岸喊一声，渡个船儿就可以过江串串亲戚吃顿江鱼。

永善县城所在的溪洛渡坐落在山腰上，四面环山，流泉飞瀑，山清水秀，树木葱茏，杂花生树，虫鸟齐鸣；远山青黛，头顶蓝天，薄雾轻绕，缥缥缈缈；房舍点缀，浓淡有致，诗意盎然，俨然一幅浑然天成的水墨画。就是在这样一个宛如母亲臂弯的温馨腹地，闪现出一个高低错落、风情万种的小山城。在修建溪洛渡水电站之前，这是一座流动人口很少，很安静、很悠闲的小县城。可现在不一样了，因了溪洛渡电站的修建，这里一下子成了万众瞩目的焦点。今天，站在永善县城后山的制高点上，放眼半山，一幢幢高楼拔地而起，一条条街道四通八达，这座生机盎然的江边山城释放出浓郁温润风情和无限魅力。正应了那句古话：山潮水潮不如人潮。成千上万的建设大军和随之而来的投资商及流动人员，似乎就在眨眼之间挤爆了永善县城，使得这个县城的主人不得不重新审视这座祖祖辈辈生活的小县城。水不够用了，路不够走了，来了客人住不下了……这所有的麻烦像约齐了串亲戚一样，挤上了溪洛渡人的眉梢。不过，溪洛渡人是最能够把问题摆平的，失眠几个夜晚之后，就有了主意和措施，县城就成了今天这个繁华的样子，成了名副其实的美丽县城。

施工期间，笔者曾到过溪洛渡，此时的溪洛渡已不再是当年蛮荒山野间的一座小县城了，溪洛渡成了一个大工地，成了一座不夜城。尤其是站在金沙江右岸的观景台上，自己仿佛在天空中飞翔一样，万丈悬崖壁立江岸，金沙江水一泻千里，涛声震天、气势宏大。眼下的景致像是一个五彩缤纷的万花筒，整个金沙江峡谷成了一条万般漂亮的光带。红的、绿的、黄的、橙的灯光交织在一起，光芒四射，如梦如幻。如果仅是这光带，那也就不足为奇了，维多利亚港湾、黄浦江畔、秦淮河边……世界上像这样灯火通明的地方数不胜数，可溪洛渡不一样。就在这五彩斑斓的峡谷中，昼夜机车隆隆，一派繁忙。钻孔、打炮眼、清运建筑垃圾，为第二天的施工做各种各样的准备，掌握着现代高科技手段的工人们，他们在和时间赛跑。是他们，给溪洛渡注入了催化剂，让金沙江大峡谷夜如白昼，让"溪洛渡速度"成为山谷中最让人为之骄傲的现代元素。

因为电——

溪洛渡的夜晚，是繁忙的，是妩媚的，是大气的。

因为电——

溪洛渡的夜晚，朝气蓬勃，永远都喷射出万道曙光。

这一切，让人们更加期待——

一个叫作溪洛渡的电站，尽快崛起。

站在溪洛渡大坝旁的观景台上，远眺金沙江两岸的大山，山还是那座山，江还是那条江。

山肚子里面的结构，却早已发生了改变。而这种改变，就因为清洁能源——水电。

山河的这种不确定命运，似乎与人生有某种暗合。

两座巍峨、雄浑、巨龙一样的大山，顺着金沙江两岸逶迤而来，绵延而下。如果不是铺开地图，我们不会知道这两座山的走向，更不可能洞察到这两座山以及两山之间的河流转向的每一个细节。就如我们站在山脚或者山巅来仰视或是俯视金沙江两岸的大山，我们只看到一种表面现象，而根本就察觉不到在山肚子里面发生的巨变一样。细想下来，这也许就是人们视觉上的某个盲点了。

笔者没有想到的是，在溪洛渡水电站施工区，并没有想象中的人海一样的施工队伍，呈现在我们眼前的，更多的是那些大型机械——挖掘机、推土机、钻孔机……还有很多我根本说不上名字的重型机械。据说能在坚硬的玄武岩上打孔的那种家伙一台就值800多万元呢！听了直让人吃惊。

因为这些血液里注入了高科技因子的大型家伙，更因为那些智慧能干的施工人员，我们见识了山肚子里面那180余条、50余公里长的分作三层的纵横交错的施工隧道。我们看到了那可以容纳9台发电机组的长440米、宽33米、高39米的地下厂房。更让我们惊叹的是，在大山的肚子里挖这么大一个"洞"，我们仍然很少看到工人，只有几台大型机械正在紧张地工作，那钻头在石壁上钻孔时，发出了轰隆隆的巨响。再加上机械本身发出的声音，整个地下工厂就有了一种轰轰烈烈的感觉。顺着施工人员的手势，我们去观赏那地下工厂两边的石壁，那石壁自上而下全部呈现出规范的条纹，看上去俨然在搞房屋装修。施工人员介绍说，那些条纹，是当初打洞时放炮炸出来的，并非人工打凿而成，这是体现施工水平的一种标志——要求这个地下工厂的每一处细节，都具有观赏性。据说，这施工技术在全世界都是处于领先地位。笔者的一位同行就开始惊叹：兄弟，不说别的，单就是在山肚子里打那么多洞，都吓死人，工人兄弟们真是了不起。仅就这些还不算，施工人员还告诉我们，我们所处的这个地下工厂，只是以后工程建成后安装发电机组的一个工作平台，就在这个地下厂房的上面和下面，还分别有两个地下厂房。最下面的那个地下厂房，已经在江下面了。整个发电过程在地下厂房就全部完成了。

返回的路显得要熟一点了，不再像刚进来时钻迷宫一样的感觉了。我们在车上议论着这个工程的伟大，感叹着这每一项高超的施工技术。正在我们的车子飞驰而行的时候，前面的一辆车子嘎的一声停了下来，师傅忙下车来打手势，示意我们走错路了，我们这才觉醒。是啊，在这个四通八达的山洞里，每一条隧道、每一个路口都很相像，如果不是有人带路，那不走错路才怪呢！

走出地下厂房，我们又见到了溪洛渡的蓝天白云，又见到了雄浑的巍峨大山，又见到了滔滔江水。一切依旧，似乎这个世界并没有发生任何改变。

山河在变，技术在变，思想在变……

这一切变化，几乎看不出多少痕迹。

这让笔者想到了那些学贯中西、博古通今的饱学之士。他们没有多一件器官，一样地长成了普通人的样子，但光从外表，谁又能看得到他们大脑里装的东西？更多的人看到的，是他们的成果以及他们头顶上的光环，谁又能看到他们的艰辛与付出。

他们命运的改变，似乎也就发生在不经意之间。

笔者再一次想到金沙江两岸被掏空了 40% 的大山，以及大山肚子里发生的那些奇迹。不禁在心里默默地念着两个令人自豪并充满阳光的词条：

伟大、壮举。

更想起了那些创造奇迹的工人兄弟和永善县的移民群众。他们让我们再一次温习了两个词语：

坚韧、奉献。

于是，对这个创造了奇迹的地方的历史、地理和人文更加生发了浓厚兴趣。

永善，本身不就是一部历史的典籍吗？走进这部曾经泛黄、如今却鲜活无比的史书，我们如饥似渴，收获了无限风光。

史载，"永善"之得名，源于 1727 年云贵总督鄂尔泰剿平米贴，并由朝廷钦命此县名。

其实，一个地方叫什么并不重要，名字似乎都会随着历史的进程而衍变，更重要的，是一个地方山水的灵气，以及这方山水孕育了怎样的民风和精神。山水大抵是不会变的，除了遇到重大的地质灾害，而民风和精神却在不断变化着，随着交通、经济、信息、教育、文化的衍进而发生着潜移默化、润物无声的变化。

历史的巨轮如同洪流一般，承载着人类的梦想和古老的文明，滚滚向前，跨越了一个世纪又一个世纪，跨越了千重山、万条河，跨越了万万千千的艰难困苦，抵达 21 世纪。谁，也无法阻挡人类前进的脚步，人类终将在苦难中成长，在磨砺中进步，在实践中壮大，羽翼渐丰，可以为了梦想而去奋斗，去追求。

有史以来，人类在经历了尧舜禹、夏商周上古朝代后，不断探索宇宙的奥秘，发现人类生存之起源，掌握生活之技巧，驱逐豺狼虎豹，铲除荆棘，改良土壤，刀耕火种，男耕女织，深耕大地，在原本蛮荒的神州大地上，开疆拓土，繁衍生息，历经数千载，发展至今，日渐繁荣，日渐昌盛，在华夏大地上建立了人类的文明和社会的秩序。

永善县，在夏禹时便已属梁州域；周朝时属于雍；秦始皇二十六年（公元前 221 年）属西南夷夜郎部；西汉元封五年（公元前 106 年）属犍为郡朱提县地；蜀汉时属朱提郡朱提县地；西晋太康二年（281 年）属朱提郡南广县；南朝属宁州朱提郡河阳县；隋开皇三年（583 年）废郡改州统县，属南道开边县地；唐南诏时，属爨部地；宋朝属乌蒙部；元朝时属乌蒙路宣慰司；明朝时属四川乌蒙府地。

清朝雍正五年（1727 年），云贵总督鄂尔泰平定乌蒙（今昭通），改隶云南，设昭通府；雍正六年二月又于米贴设一知县、教谕、典史，分驻昭通镇标右营游击，抚驭乌西一带；适值米贴土目禄永孝死，其妻禄氏掌管其地，抗不服调。同年二月初一日，鄂尔泰遣援剿左协副将郭寿域领兵三百前往，初五日抵米贴。禄氏表面归服，暗地谋反，于二月十二日夜半，率四川沙马、黄琅土司和吞都德昌土司、彝目毛脸乌基等聚集 1000 余人叛，寿域被害，士兵 300 人仅有一甘姓幸存，奏报鄂尔泰，鄂尔泰大怒，派大将张耀祖、哈元生、卜万年率重兵分三路进剿平之，并由朝廷钦命县名为"永善"，意在安抚百姓，使其"弃恶从善，永为良民"。另一含义，据说是永善地处金沙江和关河之间，左右靠水，"二水"为"永"，圣哲老子曾说："上善若水，水利万物而不争。"因此"永善"又有师法自然，向流水学习，从善如流之意。

一篇题为《劝种树说》的史料中记载，历史上的永善，旧为夷疆，处万山崎岖之中，人稀地广，荒僻特甚。自雍正之初改土归流，始沾王化。越数十年，地渐辟，人渐聚。然而山溪之树木屋之、薪之、炭之，用莫能尽，翳翳焉，丛丛焉，有行数程而不见天日者矣。由是虎豹依之为室家，盗劫缘之为巢穴，昏黄而野兽入城者有之，冲途而颠越行旅者有之。

知县李发源在题为《城隍庙碑记》一文中记录："雍正六年（1728年）始设县治，建城隍祠于署之后东北隅，考古封疆之界，建邦启土，或以公以侯以伯，而城隍之职称是。凡以御灾捍患，默佑蒸黎，煌煌乎载在祀典，亘古为昭也。"

上述文字，见证了永善的由来。由此可见，永善之地，在四面八方的移民涌来之前，这里曾是一块蛮荒之地，民不聊生，匪患猖獗。随着时间的推移，时代的更迭，社会的发展，这里日渐昌盛，街市繁华，渐渐成为经济的流通地、文化的交融地、人口的集散地。

永善作为昭通辖区内一个大县，有着广阔的土地，远在四千多年前的新石器时代，就有人类在这块热土上劳作生息。诸葛亮七擒孟获的故事在这里流传，僰人悬棺至今犹在。黄坪，清代就是"滇铜京运"的大码头，由此装船，由水陆两路送至宜宾，然后分送朝廷各铸币点，故金沙江船运，有"黄金水道"之称。自古就有汉、彝、苗、回等多个民族陆续迁进，生聚日繁。由于地处云南、四川和贵州的交界地段，属典型的山区地貌，素有"三川半"之称。永善地理位置特殊，金沙江蕴藏着巨大的能源，溪洛渡水电站在这里修建，使境内168.2公里的江面和众多支流、河谷形成一个高峡出平湖的壮丽奇观。

"遥指莲华泡露融，五峰排比插云中。"

在大山的皱褶里，在永善这块千秋万年的土地上，千山万壑之中，一样匍匐着芸芸众生，当炊烟升腾，翻越了一重又一重大山，人类的灵魂在这里便有了一个精神的家园。他们日出而作，日落而归，娶妻生子，安家立业，顽强打拼，追逐梦想。聆听，每一层大山的皱褶里，都有传奇的故事在发生；静观，每一层大山的皱褶里，都有鲜活的生命在奔跑；细看，每一层大山的皱褶里，都留下了人类攀爬的足迹。一重大山，一层皱褶；一个梦想，一部历史。每一层皱褶就是一部可歌可泣的永善活历史，一首催人泪下的千古歌谣，一部振奋人心的煌煌巨著，在稍显发黄的纸面上写满了辛酸，倒尽了苦水，流尽了血泪，刻满了沧桑。翻开这一部部厚重的、大山一般的历史，你能从中看见永善的过去、现在和未来，它真真实实地记录着一个完整的永善，一个鲜明的永善，一个活跃的永善，一个年轻的充满朝气的永善，它记录了永善人大山一般的精神，大地一样的品格，江河一样的人性。

永善是一块厚重的土地，它的厚重，源自千百年来人们在这块土地上生存、生活所不断积蓄的深厚人文情怀和民族文化，同时，还来源于周边地域文化的交融，尤其是中心城市昭通的千年浸染。

昭通，位于云南省东北部，地处云、贵、川三省接合部，金沙江下游沿岸，坐落在四川盆地向云贵高原抬升的过渡地带。境内大山起伏，沟壑纵横，山川秀丽，景色迷人，人杰地灵。

博大的昭通有着悠久的历史，厚重的文化。早在民国时期，就有"小昆明"之称。史料记载，古称"朱提""乌蒙"，自秦开"五尺道"、汉筑"南夷道"后，这里便成为中原文化传入云南的重要通道，成为古"南丝绸之路"之要冲，素有"锁钥南滇，咽喉西蜀"之称。是云南的北大门，自古就是中原文化、荆楚文化和巴蜀文化入滇的咽喉和桥梁，也是滇文化、哀牢文化和夜郎文化流向内地与中原的通道和纽带，并在文化与民族的交会中不断地碰撞和交流，水乳交融，绽放异彩，波澜壮阔，创造了闻名于世的千顷池文化。

"昭通"一名，至今已有280年的历史，清雍正九年（1731年），对昭通实行改土归流后，云贵总督鄂尔泰认为"乌蒙者不昭不通之至也"，"举前之乌暗者易而昭明；后之蒙蔽者易而宣通"。改"乌蒙府"为"昭通府"，2001年撤销昭通地区和县级昭通市，设立地级昭通市，下辖 11 县（市、区），永善便在其中。

我们从昭通出发，走进了鲜活的永善，大江之上的永善，搏击巨浪的永善，高峡平湖的永善。

"五岭逶迤腾细浪，乌蒙磅礴走泥丸。金沙水拍云崖暖，大渡桥横铁索寒……"

金沙江这条气势磅礴的大江，是中国第一大河长江的上游，早在 2000 多年前战国时期成书的《禹贡》中将其称为黑水，《山海经》中称之为绳水。

金沙江沿河盛产沙金，故有"黄金生于丽水，白银出自朱提"之说，宋代因为河中出现大量淘金人而改称金沙江。

金沙江作为长江的上游河段，全长 3364 公里，流域面积 47.32 万平方公里。这条日夜奔腾的大江，她不止流金淌银，流光溢彩，她还是沿江人民赖以生存的生命之河、生态之河、文明之河、幸福之河，她赋予两岸大地以新的生命、新的意义和新的起点。

金沙江，在这些无数支流的山川与河流间，世世代代的永善人日出而作，日落而息，勤奋耕耘，坚忍执着，以愚公移山之精神，以改天换地之气魄，书写了一部辉煌的人类生存史、奋斗史。

今天，这里的人民，正在这些大山的皱褶里，挥汗如雨，耕耘大地，做着一个关于金沙江的梦，一个关于振兴永善的梦、富强祖国的梦。

金沙江，早已成为永善生命长河中永不枯竭的源头。

溪洛渡水电站建设，牵动着永善的山川大地和 40 多万人民群众。怀着无比崇敬的心情，我们一次次走进永善，走进这方肥沃的厚土。这方似曾相识，如同记忆里故乡一样的土地，它为我们打开了前所未有的视野，打开了一道厚重的大门，让我们看到了什么是物华天宝，什么是人杰地灵，什么是伟大，什么是牺牲，什么是奉献。同时，它还为我们的人生打开了另一扇窗口，让我们看到了舍小家顾大家的人类最为崇高的精神，最为高尚的品格。在这里，每一寸土地都仿佛有了灵魂，每一条山川河流都鲜活如同血肉。每一块土壤都在生根发芽，冒出新的生命。每一块石头都长有自己的眼睛，炯炯有神，凝视远方。每一棵树仿佛都在对话，交流，沉思。我们看到的，不仅是一个活跃的永善，跳动的永善，流淌的永善，这里还有千千万万有血有肉的中国人的血脉交融，以及中国人的智慧的缩影，我们看到的是一幅 21 世纪现代版的形象而生动的《清明上河图》。

合上永善这部厚重的典籍，细细品味，发现永善人民的家国情怀源于传统文化的一脉相承，正是这方古老厚重的土地，孕育了永善灿烂的文化、多彩的风情、朴素的民风、奇特的习俗，也铸就了永善人民不畏艰难、坚韧担当、勇于挑战、开拓创新、朴实无华、乐于奉献之不朽品质。

02. 溪洛渡的梦想

　　水电，已然成为中国第二大常规能源资源，更是目前可再生和非化石能源中资源最明确、技术最成熟、清洁而又经济的能源，在中国发展低碳经济中占有重要地位。而金沙江水电开发，位于昭通市境内的向家坝、溪洛渡、白鹤滩三座超级水电站的建设，正是中国水电建设的典范。

　　金沙江水量丰沛且稳定，落差大且集中，是中国乃至世界上著名的水能资源极为富集的河流，其水能资源蕴藏量达1.124亿千瓦，约占全国的16.7%，可开发水能资源达9000万千瓦。特别是金沙江下游，水能资源最为富集，河流穿行于高山峡谷之中，具有建设高坝水库的优良地形地质条件，开发条件最为成熟。

　　金沙江下游，无疑已成为中国重要的能源基地。

　　国家拟在金沙江下游河段开发的四级水电站，自上而下依次为乌东德、白鹤滩、溪洛渡、向家坝，其中溪洛渡与向家坝水电站、白鹤滩与乌东德水电站各构成"一组电源"，主要向华中、华东和华南地区送电。金沙江下游四个电站总装机近4300万千瓦，是实现"西电东送"的骨干电源，在中国能源基地建设中有着独特的地位，在中国西部大开发中发挥着重要作用。开发金沙江，是实现中国节能减排目标的重要举措。到 2022 年，我国在长江干流上拥有了以三峡为主的三峡—葛洲坝梯级电站、溪洛渡—向家坝梯级电站、乌东德—白鹤滩梯级电站等三艘巨型"水电航母"。

修建溪洛渡水电站，那可是永善人的百年梦想。

关于修建溪洛渡水电站，民间还有一个传说呢！说在论证之初，一个起着决定性作用的高规格的专家组来永善考察，有关部门就在金沙江峡谷打出了这样一条标语："开发金沙江水能资源，建设溪洛渡电站。"巧合的是，就在当天晚上，写好字的牌子被大风吹走了几块，等第二天专家组一行来到现场，看到的却是这样一条标语："金沙江……能……建……溪洛渡电站。"不管是巧合也好，传闻也罢，仙助也好，天意也罢，这样的故事能够在坊间流传，并为人们津津乐道，也或多或少地代表了永善人对"高峡出平湖"的强烈渴盼。

溪洛渡水电站，静态投资 459.28 亿元，动态投资 1020 亿元，属中国第二、世界第三的巨型水电站，曾创造了多个世界第一。溪洛渡水电站工程于 2003 年开始筹建；2005 年 12 月 26 日正式开工，2015 年全部完工。

溪洛渡电站枢纽工程，其建筑之雄伟、坝址地形之复杂、施工难度之艰巨、耗时之漫长，在中国是唯一的，在世界也是罕见的。首先，还是用几分笔墨，来叙说一下这个举世瞩目的宏大工程的前世今生。溪洛渡电站枢纽由拦河大坝、泄洪建筑物、引水发电建筑物等组成，拦河坝为混凝土双曲拱坝，坝顶高程 610 米，最大坝高285.5 米，坝顶弧长 681.51 米；在大坝两岸，分别建造了当今世界最大的地下厂房，各安装了 9 台 77 万千瓦的水轮发电机组，总装机容量达 1386 万千瓦，其电能主要输送到我国华东、华中和华南地区；水库正常蓄水水位 600 米，水库库容 115.7 亿立方米，防洪库容 46.5 亿立方米，可将位于长江沿线的宜宾、泸州、重庆等重要城市的防洪标准提高至"百年一遇"。

　　坝址选择在溪洛渡，也是专家团队多年实地考察、精心选择的结果。特殊的峡谷地貌和大江两岸坚固的岩石构成的山体，成为建筑大坝的首选之地。任何事物都存在两面性，峡谷地带适宜建筑大坝，但也给施工带来了世界水电建设史上前所未有的困难。在这里筑坝建电站，必须在两岸的山体内开凿出大量的交通及施工隧洞，同时，还必须在山体内开凿出世界上最大的地下电站洞室群及最长的泄洪洞和导流洞，整个溪洛渡水电工程谓之"隧洞工程"，一点也不为过。

　　整个坝体呈蛋壳状，其上下左右均为曲线，故谓之"双曲拱坝"，特殊的地形地貌，使得这种外形设计与三峡大坝和葛洲坝完全不同，它巧妙地运用弧形的张力，分别将水压传递给了两侧庞大的山体，靠两岸山体来支撑巨大的压力，而三峡大坝和葛洲坝则是依靠自身的重力来支撑水压的。还有一个亮点，那就是溪洛渡工程泄洪功能非常强大，不仅在坝身设有7个泄洪表孔和8个泄洪深孔，同时，在左右两岸山体内，开凿了4条近2000米的泄洪洞。它的泄洪流速、总泄洪能力及单孔泄洪能力均创造了世界之最。

　　电站建设之初，我们曾经进入过隐藏在两岸山体内的地下厂房，那纵横交错的地下隧道，使得整个山体变得像是一座迷宫。据统计，溪洛渡施工区的大小隧道总长达300余公里。之所以开凿这么多隧道，不仅是其特殊地形所致，更是为了保护地表植被不被破坏，尽最大努力减少对生态环境的影响。由此可见，溪洛渡水电站建设，在环保上做了不少文章。

　　而这样浩大的工程，竟然在短短的3年内就完工了。中国水电十四局陈翕和介绍说："建设地下洞室作为发电厂房，我们在开工伊始，就碰到了很多困难，由于跨度长，经过地段的地质条件都不一样，其中也碰到了很多的断层。我们在施工过程中，采取了中导洞开挖的方式，通过中导洞超前开挖，这样可利用两侧的岩石进行拱角支护；同时采取中间开挖支护跟进的办法，大大节省了厂房施工时间，也尽最大努力减少了施工过程中的安全隐患……"

说到这些隐藏在金沙江两岸山体内的先进发电设备，中国三峡集团机电工程局副局长张润时不无得意地说："到目前，溪洛渡水电站95%以上的设备是国产化的，特别是主机设备，比如水轮发电机，主变压器，还有水轮发电机用的一些铸件、锻件也全部是国产的。以前，变压器用的主要材料硅钢片，全部从日本、韩国、法国等国家进口，而溪洛渡水电站所用的则全部国产化。"

溪洛渡水电站的大坝建设，其速度之快也是世界罕见，它以平均每月6米的速度爬升，之所以有这样的建设速度，取决于穿梭于峡谷两岸的5台30吨平移式无塔架国产缆机。据介绍，在世界水电工程建设中，尚属首创。工程专家还给我们介绍了浇筑大坝这一控制性工程的难度，其每一道工序都十分讲究，得严格控制好温度。原来水泥在硬化过程中会产生大量热量，而每浇筑一层，其温度都会发生变化，热胀冷缩效应使得浇筑面会出现裂缝，从而削弱大坝结构的稳定性，因此，把好大坝浇筑的技术关，杜绝大坝混凝土裂缝的产生，是一道难关。中国三峡集团溪洛渡工程建设部工程师邬昆介绍说："供水冷却是我们大坝混凝土温度控制的一项重要手段，我们坝体混凝土冷却所需要的冷却水，会经过制冷机组，沿着通水管路，经过一体阀进入坝体，对坝体混凝土进行温度控制。一体阀具有三个功能，一是测量水温，二是测量水的流量，三是对水的流量进行调节，通过水的流量变化，实现对坝体混凝土的温度控制。通过机柜，我们一方面可以将一体阀采集到的数据，适时地传送到后方的控制系统；另一方面，可以把我们后方的流量调节指令传给一体阀，对冷却水的流量进行调节，从而实现对大坝混凝土的温度控制。"正是有了这些过硬的、世界一流的先进技术，正是有了这样一支专业素质精良，有着强烈事业心和责任感的工程技术人员，今天的溪洛渡大坝，还没有出现过一条贯穿性裂缝，这，不能不说是一个奇迹。

据介绍，溪洛渡大坝建成后，库区的深水区与浅水区温度相差很大，而电站取水口位于深水区，温度较低，对于下游鱼类的繁殖十分不利。为了调节下游水温，专门在洞口与拦污栅之间，设有4层高12米的闸门，当取水发电时，按照不同的水位深度变化，可以适时调整运行方式，提升相应的闸门，从而获取表面较高温度的水进行发电，使下游的水温得到有效的调节。别看这是不起眼的设计，却有效地确保了溪洛渡下游鱼类产卵的安全环境，对于鱼类繁衍，起到了至关重要的作用。

今天，站在溪洛渡大坝往上游远眺，万顷碧波荡漾，长约200千米的水库，蔚为壮观。查阅溪洛渡电站的可研报告，其淹没区涉川、滇两省9个县区，规划搬迁人口61035人，淹没影响耕地49429.21亩，园地20333.25亩。

而位于溪洛渡下游的向家坝电站，装机容量640万千瓦，加上1386万千瓦的溪洛渡水电站，其总发电量约大于三峡水电站。

向家坝、溪洛渡、白鹤滩、乌东德水电站建成后可以解决三峡最大的心病——泥沙淤积。专家认为，金沙江中游是长江主要产沙区之一，多年平均含沙量每立方米达1.7公斤，约为三峡入库沙量的1/2。利用金沙江输沙量高度集中在汛期的特性，合理调度可使大部分入库泥沙淤积在死库容内。而溪洛渡正常蓄水位达600米，死水位高达540米，拦淤泥沙后不影响电站效益。据分析计算，溪洛渡竣工投用后，三峡库区入库含沙量将比此前天然状态减少34%以上，防洪作用十分明显，可以较好地分担三峡水库的防洪任务。

溪洛渡，这个永善人民前所未见的浩大水电工程，今天终于建成，而在这个电站建设的背后，必然有着传奇般的故事和经历，将被历史记载。

溪洛渡，在过去上千年的岁月中，被雨水冲刷，被巨浪翻滚，成为风雕的渡口，浪打的河谷。无论翻读史志，或是实地走访，查阅古籍，从哪个角度看，它都有着千年的沧桑历史，它都是一个古老的百年古镇，古老的铜运古道打通的商贸往来的大渡口，茶马古道上文化交融的大渡口，川滇两省交界民俗风情水乳交融的大渡口。

溪洛渡名字的来源，说法不一。据清光绪年间撰修的《叙州府志》记载："溪洛渡，在城（雷波县城）东 50 里，额设渡船一只，水手 2 名，桡夫 4 名。"《叙州府志》记载，在清代，官兵在溪洛渡设有"溪洛渡塘"。《雷波县地名录》记载："溪洛渡人渡，在白铁坝公社境内。"《永善县地名志》记载："溪洛渡，位于农场乡东部，以江边溪洛渡村得名。"这里曾经有一个凄美的故事流传，让后人记住了这个美丽的渡口，记住了溪洛渡这个名字。

关于"溪洛渡"名字的由来，民间也自有说法。相传，在靠近雷波县白铁坝乡的一个小山村，有一条小溪，叫杨家沟，溪水一路流入永善县农场乡境内。永善有一条河，叫井底河，这条河弯弯曲曲流入金沙江，后来，为了行人过往方便，人们曾在两条河中放木船摆渡，随着时间的流逝，人们便将这里取名为"溪洛渡"。

美丽动人的名字背后，往往都有着一个凄婉的神话故事。相传，在很久以前，溪洛渡两岸彝族青年小伙在篝火畔隔江对歌，与对岸貌美如花的索玛花姑娘相爱。为了能见上一面，彝族小伙便在山间找来葛藤，用葛藤编织成绳索，然后从绳索溜到对岸与姑娘见面。新婚之日，如花似玉的索玛花姑娘过溜索，一不小心掉到了金沙江里，瞬间被江水吞噬，彝族小伙悲恸欲绝。从此，彝族小伙就到江边守望妻子，在妻子落水的地方以摆渡为生。彝族小伙死后，变成一块巨石，日夜守在江边，望着随江而去的妻子，后人便将这里叫作"溪洛渡"。

江边好风景，江边故事多。抛藤搭桥的故事与"溪洛渡"故事异曲同工，都是爱上了江对岸的姑娘，都是为约会而搭桥，一个凄美，一个动人。传说中的摆摆桥，便是一个叫阿强的汉族小伙修的。汉族小伙阿强，爱上了能歌善舞的土司姑娘加娜，井底河浪高水急，为了见到对岸的姑娘，智慧的阿强从山上采来野藤，在沸水里煮，用麻缠绕，做好后，一头拴在岩上，另一头让鹰衔到对岸，姑娘将野藤拴在岩上。经过努力，阿强用无数根野藤、竹子、绳子、木板搭成了简陋吊桥，后人将此桥叫作"摆摆桥"。勤劳的汉族小伙终于娶到了漂亮的土司姑娘，美丽的爱情故事也一直在金沙江两岸演绎。

惊天地泣鬼神的爱情故事，有声有色，爱得轰轰烈烈，终归是有情人终成眷属，相濡以沫。至今，金沙江两岸人，还能唱着阿强和加娜当年隔河相望对唱的情歌：

> 哥修桥来连两岸，你我分离不分心；
> 一座金桥连两岸，一种心愿连两心；
> 磐石会烂海也枯，相恋的人情意真；
> 妹愿跟哥去逃婚，妹与哥哥比翼飞；
> 今生只恋哥一人，不怕爹娘不开言；
> 只要哥心合妹意，不怕人间阻和险；
> 生要恋来死要恋，阎王殿上意不变；
> 生要恋你九十年，死要恋你一万年。
> ……

在阿强和加娜所在的玉笋村，村名便来源于阿强和加娜传奇的演绎，他们死后，变成了两个并肩而立的大石笋。加娜身着彝家女子美丽的盛装，人们把它叫母石笋；阿强英俊潇洒，身佩竹笛和弓箭，人们把它叫公石笋。在不远处还有一只正欲展翅飞翔的鹰，传说，就是阿强和加娜两人爱情的结晶，两个巨大的石笋相濡以沫，两厢厮守。

来到永善游玩的客人，都要到这里来看看这对巨大的石笋，感受他们忠贞不渝的爱情，海枯石烂的誓言。这千百年的传说，和亘古不变的青山绿水相比，人生就成了稍纵即逝的风景。爱情和神话都可以顺着金沙江一路流传，流芳百世，数十载人生，最终将化为尘土，阿强和加娜化身石笋面对着波澜壮阔的金沙江，一望千百年，他们是幸福的。

这些故事都是发生在江边和渡口，故事让很多人记住了永善，记住了这个美丽的江边湖滨县城。

时隔多年，溪洛渡由最初的渡口，演变成为一个古老的村庄，最终成为永善县政治、经济、文化交融的中心县城，成为国家巨型水电站溪洛渡建设的坝址所在地。

溪洛渡，承载的不仅是一座县城，它还承载着永善人千百年的期盼和世世代代的梦想。

20 世纪 50 年代初，永善人永远记得，在溪洛渡的大地上，来了一队衣着朴实的勘测队员。他们或步行，或骑马，带着精密的勘测仪器，跋山涉水，翻山越岭，走遍了名山大川，走遍了长江、黄河，走遍了金沙江流域。最终，他们来到了这里，在溪洛渡停留了下来，利用随身携带的仪器测量着金沙江的地形地貌、水文气象等环境。那个时代，长年居住在永善大山里的人们很少见到这样的人到来，他们手里拿的是什么仪器，他们在测什么，他们古怪的动作令人们产生了许多美好的想象。他们的到来充满着新奇，吸引了众多的人前来围观。

金沙江进入溪洛渡后，山高坡陡，峡纵谷深，地势陡峭，巨浪滔天，溪洛渡蔚为壮观的景象深深地吸引着他们，溪洛渡磅礴大气的气势引起了他们的强烈关注，在惊喜中，他们独具慧眼地发现了溪洛渡蕴藏着丰富的水能资源和建设电站大坝的独特优势。之后，就见这些勘测队员每天扛着先进的测量仪器，蹲点测量，早出晚归，忙忙碌碌。

从此，溪洛渡这块沉寂了千百年的土地的命运，随着勘测队员的到来而发生重大改变，祖祖辈辈在此生活的永善人怎么也没有想到，他们的未来与这队平凡而普通的勘测队员，有着紧密的联系。正是勘测队员的到来，改写了金沙江流域，改写了永善的历史，颠覆了永善传统的生存方式。若干年后，"溪洛渡"这三个普通得不能再普通的字眼，渐渐出现在中央有关部委关于金沙江流域规划意见书的报告里。

在随后的几年当中，又有更多的勘测队员走进永善，走进溪洛渡，这些人的到来，更加印证了永善人多年的推测和期盼。随后，不出人们所料，正是这些勘测队员，开启了国家一座巨型水利枢纽工程的百年梦想。

多年后，溪洛渡的天空又多了一样稀奇物，人们站在田间地头，站在山头上，站在屋顶上，抬头就能看见飞机飞来飞去，不时在溪洛渡的上空盘旋，在金沙江两岸飞翔，飞机嗡嗡的轰鸣声，让所有的人记住了那个炎热的夏天，至今记忆犹新。

永善要建一座大型水电枢纽工程的消息，几乎是在一夜之间，如同一阵春风一样，吹遍永善大地，吹进大街小巷，传送到每一个角落。永善的大地沸腾了。无疑，每一个永善人心里都异常明白，这是一个重大的消息，关系着永善干部群众的切身利益，无论是男女老少、兄弟姊妹、亲戚朋友，还是隔壁邻居，人们欣喜若狂，奔走相告，以异常激动的心情，传递着这一喜讯。

时隔多年，老人刘奶奶对当年发生的事依旧记忆清晰，她在山坡上挖地，亲眼看着飞机飞过头顶，在蓝天盘旋，从那时起，她就知道，永善的未来不一般，人们的生活将随之发生重大的改变，永善人出头的日子即将到来，永善人食不果腹的日子将一去不回头。

"我想以后就不用再挖地了，可以进电厂穿上工作服上班了，可以过上居民的好日子了。每个月拿着购粮证本本到县粮管所买好米好面，顿顿可以吃上大白米饭了，一个星期起码可以打上两台牙祭了。我的儿子儿孙从此不再当农民了，可以穿上光鲜的衣裳，每天吃完饭后，到大坝上去走走看看，吹吹凉风，到大街上去逛逛商店，买好看的衣服，买好吃的水果糖了。哈哈哈！"

刘奶奶自己给自己逗笑了，她一笑，笑得都有些过了，露出了早已落光牙齿的满口的牙花，脸上那密密麻麻的皱纹和老年斑在太阳下俨然成了一幅抽象画。老人甚至激动得笑出了泪花。然而，不经意间，我们还是觉察到了老人眼神里的一点点失望。也许是的，她和许许多多的永善人一样，溪洛渡电站的修建，的确让永善这块土地发生了翻天覆地的巨大变化，印证了老人的大部分梦想。

自从勘测队员返回后，到溪洛渡电站建成并下闸蓄水发电至今，溪洛渡工程经历了近百年的期盼和构想，从最初的规划，勘测，到论证，从立项审批，可研审查，到溪洛渡水利枢纽技术评估，到项目核准，国内外专家，各有关部门、高等院校、科研院所，分别进行了大量的科学研究，模型试验，溪洛渡水电站严格执行了国家基本建设程序，是建立在翔实的科学研究和工程实践基础上科学论证的结果。

1949 年前，金沙江流域基本上没有进行过规划。1952 年，原长江水利委员会上游局对金沙江的局部河段进行了查勘。1987 年，成勘院正式开展溪洛渡水电站地质勘探。到 2003 年 8 月，《金沙江溪洛渡水电站可行性研究报告》审查通过。历时近 20 年的溪洛渡工程的前期设计工作基本告一段落。

经过这一漫长而艰难的论证过程，至此，永善溪洛渡大型电站建设正式拉开序幕，标志着世界第三大、中国第二大水电站落户永善，这对永善来说是一个千载难逢的历史机遇。永善即将迎来强劲发展的重大历史时期。

溪洛渡超级电站建设工程浩大，占地面积广，涉及面宽，移民群众众多。这对溪洛渡工程来说是一个巨大的课题，在此之前，我国曾举全国之力，建设了世界第二大、中国第一大水电站——三峡电站。三峡电站的建设，为国家大型水利工程建设积累了宝贵的经验。

溪洛渡水电站建设成功与否，能不能顺利推进，其间涉及人数众多的移民工作，牵一发而动全身，移民工作做得好与坏，到不到位，关系到全局，影响全盘工作。

从世界范围来看，移民有多种移民，除了重大水利工程移民，还有战争移民，自然灾害移民，无论是哪种移民，人们都要从祖祖辈辈居住过的地方短暂地离开，或者被迫长久离开祖居地，成为移民。移民已经成为一个巨大的群体，各个国家、各个地方都有因各种原因而移民的，有的是种族因素，有的是政治因素，有的是宗教因素，而与这些移民不同的是，溪洛渡的移民，属于国家重大水利工程建设需要移民。

我国是古老的文明古国，我们的祖先曾经创造了灿烂的历史，早在18世纪前，中国的科学技术就已经日新月异，突飞猛进，在世界处于领先地位。伟大的水利工程更是数不胜数，单就著名的郑国渠、都江堰、灵渠、京杭大运河、钱塘江海塘等，这些都是古人留下的伟大的壮举。其中，广西灵渠连通二江，都江堰灌溉成都平原，大运河沟通南北，尤为著名，举世推崇，万人崇敬，成为中国古代三大水利工程的象征，即使在世界水利史上亦属罕见，而这三项我国历史上的伟大水利工程，均属人力开凿，工程浩大，先后经历了2000多年的维护与保养，久盛不衰。

纵观世界，移民成为社会发展的一种普遍现象。伴随着时代的发展，在移民问题上，由于人口众多，中国积累了丰富的经验。史料记载，历史上，我国曾有过几次大规模移民的历史，元末明初时期，大规模的江西移民迁到湖广地区，形成"江西填湖广"，影响深远。"江西鄱阳瓦屑坝""山西洪洞大槐树""南京杨柳巷"和"福建宁化"被称为明代四大移民集散地，也是寻根问祖之地。"走西口""闯关东""充军云南"类似的民谚，便是因移民而流传下来，至今为人们所熟知。

中华人民共和国成立以来，现代化建设步伐加快，因水利、交通、城镇等重大工程建设而搬迁安置移民的现象越来越多，三峡、乌东德、龙滩、糯扎渡、锦屏等全国大中小型水电工程达千多座，移民人数上千万，成为当今世界上水库移民最多的国家。美国、印度、巴基斯坦等国家也纷纷到中国取经，在水利建设、移民搬迁安置、后续发展等方面，力图效仿中国。而加拿大斯莫尔伍德水库和卡尼亚皮斯科水库，俄罗斯萨马拉水库，津巴布韦卡里巴水库，哈萨克斯坦布赫塔尔马水库，俄罗斯布拉茨克水库，埃及纳赛尔水库，委内瑞拉古里湖，这些镶嵌在世界各地的巨型电站如同一面面巨大的镜子，照亮了世界。

历史证明，丰富的水电资源开发需要投入巨大的实力，投入众多的人力、财力、物力，动用一个时期的科学技术力量，除此之外，还有很多很多需要投入的资源。曾有一位权威的水电专家说过，中国的水电建设如今不存在资金和技术问题，难点和关键在移民。实践证明，水库移民牵涉面广，政策性强，问题复杂，难度极大。移民搬迁安置，虽然有几千年的历史可依，但各个时期的生存环境不一样，补偿标准不一致，政治生态、人文生态、社会生态不一样，需要做出科学决策难上加难。

当溪洛渡建设成为既定事实后，这个爆炸性的喜讯在永善的每一个角落广为传播，也就在一夜之间，永善的男女老少尽人皆知，永善几代人期待了百年的梦想即将成为现实。可是当人们还没有从惊喜中回过神来，另一个重大的问题便随之而来：建水库，就要搬迁。搬迁，一下子进入人们的大脑，人们不得不思考，不得不正视这个问题。搬迁，就意味着要从现在居住的地方搬离家园。这是永善人做梦也没有想到的一个关系到很多人下半生乃至子孙后代生存发展的重大问题。人们刚刚看到了一丝丝的希望，却被随之而来的问题无情地冲击着、撕裂着，如一不小心摔入洪流般不知所措，恐慌异常。

俗话说，在惯的山坡不嫌陡，在这个居住了几代人的家园，说搬就要搬，好多人还真是无法接受。

最让人彷徨与无奈的，莫过于与故乡的别离。

2013 年，我们来到永善县，怀着无比崇敬之意，走访所有移民乡镇，希望用我们平凡的视角，来感受永善的华丽转身和惊人之变，用我们普通的笔墨，记录永善重大变迁背后的点滴，记下这段惊天动地，气壮山河，豪迈而又朴实的客观历史。带着这样一种使命，我们开始了永善之行，长达半年的采访，就从 8 月 16 日这一天正式拉开了序幕。

在第二天县政府召开的调研会上，我们见到了来自河海大学的几位专家教授。巾帼不让须眉，河海大学的一个中年女教授，带着几位年轻的博士研究生，坐在会议室的第一排，我们坐在后面，共同听取了永善县移民局局长刘锋的工作交流和个人心声。刘锋用平静的语调叙述着沉重的话题，为河海大学的专家教授们解疑释惑，凡问必答，有惑必解，我们则在后面聆听。这个机会很好，会议本身就是一次对移民工作的正面交锋，让我们有幸全面客观真实地了解永善溪洛渡移民搬迁安置工作的整体情况，包括最初的构想、规划、设计、勘查，到后期的具体实施，搬迁、安置及后扶，我们认真地做了记录，以便带着会上所提到并涉及的所有问题，进行实地采访。会后，我们心中产生了诸多的问题、困惑和不解，这些问题将在接下来的采访中一一去寻找答案。

面对复杂尖锐的矛盾，永善人民以坚强的意志，铁定的决心，超凡的智慧，大无畏的牺牲精神，克服了金沙江开发"试验田"的初期阵痛，以蚂蚁啃骨头的毅力，有效化解了一段时期政策滞后、协调不畅、搬迁反复等重重困难，走过了艰难曲折的历程。

当溪洛渡电站施工区、围堰区、大库区和向家坝电站淹没区的移民不得不搬离生养自己的衣胞之地时，他们的内心有说不尽的苦痛和惆怅。他们怀念自己土木结构的老屋，虽古旧，却冬暖夏凉；

他们怀念后山的泉水，虽要人挑，却甘洌爽口，没有化学品的气味；他们怀念家门前的那棵老黄葛树，看上去尽管沧桑，却有着外婆一样的温情，冬里遮风，夏日纳凉；他们怀念串串门子的日子，说说体己话，帮助别人家，其乐融融好不温馨……还有很多很多东西，此后都只能停留在怀念中了，这怎不让人心酸和不舍，又怎不让人眷恋与惆怅，徘徊又彷徨。

可是，现在，他们连彷徨的机会都没了，都将被日渐上涨的江水给淹没，一个字，搬。他们只得抹去眼泪，一步三回头，把老家永远地留在记忆的村庄。

人的一生，总是在曲折地行进，在困难中发展，走过多少弯弯拐拐，只有自己知道，而每当走到十字路口，遇到过不去的沟，遇到跨不过的坎，都要停下来看看，停下来想想，找一个方向，让自己坚定地走下去，而这个方向在何处，就要做出许许多多艰难的抉择。左边通向何方，右边通向何方，这一切都是未知数，有的人习惯走回头路，有的人走一段后又回过头来走另一段，人生最宝贵的时间就在这个十字路口不知不觉地流失。如何走好下一步，考验着每个人的智慧和信念，一旦选择了，就要昂着头，一步一步地往前走，前方总会出现不同的风景，遇到不同的人物。每个人都会走出不一样的人生，不一样的精彩，这或许就是人生十字路口的抉择，艰难的抉择。

溪洛渡电站建设启动以来，永善的干部群众最初在一片欢呼声中展开了工作，可是人们没有想到，移民搬迁安置工作是一项艰难的、持久的、长期性的工作。更没有想到，为了国家重大电站项目的建设，将要搬离自己祖祖辈辈生活过的熟悉的土地，到另一个完全陌生的地方去生活。想到这里，永善千千万万的干部和移民就开始犯难了，一方面，为了支援国家重大工程建设，必须搬迁；另一方面，自己生存了一辈子的家园，故土难离，思乡心切。原以为，眼看着就要沾电站建设的光了，现在却要远离电站，远离故土。过去天天盼，月月盼，盼望了几代人的梦想，期待了百年的梦想即将离自己而去，这是何等的失望，又是一个何等艰难的抉择。

自开展实物指标调查以来，就意味着移民要面临着艰难的选择，搬迁安置涉及永善9个乡镇，安置方式主要有生产安置、搬迁安置、农村集中安置、集镇安置、外迁集中安置和自行安置等多种方式，到底选择哪种方式安置，更适合自己，这对于部分移民群众来说，实在是无比艰难的选择。因为无论选择任何一种安置方式，都将远离家乡。尤其是对于搬迁到普洱市孟连县勐马镇、玉溪市峨山县化念镇，以及那些零星自愿选择外省安置的人来说，不仅远隔千里，而且水土不服，语言不通，生活不习惯，难以决断。

03. 去与留的抉择

离开了童年奔跑的大地，人生依托的青山，梦想纵横的天空，心灵成长的故土，故乡就成为灵魂徘徊的村庄、守望的家园。

故乡依然是古老的、庄严的、朴素的、温暖的。故乡，依然是漂泊者最后的精神高地。

有谁不怀念故乡。

要搬离故土，除非还有比故土更美的乡愁。

可是在现实中，我们常常身不由己。

说到当年施工区移民工作的艰辛，我们采访到的干部群众，至今仍记忆犹新，不堪回首。

在云南省玉溪市峨山县，我们见到了派驻化念镇做外迁移民工作的蒋斌。言谈中，分明能感受到他的沧桑与凝重，作为曾任过永善县移民局副局长，时任党组书记的中年干部，对于移民工作来说，他绝对是一位熟透的老兵了。从事移民工作多年的他，对移民工作如数家珍。

蒋斌说，施工区从 2003 年开始搞实物指标调查，执行的是国发 74 号令，但准确讲，74 号令已不适应当时的经济发展水平，而用那个标准来补偿移民，显得失之偏颇。所以，施工区的移民搬迁工作，是在一种政策不明、经验不足的情况下启动的，边规划设计、边建设、边移民，这种工程推着移民走的模式，苦了移民，累了干部。

据蒋斌介绍，施工区移民人均耕地只有 0.51 亩，按照当时成都勘测设计院的规划，建议施工区移民必须外迁勐马镇安置，因为永善人多地少，根本无法满足这么多移民的安置。可是没有想到的是，这一方案遭到了移民群众的极大反感。当时移民群众提出，20世纪 70 年代就说要修溪洛渡电站，好不容易盼来了电站修建，却要让他们搬到 1000 多公里以外的中缅边界居住，他们一百个不愿意。

由于工作压力巨大，省、市、县各级领导都十分重视，对移民搬迁工作给予大力支持，广大移民干部深入移民群众中间做了大量艰苦细致的思想工作，终于确保施工区移民在 2004 年 4 月 30 日搬出红线。到 2006 年 7 月 28 日，除了有家属在永善县城工作和定居的可以留在永善安置以外，施工区的移民都统一外迁到了思茅市孟连县勐马镇。

可是，外迁到勐马镇的移民，有的居住几天、有的居住 1 月或数月后，再次自行回流到永善，给当时的移民安置工作造成了很大的被动。据蒋斌分析，返迁的原因主要是亲情难离，加之对外迁政策有抵触情绪。同时，在永善有房有土地的移民也煽动大部分移民群众回流，动摇了外迁移民的心。

这次外迁回流，引起省委、省政府的高度重视，最后，省政府在深入调研后，给外迁勐马的永善移民指出了三条出路：其一，继续留在勐马定居；其二，回永善自行安置；其三，回永善农场、木仰两个小区安置。最后，通过做疏导工作，大部分外迁移民都回流到永善进行安置，只有 80 户留在勐马镇永久定居。

随着岁月流逝，有关移民工作的很多记忆已成往事，尘封心底。事实上，大家都不愿主动开启这道记忆的大门，一经回忆，更多的是无限的感慨和伤痛。

　　说到移民，时任永善县人大副主任蔡大焰的表情立刻变得压抑起来，显然他不愿再去仔细察看伤口的伤情。然而，由于我们千里迢迢从昭通赶来，他和蒋斌一道，也从千里之外赶来，一切只是为了让我们更多地了解移民工作中干部的奉献、移民群众做出的牺牲，这让我们十分感动。言谈中，他们的目光不时地看向窗外，他们在寻找着什么，似乎窗外有让他们满是伤疤的痛楚心灵得以慰藉的东西？

　　蔡大焰坦率地说，移民不是永善人首创，永善人的祖先也是移民，大都来自山东、湖北、湖南等地，要么因为战争，要么因为避难而来。

　　说到永善移民和三峡移民，蔡大焰也有自己的看法，他说三峡移民那是国家移民，全国有 10 余个省市全力支持移民、安置移民，而溪洛渡水电站移民，则是以当地政府主导、企业为主。这两种性质的移民，就注定有着不同的操作模式，有着不一样的归宿。当然有一点是肯定不变的，那就是政府都会妥善安置好移民。

　　说到政策层面的事，蔡大焰说，溪洛渡移民工程，关乎国家重大能源调整，由国家出台了政策之后，具体操作层面的政策则由三峡公司和省移民局联合制定，是一个摸着石头过河的过程。而在制定政策的过程中，规划设计部门更多的是以历年的报表来认定农民收入和一些实物指标价格，因此，只要实地调查研究不够充分，即使充分也不可能照顾到每一个村寨，也只有采取抽样的办法来分析测算。这就注定有一部分移民的利益会因为地域的不同、出产的不同等众多复杂因素造成一些利益不均衡的问题。而这些问题凑到一起，自然就成了移民工作中的重要阻力。

　　蔡大焰于 2007 年 8 月调任溪洛渡镇党委书记。当时，由于政策标准与移民群众的期望差距太大，工作阻力巨大，群众的情绪非常严重，这一点，蔡大焰感受十分深刻。

蔡大焰说："尽管移民干部始终坚持做工作，但真正的英雄，还是移民群众，他们拆掉了房子，挖掉了祖坟，背上铺盖行头和锅碗瓢盆，按时搬出了自己居住了几代人的家园，做出了巨大的牺牲。"

在采访蔡大焰的过程中，我们了解到了李盛平的故事。施工区的李盛平在搬孟连之前，对是否搬父亲的坟的问题很是挣扎和纠结，要搬呢，按照政策，每座坟补偿400元，根本不够搬迁。在永善，按照当地风俗和行情，搬一座坟至少也得花10000元。不搬吧，总觉得对不住父亲。在经过痛苦的思想斗争后，万分无奈的李盛平提上一瓶苞谷酒，来到他爹的坟前，喝得晕头转向之后，打开另外一瓶酒，倒在父亲坟前，痛哭流涕地说："爹啊，你盼望了几十年的溪洛渡电站终于要修了，可是我们家的房子和田地全部都会被淹没，所以要搬迁啊！爹，我们要搬的地方，远得很，听说在中国和缅甸边界上。爹，按政策，要迁你的坟，只赔400元钱，儿子不孝，没有钱添补，迁不起这个坟。我听说，就是施工区，都有1300多座坟，人家有钱的人家，还是迁了坟，也有迁不起的人家，像村头的王麻子家，就没有迁他爹的坟。爹，儿子没有本事，苦不来钱，打不起碑，摆不起酒席，你老人家就留在这里算了，这个地方听说是块风水宝地，政府家都瞧得起的地方，肯定差不到哪点去！再说，我如果把你的尸骨挖出来，搬运到那个叫勐马的地方，儿子又担心你人生地不熟的，我怕那些孤魂野鬼些整着你。爹，你就原谅了儿子的不孝吧！以后逢年过节的，我就带着你的孙子孙女，朝着永善方向给你老人家磕头。"

讲述完李盛平的故事，我看到蔡大焰的目光侧向窗户，投向远远的青山，仿佛那青山上，就埋着移民的亲人。我还看到，蔡大焰的眼眶，也湿润了。

说到在溪洛渡镇当党委书记这段经历，蔡大焰颇为感慨，他说，那段时间，感觉成天忙得像个陀螺，累得几近虚脱。他说自己白天几乎不在家，老婆这一周穿啥衣服，自己都不晓得，即使同在一县城，即使自己也经常回家睡觉，但每天都回去很晚，起得很早，要见上妻子一面，实在是很难。

2009年6月17日，蔡大焰回忆说，当天早上，施工区移民开始聚集，有几个中年移民妇女去他办公室，他才开始给几位移民妇女讲解政策，几位妇女就异口同声地说，你不用讲了，你要讲的话我们都能背下来了，讲了上百次了，要讲就让县上的大官来给我们讲。后来，县移民局的局长刘锋来给他们讲解政策，移民还是不听。

说到做移民工作，蔡大焰说，对移民的正确引导是一个十分关键的环节。有的移民，兑现了点儿赔偿款，一下子觉得自己就是天下最大的富翁了。有户移民修房子时，老头请了12个民工来帮着搅拌水泥，儿子一个电话打给夜总会，叫留12个小妹晚上陪唱歌喝酒，儿子十分豪气地说，弟兄们打水泥柱累了一天，辛苦了。那一晚，单是唱歌喝酒就花了3000多元。后来，老头哭诉着来到镇上，要求以后的赔偿款再也不能兑现到儿子手上了，老头说，以前兑现的钱，早已被败家子儿子花了个精光，家里的房子也修不起了，只立了四根柱子。

是的，在移民区，很多家庭，尤其是年纪较轻的一些人，也许从没有见过如此多的钱，在溪洛渡电站修建之前，当地菜农存折上有1000元存款的都屈指可数。有一户人家，为了多赔钱，把已经外嫁出去的女儿的户口提前迁了回来，但没有土地和房屋，只在娘家正房旁边搭了一个偏房暂住，在进行实物指标调查时，老两口把好田好地都记到女儿名下。可是等100余万赔偿款兑下来后，女儿却分文不给老两口，一家人吵了起来。最后吵了几个月，几经调解后，女儿答应给父母16万元，而母亲却坚持要20万元，一直僵持不下，一个原本温馨的家庭，闹得乌烟瘴气。

　　当然，在移民中，有更多的人，以移民搬迁为契机，找到致富的门路，成为移民中的佼佼者。一名男青年姓李，30多岁，搬出施工区时，选择了自行安置方式，兑现到20余万元现金，小两口很有干劲，特别勤奋，每天早出晚归在工地上打工，后来又流转了一片荒山地搞养殖和种植业，通过几年时间的奋斗，现在总产值已达到200余万元。在这个李姓青年看来，移民政策针对每个人都是一样的，没必要去耗费时间，而是要把主要精力用在发展经济上。这个李姓青年，无疑是永善移民青年中的优秀代表。

　　说起移民的事，蔡大焰似乎有摆不完的龙门阵。一上午的采访，在不知不觉中就已结束。在中午吃饭的间隙，我们又继续聊起关于移民的话题，从蔡大焰的口中，我们自然又捕获到了大量珍贵的素材。

　　蔡大焰介绍，溪洛渡农技站有一位姓张的女干部，46岁，肾功能出了问题，在医院做了手术，腰间时常挎一个尿袋。尽管如此，只要镇上一安排工作，她都毫不犹豫地坚持走一小时山路到村工作，从不落下。那尿袋一年到昆明去换一次，即使是去昆明换尿袋期间，她也要叫自己的丈夫去抵自己上班，让很多人都为之感动。

　　溪洛渡农技站还有位姓易的男干部，50余岁，得了喉部疾病，做了手术后嗓子沙哑，话都说不出来，刚从昆明出院3天，就跟着一起到佛滩做移民安置意愿选择工作，他不能说话，就负责做记录工作，每天晚上一直要干到凌晨。

　　蔡大焰还说到一件事，他说，每年春节期间，全县所有的干部职工都要把慰问金送到移民家中。有些有钱的部门会送得多一些，而像溪洛渡镇，总计包了300户移民，由于经费困难，没有其他部门送得多，移民很不理解。镇林业站一位姓谢的女干部，在送慰问金进村时遭到阻拦。可是这位女干部不厌其烦，送一次送不出去，就再送第二次，第二次还不行，就再送第三次。直到把慰问金送到移民户手中，群众满意为止。如此为民办事的扎实作风，怎不叫人敬佩。

采访蔡大焰和蒋斌，只有短短一个上午的时间，蒋斌思索的时候，蔡大焰就低头抽烟，两个人都抽烟的时候，烟雾就一口比一口猛，浓浓地吐到空气中。在这个时空交错的空间里，他们回归到了人性的本色，他们在思索着、寻找着答案，也许他们每个人心中都有一个各自回答自己的答案，这个答案也许目前不是很明朗，也许在经过若干年的沉淀后，这个答案便会渐渐地清晰明朗起来。一上午的时间很短，根本不够他们回忆过去，然而，他们都把重点给我们做了讲述，他们的内心深处还有很多很多的苦恼没有来得及向我们诉说，还有很多很多感动人心的故事来不及向我们倾诉，还有很多很多的苦水和泪水不能当着我们的面流淌。我们能看到的，能感受到的，是他们不停地跳动着的、起伏着的心绪，每一次跳动和起伏都是一次诉说，都是一次心灵的自我洗礼。如同医生为病人洗胃一样，每一次在肠胃里洗涤滚动，都要经历一次痛苦的艰难挣扎。

2013年8月18日上午，我们来到了溪洛渡镇，采访溪洛渡镇的党委书记罗仕洪，我们特意安排在了周六上午，我们知道，罗书记十分繁忙，找他的移民很多，要在平时上班时间，他根本就没有时间接受我们的采访。

见到罗仕洪书记，给我们的第一感觉，就是疲惫。是的，这几年的移民工作，确实让他忙得不可开交，似乎就从来没有休息过。

坐定后，罗仕洪侃侃而谈，聊了很多有关溪洛渡电站的话题。

他说，溪洛渡水电站施工区的移民工作，大体上分为三个阶段。第一阶段，主要集中在2003年8月至2007年8月，主要是移民启动，搬迁到孟连。据罗仕洪介绍，在这一阶段，移民政策滞后，矛盾异常尖锐。施工区是整个溪洛渡电站移民工程的一块"试验田"，一切工作都是在摸索中推进。

当时，上面下了命令，截止2006年7月30日，移民必须搬出施工区。围绕着这一目标，移民干部千方百计做移民思想工作，而移民在政策还不明朗的情况下，根本不答应搬迁，两相僵持，持续了很长一段时期，矛盾几乎达到了白热化。一段时期，镇班子成员感觉工作无法开展，压力巨大，觉得无路可走了。时任镇纪委书记韩伟负责马家河坝的移民工作，非常认真，十分负责，在工作中，一直坚守政策底线。

第二阶段，外迁移民回流到永善。这一时期，主要集中在2008年3月至2009年4月。这一期间的矛盾，主要集中在外迁到孟连县的移民返迁永善的问题上。当施工区的移民搬迁到孟连后，由于对移民政策不满，认为没有分好田好地给他们，加之水土不服、生活习俗不同、文化差异和怀念故土等多种因素，移民聚集起来，强烈要求回到永善。由于矛盾激化，省委、省政府领导赶到孟连县处置，在充分听取移民意见后，人均发放1万元补偿金，配置了0.5亩荒山、菜园地，换得了短暂的安宁。可是没过多久，移民群众又就一些个案的问题多次提出不满。

第三阶段，主要以处理遗留问题为主，从为回流到永善的移民分配宅基地，到木仰、农场两个小区建设中的供水、供电、建材等细节，都逐一进行协调。当时，两个小区300余户同时动工，镇党委、镇政府要协调挖机施工，就连协调马匹拉沙驮水泥这些事，都得一样一样进行落实。在那一段特殊的时期，因为外迁勐马的移民本来心里就有气，一点小事只要处理不当，都极其敏感，甚至引发一些不必要的麻烦。为了有效化解干群矛盾，实实在在为群众多办好事实事，县委、县政府专门设立了移民生活困难补助经费，参照低保的标准，对确有实际困难的特困群众进行救助。各级干部在做群众工作方面就尤其慎重，但凡移民有个三病两痛，镇班子成员都要及时过问，涉及移民子女的就学、就医的问题，也给予特别关照。例如，有5位移民群众得了绝症，镇里每年给0.8万元至2万元不等的大病补助，协调三峡公司移民局，对移民子女上学给予救助，镇里也及时给予救助。同时，积极协调资金和项目，为移民区硬化了道路，完善了供排水系统和文化娱乐设施等基础建设。正是这些点点滴滴的温情，有效化解了移民对于搬迁工作的抵触情绪，化解了不少的社会矛盾。

雨水季节，正在建设中的农场安置点时常发生水患，半夜三更的，移民直接把电话打到县委书记和县长的手机上，哪怕是一点点小事，各级领导都会及时赶到，及时处置，尽最大努力让移民群众满意。

2012年11月6日晚8点，县委、县政府派出的工作组做移民群众的疏导工作。再次针对移民群众提出的诉求进行梳理分析，进行政策宣传，通过深入细致的思想教育和引导解释工作，终于赢得了群众的信任，进一步拉近了干群之间的关系。

罗仕洪对溪洛渡镇的移民工作，印象很深刻，他说，面对这样一个大镇，不敢有丝毫的懈怠，得时刻保持着缜密的思想。面对我们的采访，他显得十分疲惫，这跟他做移民工作时常紧绷的神经不无关系。

镇党委副书记罗国洪，几个月前刚到溪洛渡镇任职。这个年仅28岁的小伙子，看上去已是一个很成熟的干部，在他身上，也许很难看到一个28岁的人应具有的活力，紧锁的眉头，冷静的叙述中，透着深深的忧愁，这或许是一个老干部应有的表情，却放到了他的脸上，移民工作让他早早地成熟起来。不过，这也许是一件好事，可以让一个涉世未深的年轻干部，在面对复杂的移民工作时，做到应对自如。罗国洪之前在县委办副主任岗位上，他就一直在做移民工作。在采访过程中，我曾听说过他帮水田1组一村民抬柜子时，被狗咬伤，但一直坚持把柜子抬到安全位置的感人故事。这让我对眼前这个年轻小伙刮目相看。

采访中，他给我们讲述了一些感人的事。他说，印象特别深的是，给移民伍坤明家搬家的时候。他家对移民工作特别支持，带头搬迁。当天，罗国洪带了几个人去帮助他家搬棺材，当地人叫大板，在农村，大板可是一家人最重要的财产，那可是为老人养老送终而准备的，因此，每户人家都会保存在最安全可靠的地方。伍坤明家也不例外，他家的大板是20世纪80年代购买的，材质非常好，也非常重，就摆放在有100多年历史的碉楼上。因为搬动大板时人手少，连县委办58岁的驾驶员都来主动帮助搬大板，有几个干部的手板皮都磨破了，一个个累得汗流浃背、气喘吁吁。主人家见状，觉得这些干部都是真心实意在帮助他们，大为感动，忙去做饭送水来给工作队员们吃，让工作队员们深受感动，与移民群众的关系也处得更亲密了。

采访罗国洪，我最关心的，还是他帮助移民搬东西的事。于是我专门问了他当时的情景。罗国洪如临其境般给我再现了当时。那天，他和县委办的梁盛华去做一张姓移民的思想工作，开始时，工作没做通，张家坚决不准搬动他家的东西。后来，勉强同意搬了，罗国洪就带领几位同事主动给张家搬东西。

让罗国洪感动的是，他给张家搬东西后，移民虽然心里有点气，但是只要给他们讲清道理，那股气散了后，他们永远是最善良的人。

罗国洪为移民搬迁，这事一直深深地感动着我们，作为这个年龄段的年轻人，许多人还沉迷在自己狭小的天地里，衣来伸手，饭来张口，一边玩世不恭，一边愤世嫉俗，一边醉生梦死，而他的故事，深深地启发了我们，带给我们以更多的思索和启示。

人，要在锻造中进步，在风暴中觉醒。

也许，李远发便是一个在锻造中求进步，在风暴中更加清醒的老干部，他的经历充满了传奇，充满着无限的戏剧性。

　　李远发个头不高，从村治安员、村副支书、村主任、村支书、乡镇党政办主任、副镇长到镇纪委书记，李远发可谓阅历丰富，经验老到。因为一直从事移民工作，天天和老百姓打交道，也积累了一套和群众说话办事的好经验，再复杂的问题，再困难的局面，只要李远发在，就不会有大问题，领导们也会很踏实，因为，李远发这人做事，一心为着移民着想。同时，他会把移民和党委、政府之间的关系理得很顺，从这个意义上讲，李远发，真不是个简单的镇村干部，因为，他把人生的意义和价值看得很透，他把为民办事当成了自己一生的事业和追求。

　　李远发于2009年4月24日从桧溪镇调到溪洛渡任副镇长。5月4日正式上班，主要分管政法、维稳工作。据李远发回忆，当时做溪洛渡的移民工作，难度很大，李远发充分发挥自己多年在基层一线做移民工作的优势和经验，与移民群众拉家常、交朋友，了解移民真实想法，使得群众对他非常信任，有啥想法也会提前给他说说，一旦发现不良苗头，就及时做疏导化解工作。做移民工作那段时间，李远发从早到晚都在移民村，宣传政策、调解纠纷、解决问题，从早忙到晚，不分白天和黑夜，总有接不完的电话，总有办不完的事情，自己完全像是一台上好了发条的闹钟，家里的事，根本无法照顾，全靠老婆一人打理。

　　2012年6月，李远发的妻子被查出了鼻癌。这一消息，对于李远发来说，无异于晴天霹雳。他不得不请假陪妻子到昆明43医院检查，检查结果出来后，需要继续做化疗，他本来想好好陪陪妻子化疗，可是那段时间正是移民工作紧锣密鼓开展的时期，容不得半点迟疑。无奈之下，只好让女儿在昆明陪同化疗，自己又回到移民工作岗位上，天天面对移民群众，为他们解决困难和问题。在妻子住院化疗的两个多月时间里，李远发只请了两次假，每次都是去两三天就回来。

　　说到这里，李远发的眼睛湿润了，我知道，那一瞬间，他一定又想到了重病的妻子。"真是对不住妻子啊，为做这移民工作，家也不像个家了。"李远发说得有几分悲壮。

显然，李远发的生活，和移民工作一样，是艰难曲折的，成长与苦难并存，幸福与痛苦交织，痛苦与欢乐共生。在他的心中，是什么支撑着他一路走来？走到今天，除了创造幸福美满的生活外，也许就是一种对人生的追求和信念，这种追求能够让他找到人生的方向，这种信念，能够让他获得信心，增强方向感，从而找到前进的动力。和他有着类似经历的，也许还有黄升贵。

时任溪洛渡镇党委委员黄升贵，在 2003 年，担任三坪村党支部书记，在这 10 年中，黄升贵遭遇了各种困境和尴尬。

10 年来，由黄升贵主持调解的移民纠纷不少于 200 件，有效确保了移民区的社会稳定。他还尽最大努力上下协调，帮助解决特殊困难群众的实际问题。移民搬迁以来，不少家庭因意外车祸、生病、自然灾害等多种原因，造成家庭困难。一旦得知情况，他就主动问寒问暖，鼓励他们自强不息，并积极向党委、政府汇报，争取上级支持，尽可能优先解决移民群众困难。近年来，三坪村共解决了移民低保 518 户，涉及移民群众 1378 人；解决医疗救助 100 余人，救助资金达 20 余万元；帮助解决临时救助 300 余人。为了帮助移民尽快建房，有房子住，他从移民宅基地分配、建房用砖、沙石协调、建筑工人联系等工作均全程参与，全力帮助移民出谋划策，为移民协调运输建筑用沙 10 万余方。到四川犍为县为移民联系火砖，每匹火砖价格比本地少 0.1 元，受到了移民群众的普遍好评。

通过 10 年的共同努力，在黄升贵的带领下，三坪村的移民群众对电站建设搬迁从不理解到逐步理解，从不支持到支持，等靠要的观念逐步转变，发展意识进一步增强。在电站建设的带动下，不少移民已当上了老板，成为养殖大户，不断带动更多的移民发家致富。如移民何光华，在村党支部的帮助培养下，当上了三坪村的党支部书记；移民李盛平加入了兰花公司，成立了兰花项目服务部，年收入达 20 万元，为移民提供了更多的就业机会；花椒二组黄顺波，发展养殖业，成为养殖大户，年出栏成品生猪 60 余头，收入达 10 多万元。这些都是电站建设带来的喜人成果，而这些成果，又与黄升贵的努力和付出密不可分。

说到这些年做移民工作的苦恼，黄升贵说，管不了家，是这些年来最大的遗憾。他说开始那段时间，家属不理解，认为没把家当回事。上级不理解，认为工作没做到位，实际上自己已经做出了最大努力，因此感觉很委屈。他说，白天在外面做移民的思想工作，话说得多了，回家就根本不想说话，正所谓在外嘻嘻哈哈，回家当个哑巴。但是通过自己这些年的努力，帮助移民办了一些实事，自己也在这个痛苦并快乐的过程中得到了锻炼和成长，感觉很欣慰，觉得值。

如果说在移民工作中，移民干部有道不尽的苦水，那么，移民群众心中的苦楚，也许更甚。

作为选择自行安置的移民印才林，孩子上大学，老婆得重病，自己年逾五旬还得在工地上打工，沉重的家庭负担把他压得喘不过气来。

面对印才林，我都为他的生存状况而担忧。透过这个中年人忧虑的眼眸，能分明感受到他所经历的沧桑。

印才林搬迁之前住溪洛渡镇三坪村 2 组，当时搬迁人口 6 人，母亲王代英，81 岁；老婆艾成敏，45 岁。大女儿印显萍，25 岁，在浙江打工；二儿子印显骏，19 岁，在四川大学读俄语专业；小儿子印金申，11 岁，读五年级。

印才林说，2003 年搬迁时，他家共兑现到赔偿款 50 万元，2005 年妻子得了颅内肿瘤，去华西医院做手术，花了 20 万元。2006 年在县城买了套 178 平方米的商品房，花了 20 余万元。投资

10 万元与朋友合伙，买了一辆长货厢汽车跑运输，由于生意不景气，亏了 2 万元。这样折腾几下，所有的赔偿款用了个精光。一年前儿子考上四川大学，没有学费，印才林急得团团转，幸好，三峡公司和县妇联正在对移民子女考上大学的家庭实施扶持，解决了 5000 元的学费，才算解了老印的燃眉之急，这让老印感激不已。

后来，老婆的生活勉强可以自理，印才林靠在建筑工地帮老板搞工程管理，偶尔自己也包点小工程来做做，这才维持了一家人的生计。他说，自己有着强烈的焦虑感，现在依靠政府，家里有 3 人拿了低保补助，每月有几百块钱的收入，自己也还勉强可以打下工，挣点钱来养家糊口，到了 60 岁以后，身体不行了，干不了体力活，还不知如何生活呢！印才林如今最担心的，是正在读五年级的小儿子，他老是担心有一天，自己无力承担他的学费，要真是那样，就误了他一辈子了，为此，老印要拼命打工挣钱，这是老印唯一的出路。

不过，老印也并没有对生活失去信心，他说，在施工区 1000 多户移民中，像他这样困难的家庭毕竟是少数，他相信实在撑不下去了，还有政府的"保底"工程，有党和政府，他就有自信。不过，现在身体还勉强能动，就要靠自己勤劳的双手去挣钱，挑起家庭的重担。

老印的坚毅、果敢和担当，让我在心里暗自佩服。面对残酷的生活，不是每一个人都这么敢于担当，勇于面对的，他是我们采访中听到的又一个说要靠自己勤劳的双手去挣钱的移民，听到这句话的那一瞬间，我们再一次被感动了。我们深深地知道，要靠自己的双手实现自己的梦想，那是必须的，但又是多么不容易的一件事，对于老印们这样的移民群众来说，那就更难了。好在还有梦想这个动力源在支撑着他们，还有国家这个大的靠山在支撑着他们的梦想。

在溪洛渡镇采访，我们还遇到了这样一个特殊的群体，他们搬走了，又搬回来，他们的尴尬与无奈，让人揪心。

这些搬迁到勐马镇又回迁到永善溪洛渡镇木仰小区和农场小区定居的移民，他们的生活状况如何呢？带着这个问题，我们于2013年8月20日下午3点来到了木仰小区和农场小区。

见我们挎着相机走进木仰小区，移民似乎嗅到了一丝敏感的气息，经验告诉他们，可能是记者来了。于是，在移民印才东家的屋子里，一下聚集了二三十位移民群众，以妇女和老人居多。

我事先声明，我们不是记者，是为写一本书来了解些情况。我以前曾有过两年做记者的经历，我知道，如果让移民误认为我们是记者的话，对我们会寄予很高的期望。事实上，我心里也非常明白，我们所能做的事，实在是微乎其微，要解决好移民的问题，说到底，还得依靠党委和政府这个坚强的后盾。

这个小区所安置的，都是从孟连县勐马镇回流到永善的移民，在他们的心中，有着太多的怨气。比如我们今天到小区内采访，就是他们诉苦和发泄的最佳时机。

听说我们不是记者，有些群众就失望地离去。

幸好，还有部分移民群众留了下来，在和他们的交谈中，我们如愿地调查到了部分移民的真实生活情况。

采访完这两个小区后，已近黄昏，为了不至于因为我们的到来而引发热点问题，我们采访完最后一个移民后，准备离开，而移民们也出来，并一路跟随。四周的房前屋后站着或在做事的移民，也跟过来，向我们走近，他们都是些老人、妇女，还有小孩，如果我们不加快脚步，一会儿我们就有可能会引来更多的移民围观。我们每走一步，都有移民向我们喊话，要我们去看看他们正在建设中的房子，要请我们去给他们的房子照相。因为我们在采访之前已经看了许多家的房屋，就不必再看。从他们那带着惊诧和疑问的眼神可以看出来，他们对我们这个"作家"的身份，始终保持着高度的怀疑，更愿意相信我们是"记者"而不是"作家"。直到我们走出很远，融入街道的人流中，我们的脚步才放松下来，慢慢走回住地。这次采访，给我们留下了永生难忘的记忆，紧张与恐惧充斥着那间空间狭窄而显得空荡荡的房间，由此让我们真实地感受到了移民干部入村做工作时的情形。

回到住地，冷静下来后，回想起这次采访，觉得十分值得，因为我们真实地了解了移民返迁回永善后的安置现状和生活状态，以及移民心里真实的所思所想，在这里我们得到了部分答案。而另一部分答案则需要我们深入到勐马和化念去探访。

这次的采访经历，也让我们更加清醒地认识到，到勐马和化念去采访移民，又将是一个艰巨的任务。而在我们动身之前，我们又采访到了另外一个人，这个人也是从勐马返迁回来的移民。他的文化程度和他的所思所想所为，能够较为客观地让我们了解他的移民经历和他所认识的移民的经历。之所以采访他，是因为他是一个移民的代表，介于移民干部与移民群众之间的一个相对特殊的矛盾个体。他一方面为移民群众代言、发声，表达移民的诉求和心声，为移民们争取政策，谋划未来，规划生活，同时对于政府移民合理的政策也表现出积极的支持和配合，是一个积极的移民政策的支持者。

对李盛平的采访，是在溪洛渡镇政府的会议室里进行的，关起门来，会议室里就只有三个人，没有外人压力的情况下，他一吐心中长久以来堆积了 10 年的郁闷和不快。

李盛平说，2003 年初，整个施工区的搬迁，都是工程推着移民走，搬迁的补偿政策不明确，土地如何赔偿、房屋按什么标准等等，都没有一个可以量化的指标，大家都在摸着石头过河。当然，大多数移民心中也明白，搬迁，那是铁定的事实了，移民当时的想法，无非是想多要一些补偿，以后的日子也好有个着落。

　　说到搬迁，李盛平很是感慨，他说："施工区占着的土地，主要集中在三坪村和农场村，而这两个村的特点，虽然人多地少，但是靠近城郊，群众主要以种植蔬菜和水果为生，产值较高，生活条件也不错。听说要搬迁到千里之外的边境地方居住，要离开自己祖祖辈辈生活了几代人的地方，大家心里空落落的，没了一点踏实感，所以，移民群众不愿离开，也在情理之中。"

　　作为外迁到孟连县勐马镇又再次返迁回永善、在木仰小区安置的移民代表，李盛平的经历颇有几分传奇色彩。早在1993年，李盛平就到过临沧边境，在他叔叔的橡胶厂打工，他对于与临沧类似的勐马镇的地理地貌和气候特点了如指掌，在他的印象中，那是一个最适合耕作的好地方。因此，当第一批移民外迁时，他就动员其弟李盛锋外迁。李盛平的天性是经商，而其弟弟李盛锋的特长是种地、搞养殖，他天生就喜欢这些行当。可李盛平并不想搬去勐马，因为他觉得永善这个地方或许更适合自己发展。不过，2005年搬迁到勐马近两年的弟弟李盛锋打电话给他，说勐马很好，要他也搬迁过去。到2006年施工区移民大搬迁时，李盛平终于禁不住弟弟的劝说，怀揣一个梦想，带着两个孩子，踏上了外迁勐马的路，可是，那一年，他的老婆却无论如何也舍不得离开老家，只身留在了永善。

　　应该说，刚迁到勐马之时，李盛平是有一番雄心壮志的，按照他的如意算盘，他想在勐马带领年轻人搞规模种植和养殖业，因此，他打算这辈子就在勐马安家了。于是，搬到勐马的第二天，他就拿出积蓄，重新安装了新的门窗，装修了房子，一共花了10来万元。安定下来之后，他又请人写了报告给当地农业部门，打算发展连片蔬菜种植。领导也同意了他的请求，农技部门还无偿发放了一些种子、化肥等农用物资，同时，还给了一些优惠政策，打算统一价格回收销售，准备大力扶持移民发展农业产业。当时，李盛平算了一笔账，如果把分给他们的水田用于种植水稻，年产值也就是

1000元左右，而种植蔬菜的话，亩产值可达到3000元以上，只要大家愿意种，收入还是挺可观的。

可是事与愿违，大多数移民的想法与李盛平的想法却相去甚远。待李盛平争取的扶持政策下来后，大多数移民都反对他的做法。有的移民甚至说，自己有钱，楼上撮米来楼下煮，何必种菜卖？李盛平这才慢慢感觉到移民的心理变化。事实上，由于这次移民搬迁，大多数人家都兑现到几万到二三十万元不等的赔偿款，从来没有拿到过这么多钱的移民群众，一下子失去了理智，认为有这笔钱，以后的日子就可以高枕无忧了，至少最近几年，手上是不缺钱用的，有了这种懈怠的思想，一直在土地上脸朝黄土背朝天辛苦了几十年的农民兄弟，谁还有种地的心思？当李盛平察觉这种心态的变化之后，他感到后悔莫及，觉得自己搬到勐马来，注定是一个失败的选择。事实上，李盛平本人，也没有用传统方法种地自给自足、养家糊口的心思。

如果说李盛平还对在勐马发展大规模种植农特产品抱一线希望的话，那么后面发生的一件事，让他彻底失去了信心。当时，当地政府从会泽县引进了红洋芋优良品种，准备动员李盛平带领移民群众大力发展红洋芋种植。可是，大多数移民群众已经失去了种地的耐心，他们的心思，早已不在种地上，他们不想一辈子在土地上困死。而移民中的小伙子们，见缅甸边境的客运生意好做，大多数都选择学开车，跑运输去了。还有极少数游手好闲的小年轻人，则跑到缅甸赌场去赌博，这些现象，让李盛平彻底失望了。到2008年，李盛平仍看不到一点点发展的希望，也正是这期间，他产生了要回永善的念头。他也发现，有好些人家，就连房前的地皮都没有硬化，事实上，这些人家，也从来就没有安心在勐马镇永久居住，他们的心，也像自己一样在左右摇摆。

还有一个现实，更是让李盛平为移民的未来担忧。从2004年到2008年间，从永善搬迁了22批移民到勐马，就在这短短的几年间，有 5 个移民因为贩毒被抓，这让李盛平想到了自己的子女，他不知道他们长大以后，会不会也成为类似的移民，这一点，常常让李盛平夜不能寐。

返迁到永善重新安置的李盛平，有着很好的经营头脑，回到永善后，张罗起了自己的建筑队，带着移民弟兄们在工地上打工，承揽些小工程，小日子还算过得去。在小区里，移民都很认可他，选他当村委委员，有啥诉求，就找他反映，再由他反映到镇上和县上。小区里的人办红白喜事，也请他当支客师，也就是总管的角色，由他主持着办理每家每户的红白喜事，都办得妥妥帖帖，大家很喜欢他。现在，李盛平最大的愿望，就是希望政府尽快把专业市场规划进两个移民小区，要尽快形成市场，移民修的房子才有商业价值，移民们还指望着靠房屋的租金养家糊口呢！为此，李盛平成天除了要张罗自己建筑队的事，还得反映情况，争取支持，他说，对返迁到永善的移民安置小区，如不尽快盘活，不能产生效益，移民小区很快就会变成一个贫民窟，那样的话，就会引发很多的社会问题，不稳定因素就会越来越多。

李盛平说，这些年，他自己也是在不停的折腾之中，就连他老婆都嘲讽他："第一个劝你弟弟搬孟连的，是你李盛平，离开我带着孩子搬到孟连的，是你李盛平，搬到勐马镇刚花了 10 多万元装修好房子住了两年，你又要搬回永善来，还真是看不懂你了。"

是的，李盛平老婆说的不无道理，但李盛平说他觉得自己也没有错，他的每一次选择都是经过慎重考虑后决定的，他说自己一直在追求着自己的梦想，他坚信，总有那么一天，他的梦想一定会实现。

尽管回到了永善，李盛平的梦想，并未因此而停止，在未来的生活中，他说他还会寻找新的梦想，寻找新的起点，新的梦想又将开启他崭新的人生。从他那平静的述说中，我们可以看到他对生活充满了信心，他的态度是坚定的，方向是明确的，道路是清晰的。

从始至终，我们感受到了，他的这些梦想都建立在一个支点之上，这个支点便是国家，是政府。他对国家、对政府充满了信心，他希望和期待着更好的政策惠及移民，支撑起他们的梦想得以实现。言谈中得知，他未来几年的梦想，就是带领回迁到小区的移民走上致富的康庄大道，实现共同富裕。这个梦想对于一个移民来说，无疑是伟大的，是令人无比敬重的。

纵观从孟连县勐马镇回迁到永善县的移民，因为当初选择安置方式没考虑好，在外搬与回流的过程中，可谓几经折腾，散尽家财。他们都有几个共同的特点：第一，家中上有老，下有小，一家几张嘴巴等着吃饭；第二，每家都修了4层半的楼房，但每家都欠下了二三十万元的债务；第三，没有固定的经济来源，基本靠打工维持生计；第四，这些家庭应对重病、就医、上学等困难和风险的能力极低，十分脆弱，一旦家中有点啥变故，根本无力支撑。

而这些问题和困难，县委、县政府早已意识到，并且正在积极争取项目支持，进行划行归市，唯有把木仰、农场两个移民小区盘活，提升其房屋铺面的商业价值，同时加大移民的就业技能培训力度，这些失去土地的移民群众的生活来源才有着落。他们的百年梦想，才有实现的一天。这一天的到来，显得荆棘丛生，困难重重。但可以坚信的是，这些困难，都是暂时的，拨云见日的一天，近在咫尺。

李盛平和他的移民乡亲们，他们的梦想正在一步一步地照进现实。他们离梦想实现的那一天，越来越近。我们可以看到，一个致富移民的平台已经搭建，美好的蓝图正在展开，剩下的，就是大家一起齐心协力，共同努力。

李盛平的梦，何尝不是所有移民之梦。

04. 冰与火的疼痛

　　如果说移民工作伟大，那么伟大之处正在于上万移民干部群众的牺牲与付出，他们舍弃家园，背井离乡，只为一个高峡平湖的梦想，他们争吵过、打骂过、挣扎过，但最终他们都做出了让步，因为，他们永远明白一个道理，自己的利益是小利益，国家的利益和人民的利益，那才是真正的大利益。

　　因溪洛渡水电站工程要在 2007 年 11 月截流，要求 9 月底，围堰区移民必须搬出红线。当时，群众仍有抵触情绪，通过慢慢的化解和疏导，从 9 月 12 日开始，到 9 月 28 日，终于将围堰区的移民群众全部搬迁结束。这期间，正好实物指标调查的相关文件也已出台，移民群众顾全大局，让出了自己世代居住的家园。尽管在搬迁过程中，和移民干部红过脸、吵过嘴，甚至抓扯过，但最终还是按照时间节点，搬出了红线。在这个过程中，有许多故事可歌可泣。

　　夜幕降临时，我们踏上了一片陌生的土地，此行的目的地，务基镇。

　　在永善，务基镇素有"小春城"之美誉，环境优美，气候宜人，是溪洛渡水电站上游的第一个乡镇。

去务基镇采访，是晚上到达的，在镇上住了一夜，第二天，我们便迫不及待地展开了采访工作。

时任务基镇党委书记的王林，1978年出生，之前曾担任过移民大镇黄华镇的人大主席，一直从事移民工作，有着丰富的移民工作经验。在工作中，总是身先士卒，走在前头，做出示范，连扛木棒、搬东西都亲自上阵，带领全镇干部一起，把移民的事办实办妥。

时任务基镇镇长的殷盛发，1977年出生，到务基镇工作之前，先后在团结乡和县政府办工作过，与移民工作有着千丝万缕的关系。自从到务基镇任镇长后，他成为做移民工作的主角，很多酸甜苦辣的滋味，是以前做配角时无法体验到的。

务基镇是个移民大镇，这一点，从殷盛发给我们介绍的一组数字即可看出。务基镇有移民8000多人，占全镇人口的三分之一。殷盛发说："在移民工作中，老百姓可以说流泪又流汗。移民干部则是流汗流血不流泪。有的干部，在做移民工作的途中，摔倒、翻车事故时有发生，干部群众都十分艰难，但是内心都无比坚强。没有这一种直面困难的精神，没有移民干部的坚强带动，就不可能完成这么繁重的工作任务。"

殷盛发给我们讲述了7月2日当天的事件始末。务基镇的移民，事实上从围堰区搬迁时，因为赔偿政策不明朗，心中就积累了一些怨气。到了大库区移民搬迁时，矛盾便集中爆发，在事件的前几天，就曾经发生过移民哄抢表册、辱骂干部的前兆。而究其根源，主要是在实物指标调查中，当时有个说法，移民群众的土地不需要丈量，不计算到一家一户，国家不给予赔偿，所以群众就不关心土地面积的实际调查数额，忽视了对土地丈量的监督和确认。干部在操作中，也忽视了这一问题可能带来的隐患，因为想着丈量了也派不上用场，所以就估了个概数，还自以为多长了个心眼，完成了一项没有用场的统计。

但后来政策出台后，又要把土地赔偿兑现到各家各户，这样就造成一个巨大的矛盾，之前所调查的土地，几乎都是一个概数，没有谁会去监督和关心自己家土地的实际数量。加之青龙村的土地面积本来就窄，兑现到一家一户更是少之又少，群众突然之间觉得自己吃了大亏，懊悔当初没有好好丈量下自己的土地。同时，也责怪干部之前为什么不给他们丈量好自己的土地。

时任镇党委书记王林介绍，为了化解群众心中的怨气，消除事件造成的不良影响，密切干群关系，务基镇用最好的服务赢得群众理解。为方便群众办理移民搬迁手续，镇里设立了"一室六站"。"一室"就是设立移民政策宣讲室。"六站"就是在白胜、青龙、凉台、回龙、捏池、八角6个移民村分别设立移民搬迁安置服务站。这六个服务站，主要职能就是站在移民的角度开展工作，移民群众算不清的账，主动帮助他们算，让移民心中装着一本清爽账，明明白白地搬迁。政策不清楚的，就反反复复给他们讲解政策，直到他们理解、吃透、心服口服，自愿搬迁。

由于务基镇到县城有30公里路，江边的几个村组到县城更远，达70公里左右，移民群众办事非常不方便，为此，镇上还抽出专人，在县城设立了移民服务点，为在县城办事的移民群众全方位搞好服务。

同时，全县的大环境也在发生着深刻变化。为了进一步改善干群关系，方便移民群众办事，县委、县政府专门成立了一个移民工作督查组，在坚守政策底线的情况下，着力优化服务，减少办事环节，改进工作方法，提高办事效率，方便人民群众。有了这些很好的举措，县镇村组四级联动，移民工作开展起来顺利多了，凡是需要盖章的地方，都由镇干部全权代理跑腿，免去了群众的很多烦琐之事，让移民能安心做好搬迁的各种准备，群众的满意度也得到了大幅度提高。

在务基镇采访的过程中，我们还了解到不少感人的故事。

镇林业站干部石绍高，已是 45 岁了，在事件中，被一个移民小伙子用手电筒砸伤头部，还打了他的面部，砸成了"熊猫眼"，青一块紫一块的，肿胀难忍，但只住了三天医院，就回到工作岗位上，发挥他在当地人熟地熟的优势，继续开展移民工作。

镇干部何庭香，43 岁了，在从青龙移民工作站回镇上的路上，因为下雨路滑，骑摩托不小心摔倒，腿脚受伤，住了六天医院，勉强能活动，又开始骑着自己的摩托车，日夜奔走在移民村寨的山路上。

42 岁的邓升群，成天冒着 40 摄氏度的高温走村串寨，钻林下地，白天干不完的事，晚上接着干，成天满头大汗。穿一条裤子，全浸满了汗渍，在太阳下晒干后，一条裤子全沾满了盐斑。众人都开他的玩笑，说他怕是从盐水塘里爬出来的。他也不在乎，还是成天奔忙穿梭于村村寨寨。

镇计生办干部陈长军，平时身体不好，多病，消瘦，镇上也没有安排他去做移民工作。但是看到镇机关干部白天夜晚地为移民操劳，他坐不住了，主动申请去青龙村做群众工作。陈长军说，他是本地干部，村子里有许多亲戚和朋友，他去做工作，比别的干部要方便得多，效果也会好很多。可是，才下青龙村工作一个星期，因为劳累过度，加之生活无规律，过多说话伤了他的元气，他还是在工作岗位上病倒了，等送到医院，陈长军早已停止了呼吸，年仅51 岁。一个朴实无华，一心想着移民群众的基层干部，就这样累倒在了平凡但却无比伟大的工作岗位上。

移民群众也是讲感情的，看到干部们如此辛苦，他们付出了汗水，付出了心血，甚至付出了生命，移民群众也被深深地打动了，慢慢地，坚冰开始融化，疙瘩逐渐解开，逐步理解了干部的苦衷，逐渐开始配合移民搬迁工作，使得工作推进顺利了许多。

在 2012 年 10 月帮助移民群众大搬迁时，也涌现出了很多可歌可泣的人和事。在搬迁过程中，对那些家中劳力少的移民家庭，镇上就组织义务帮迁队，镇村干部主动帮助搬东西。在青龙安置点，镇上组织了 200 人的党员义务搬迁队，县里挂钩的有关部门来了 200 人，400 名干部齐上阵，只一天时间，就帮助完成了 43 户人家的搬迁工作。

至今仍在移民心中留下深刻印象的是，务基镇锦屏村的彝族同胞，本来住在高山上，听说江边的移民为了修溪洛渡水电站要搬迁，自发组织了 20 多个青壮年，凌晨 4 点就起床出发，走 15 公里山路，天亮时才到达江边的移民村寨。彝族同胞们头顶毛巾，手拿扁担，不分彼此，七手八脚地甩开膀子干起来，帮助那些没有劳力的移民群众搬柜子，抬水缸，运粮食，抬棺材，一直把这些沉重的东西从青龙搬到平坝临时安置点。

殷盛发感慨地说，说到移民工作，他更多的是想到了书记王林。他说，十多年前他俩就认识，想当年刚参加工作时，两人年龄都差不多，意气风发，洒脱自由。可是这些年因为工作岗位的需要，都一同走上了移民工作岗位。国家的重大项目建设赋予了自己特殊的使命，感觉任务艰巨，责任重大。殷盛发说，他和王林书记经常夜间一两点还在一起商议移民的事。这移民工作可是大事，要整不好，影响大局，可不得了。涉及移民的事，大小事情都得多方协调，三峡公司、成勘院、移民家庭，哪一个环节都少不了，有时工作没做好，上级不满意，下级不理解，群众不支持，几头受气，自己也会感觉委屈，但还得忍辱负重，直面每一天。殷盛发说，很多时候，自己的家人有啥事，如姐姐的孩子上学，老母亲生病住院等家事一概管不了，都是家人自己去面对和克服。可是哪一户移民有事，他和王林书记都会第一时间赶到，把移民当亲人。有移民过世了，他俩就要去看望，还要跟着守大夜，借机与群众沟通交流，拉近感情。有一户移民搬到溪洛渡自行安置，在建房的过程中，工人不小心从楼上摔下来死了，他和王林书记就赶紧去处理，还从人道主义的角度，从紧张的经费中挤出9万余元帮助解决善后事宜。目前，他们正在思考的，是移民搬迁后的发展，如何加强基础设施建设，如何加强移民的就业培训，加强移民的后期扶持。

没有想到的是，在玉溪市化念镇采访，竟然见到了时任务基镇副镇长的姚逊。

姚逊，80后，清瘦，平头，戴一副眼镜。

也许是做移民工作太久，姚逊的目光里，总是透着忧郁与沉重。一说起移民工作，他很感慨。他说移民群众做出了牺牲和奉献，移民干部也吃尽了苦头。在移民干部中，像姚逊这种单职工家庭，还面临着更大的困难。妻子待业在家，主要照顾3岁的女儿。而姚逊呢，根本照顾不了家庭，而且仅靠自己一个人的工资养家糊口，经济上的压力也很大。所以，这几年来，姚逊对于家庭的付出就很少很少，谈及这一点，他自己都觉得十分惭愧。但面对移民搬迁这样天下第一难的工作，姚逊别无选择，他只有义无反顾地接受组织交给的任务，来到化念镇，协助做好外迁移民的服务工作。

2011年6月8日，姚逊刚到务基镇报到，当天就随书记唐刚银到青龙驻村工作，一干就是两个月。这时，正是实调工作推进艰难的时期，而此时，姚逊的女儿才出生14个月，正是需要照顾的时候。尽管如此，姚逊二话没说，一头扎进移民村，天天与移民群众待在一起，听他们诉苦，帮助他们解决困难。而孩子和家中的事，则让妻子独自一人面对。等姚逊两个月后回到家中，女孩已经会跑了，让姚逊这个大男人都感动得有些把持不住。姚逊说，那段时间，就是再苦再累，也要挺起，这就是当时唯一的想法。

姚逊说，2011年7月25日，他带了28个移民到玉溪市化念镇考察，考察后，一部分移民愿意选择外迁化念，有的则选择在永善安置。8月，姚逊正式分管移民工作，因调查时间跨度大，不同程度出现了一些业务上的问题，从2011年年初到10月，移民情绪相对平稳，从10月开始准备，11月正式启动务基镇安置协议的签订工作。2012年5月全部签订了安置协议，开始启动搬迁。务基镇离县城近，大部分移民选择在县城周边安置，7000余移民中，就有3000人左右安置在县城周边。为方便移民办事，镇里专门在县城成立了政策宣讲室，设立了专门针对移民的服务站，由姚逊带5个工作人员进驻县城，把办理移民所需要的资料全部带齐，凡是移民需要办理的，就配合有关部门及时办理。针对移民户办理安置落户手续，为方便移民群众，只要满足流转到土地、找到宅基地、所安置村组出具证明等几个条件，就现场为移民群众办理安置手续。

那段时间，姚逊忙碌得像一个消防队员，哪里着"火"扑哪里，心里只装着两个字：移民。

2013年5月28日，姚逊到化念报到，标志着他的工作开始正式转入到外迁移民安置。在化念，根据分工，他担任党宽安置点的副组长，同时兼任县协调工作组办公室的工作。本以为做完内迁安置工作后可以休整一下了，没承想，一个更加艰巨的任务又落在了自己的头上。姚逊非常清楚，外迁移民安置工作更不好做，因为这些移民远道而来，背井离乡，重建家园，一切都得从头开始，再加之气候、水土等因素，移民群众也还有个适应的过程。所以得进一步关注移民群众的情绪变化，更加注重做好群众的思想工作。在化念工作期间，姚逊和其他移民干部一样，坚持每天早早地来到安置点上，督促检查施工进度，对群众反映有施工缺陷的房屋，监督施工方进行整改，为移民群众处理了一个又一个问题，直到群众满意为止。

在姚逊眼里，在化念工作的每一位移民干部，都一样地辛苦，还管不着家，通常都是几个月才能回家一次。姚逊说，有个移民干部叫袁自伟，孩子才生下3天，他就赶到化念工作。刘仕杭也面临同样的困难，妻子怀孕期间，一直没能照顾，直到临产前几天，才请假回去看看。姚逊说，和这些干部相比，他觉得自己的辛苦算不上什么。

谈到对移民群众的感受时，姚逊给我们讲述了一些有趣的故事。他说，有一个移民，赔偿到几十万元后，根本不相信自己一夜之间成了有钱人，第二天一大早就赶到镇信用社，用存折取了十万元出来，认真清点了几遍后，再存进去。听了让人既觉得有趣，又不免觉得有几分辛酸。

他还说，有个移民，拿着几十万元赔偿款，一下子狂喜，和朋友扬言说，老子有钱了，买辆面包车就像买个打火机一样简单。另一个朋友就嘲笑他，说打火机可以一次性买几十个来摔烂，你能一次性买几十辆面包车来摔掉吗？说得那个移民哑口无言。

姚逊感慨万分，他说，这些都说明，我们移民的思想文化素质确实还需要进一步提高，唯有移民的素质提高了，对他们今后的发展才会有帮助。

在一个刚刚下过小雨的正午，我们来到了务基镇长青安置点，一条新修的街道沿缓坡爬伸，街道两边那一排排整齐的楼房，就是移民们刚修好不久的新房。和传统的农村住房相比，显然好了很多，这完全是一个透着现代气息的新农村。云雾在后山一堵笔直的巨崖间缭绕，缥缥缈缈，虚虚实实，看上去俨然一幅淡雅的泼墨山水画，移民能在这样的环境里生活，怎不让人心情舒畅。

坐在移民代表廖通怀家的小洋房里，阳光从窗外透了进来，明晃晃的，显得温暖而明媚。廖通怀家有 5 口人，搬迁之前，家中有土地 4 亩，土木结构瓦房 109 平方米，领到赔偿款 37 万元。

廖通怀家是 2007 年 8 月 30 日搬到长青安置点的，搬迁之前住白胜村顺河 3 组。在政府的统筹协调下，他家流转了 5 亩土地，按照 1.3 万元 / 亩计，合计花了 6.5 万元。150 平方米的房子修了两层半，花了 34 万元。搬家之前，廖通怀家有 400 多棵花椒，年收入

2 万元，芭蕉 2 亩，年收入 1.8 万元，薯类 3 亩可收 5000 公斤，喂 3 头猪能卖 6000 元左右，还有砂仁也能卖点钱，一年下来，毛收入有 5 万元左右。除了供学生读书花去 3 万元左右，余下的收入，够一家人开支，小日子还是过得蛮滋润的。

现在搬迁到长青安置点，去年种了 3 亩脐橙，1 亩核桃，5 亩玉米，1 亩红薯，喂了 2 头猪，全家 5 口人都享受低保政策，全年有 1300 元左右，加上种植业的收入，一年毛收入有 8000 多元，日子勉强能过得去。

谈到未来的发展，廖通怀说，他种的脐橙 5 年投产，核桃 8 年投产，再过几年，他家的脐橙和核桃投产后，生活就会好很多。总体来说，虽然搬迁把自己家的生活全部打乱了，一切都得从头开始，但这是没有选择余地的事，国家建设只能支持，再说，现在政府对他们很关心，帮助他们修了新的安置点、新的街道、新的设施，自己也住上了新的小洋楼，一切都是新的，各种后扶政策也在不断兑现，前景是很好的，他说自己对未来充满信心。

廖通怀唯一苦恼的是，长青安置点这地方缺水，水是从十几公里以外的大山上引下来的，因为水源地不好，靠地表水积蓄，水量很小，虽然政府也尽力对沟渠进行修缮，但还是满足不了日常用水。这成了老廖一直闹心的事。不过，老廖告诉我们，政府正在想法解决这一困难，相信总有一天会得到解决的。

47 岁的刘家权，家中 4 口人，搬迁之前住白胜村顺河 4 组，搬迁前有土地 6 亩，土木结构的房子 170 平方米，有花椒 6.8 亩，1200 多棵，沙仁 0.45 亩，芭蕉园 0.23 亩，喂了 1 头猪，年总收入 2 万元左右。

搬到长青安置点后，新修了两层半的楼房共 360 平方米，有 4 亩地，喂了 4 头猪，负责管理村农贸市场，年总收入 1 万元左右。搬到安置点后，刘家权还担任村监督委员会委员，村民小组长。

老刘坦言，搬到长青安置点后，交通条件和用电都比以前要好很多，总的来说，尽管有很多困难，但前景更好了。

当天下午，阳光暖暖地照射在金沙江两岸。长青小镇，以其崭新的姿态沐浴在湖风里，村头的石榴树展现出了只有深秋才有的颜色。也就是在这样一个温馨的午后，我们见到了移民青年巫天玲，并在他的带领下，考察了他位于江边的脐橙园。

39 岁的巫天玲，是一个勤劳、朴实、精干、热情的永善汉子，与妻子邹庆仙一起创业，在当地小有名气。家中 4 口人，育有一女一子，当时分别在读中学和小学。搬迁前，巫天玲住白胜村下坝一组，家中有土地 3 亩，都是花椒园，有房 168 平方米，兑现到赔偿款 52 万元。巫天玲选择了自行安置，搬迁后在县城买了一套 82.6 平方米的房子，花了 8 万元。巫天玲是个很有经济头脑的人，当初兑现了赔偿款，好些人都选择买车消费，海吃山喝，几下就把赔偿款花光了。而巫天玲却投资 15 万元，买了辆货车搞运输，有了点积蓄后，又与朋友合伙开了永善第一家汽车销售公司。在一个小小县城，卖汽车，真是难以想象，可是巫天玲却突发奇想，他看准了移民拿到巨额赔偿款后的高消费需求，因此，这第一桶金，让巫天玲对自己的经营才能充满了自信，他也一下子在移民青年中脱颖而出。

当大多数移民青年都选择窝在城里享受安闲的生活之时，巫天玲又动起了脑筋，杀回老家去，在务基流转了一大片地，开始尝试种植脐橙，尝试搞网箱养鱼，打算搞水上运输。

巫天玲邀约了 11 户人家，在务基镇 601 米水位线以上原本一片荒芜的土地上搞起了脐橙专业合作社，流转了 400 余亩土地，现已种植 200 余亩。巫天玲本人流转了 7 亩土地，投入了 28 万元，三年后投产，每亩产值可达 1.2 万元左右。

目前，他已在江边自己的脐橙园里建了一幢 4 层半的楼房，作为合作社的基地，搬迁，让移民群众失去了古老的家园，又重新获得了崭新的家园。

巫天玲所在的务基镇下坝 1 组的 43 户 230 余位移民，全部选择了自行安置，每户人家兑现到赔偿款项在 15 万元至 20 万元。其中：搬迁到县城的有 41 户，搬迁到玉溪峨山县化念镇的 1 户，搬迁到溪洛渡镇桐堡村的 1 户。

对搬迁到县城的 41 户移民群众的生活状态，笔者也做了一个调查：有 11 户搞种植业，成立了云南卢家坪优质脐橙种植专业合作社，3 户买了面包车，跑务基到县城的客运，10 余户主要靠打零工维持生活，10 余户无业，成天打麻将、玩耍度日。

其中，有一户特困户乔某，未搬迁之前妻子就离家出走，他带着一个 8 岁的男孩相依为命。搬之前，有一间 60 平方米的住房，有 1 亩土地，小日子勉强过得去。搬迁之后，在县城租房居住。赔偿款只有 2 万元，但以前欠贷款 3 万元，搬迁赔偿款还不够还贷款，家中一贫如洗。祸不单行，本来就贫病交加的家庭，又遇重大不幸，乔某在搬进县城后 3 年即患病身亡。为了养家糊口，乔某 63 岁的老母亲赖志芬只好在街上贩卖蔬菜，带着小孙子艰难度日。

赖某家的遭遇也是令人揪心。43 岁的赖某患有严重的肝炎和肺结核，搬进县城不久就不治身亡，留下一个 9 岁的儿子到处流浪。后来跟其堂兄家住在一起。

在移民搬迁中，类似的特殊家庭总是让人牵挂，令人担忧。好在，遇到类似的特困户，总有移民兄弟伸出援助之手，总有各级干部关心关注，问寒问暖，让他们在为国家的建设做出重大牺牲和奉献之后，也享受到了党和政府的温暖，父老乡亲的关怀。

采访中，我们无意间听到了凤奶奶的感人故事。

凤奶奶身材矮小，面容清瘦。凤奶奶有个儿子，带着媳妇在昆明建筑工地打工，平时就留下一个 13 岁的孙女跟着老人相依为命。

搬迁当天，干部们从中午就开始做思想工作，老人就是不同意搬走，她说自己在老家住了几十年了，习惯了，就是搬北京都不去。后来，几位女干部拿东西去给她吃，她不要，试图和她摆下龙门阵，拉下家常，拉近感情，也无济于事，说着说着，凤奶奶就放声大哭，难以抑制，搞得候在一旁的干部群众手忙脚乱，不知如何劝导老人。只见凤奶奶的孙女用一块白手巾不停地给奶奶擦眼泪，擦着擦着，孙女的眼泪也大颗大颗地滚落下来，哭得很伤心的样子，直叫人心疼。

原来，凤奶奶是舍不得她早已修好的坟墓，她说那里风水好得很，她老伴走时就托梦给她了，要她死后哪里也不去，就在那里安家。在那里安家很好，对面就是四川的大凉山，前面就是淌不尽流不完的金沙江，有山有水就是好啊！因此老人家平时都一直念叨着这事。几乎每一天，老人家都要拄着拐杖，在孙女桔子的搀扶下，来到她的住房左侧 100 米左右的生居碑旁，东瞧瞧，西看看，抚摸那高耸气派的石碑，顺着早已砌好的围石，仔细地瞧、细细地看。老人家审视她那未来的家，就像是在审视自己即将搬入的新居一样细心和用情。那可是她去到另一个世界最为重要的居所啊！老人家做梦也没有想到，流淌了几代人的金沙江，从她刚睁开眼睛就看到的金沙江，有朝一日不再汹涌，不再咆哮，而是变得像一面平静的绿色镜子，变得像是一片汪洋，水位升上来这么高，以至于把自己生前的住房和死后的坟墓一并淹没。这一点，是老人家最不能容忍和接受的。

凤奶奶三缄其口，只抛下一句话，说让她再在老房子里住一晚。

第二天，移民干部们继续来到凤奶奶家做工作。

当在场的干部群众了解到老人不搬的秘密后，几个明白事理的干部赶紧凑到凤奶奶面前，轻言慢语地劝导她，告诉老人家搬是必须要搬的了，现在要支持国家的大建设，只有国家好了，我们的家才会好，大家才会好，至于老人家的坟，帮迁队的小伙子会轻抬轻放，一块一块地，毫发无损地搬到她儿子找好的地方重新把她的"安置房"砌好。她儿子也凑到老人家的面前，贴着老人的耳朵大声地说："妈，你放心，我给你重新找的地好得很，比现在这点还好，这点马上就要被江水淹了，新的坟地就在半山腰上，站得高，看得远，搬到那里，前面是一个大水库，你老人家看前面的山，眼界更开阔了，安逸得很呢。走了，妈，来，我背起你老人家走，把这个地方让给溪洛渡电站，让给国家，国家会记得你的。"

没想到，大家做了几个小时的思想工作，老人的思想没通，刚才这一通话，却说动了老人，尤其几个干部说会把她的碑石原封不动地搬去砌好，或许是因为儿子说的这段话击中了老人家内心深处最柔软的神经，老人再也哭不出声来了，眼泪却止不住流淌下来。那一刻，在场的所有人都被感动了，心中那一抹乡愁和忧伤一下子漫卷而来，让现场的每一位干部群众都感动得集体失声。

更让人震撼的一幕出现了，这一幕，也许在世界上任何一个地方都看不到，也许随着溪洛渡水电站建设，这样的一幕也会在金沙江两岸永久地消失。只见凤奶奶的儿子拿出一盘背架竖在地上，那背架的下方，穿插出两根粗壮的木担，几个干部扶着凤奶奶，轻轻地横坐在那两根木担上，手扶着背架的扶手，颤颤悠悠地坐着。儿子蹲下身去，小心翼翼地套上背带，几个干部赶忙上前伸手扶着老人。儿子试了几下那背带，觉得实在了，就弯下腰去慢慢发力，轻轻站了起来。顿时，若干双手赶紧扶上去，呵护着老人，在陡峭、崎岖的山路上蹒跚前行。凤奶奶的孙女也特别懂事，拿着奶奶的拐杖，边走边揉着眼泪，亦步亦趋地跟在后面，目光空落落的，显得没精打采的样子。

那一天，走出去很远的地方，老人家的眼泪，都还在眼眶里打转。只见凤奶奶回过头来，一直看着对面的大山和脚下的金沙江，生怕一眨眼，那大山和江水，就会在眼前消失一样。

事实上，在溪洛渡大搬迁中，还有很多像凤奶奶一样的移民，他们总是在艰难的痛苦挣扎中难以决策，这一个过程，如同蚂蚁钻心，叫人心慌神乱，痛苦万状，不知所措。但是最终，他们终究还是做出了决策，哪怕这个决策错了，他们也只得认命，从不后悔，因为他们明白，电站是一定要修的，水是一定要淹没故乡的，时代的洪流，是永远也不会后退的。他们唯一的选择，就是到一个全新的地方，安身立命，建家立业。

只是，在临走时，他们总忍不住要回首故乡，一步三回头，一遍又一遍。

走出来了，就回不去了，以往的那个家园已然沉入了大江，可是，心里的那个温暖的家却一直还在，照样有太阳升起，照样有夕阳落下，照样有鸟语花香，照样有生活的气息，照样有人间的烟火，那里住着所有的家人和亲戚，包括死去的先人，那里已然成为灵魂最后的家园，时刻住在记忆的大脑里。而另一个新建的家园正在生起浓浓的火焰，正在升起腾腾的炊烟，锅里正弥漫出浓烈的香味。

生活，似乎越来越有味道了。

结束务基镇的采访后，我们溯江而上，来到了与务基紧邻的黄华镇。黄华镇位于金沙江南岸、溪洛渡水电站上游 41 公里，距昭通市 198 公里，永善县城 60 公里。

黄华是有历史厚度的，是永善的一个百年古镇。

在过去上百年的岁月里，积累了深厚的文化，让这块古老的土地散发出独具特色的魅力。

早在清朝、民国时期，黄华就成为昭通到四川凉山和宜宾的交通要道，有"铜运古道""茶马古道"和"叙滇古道"之称。由于地势险要，辖区内黑铁关、金锁关，与务基回龙关合称"三关"，雄关险隘，高耸入云，有"一夫当关，万夫莫开"之险，一度让民国时期的龙奎垣称霸一方，成为永善一霸。

《永善县志》有记载，清雍正六年（1728 年），因米贴土目禄氏叛乱，云贵总督鄂尔泰派张耀祖、卜万年、哈元生等三路进剿，在米贴、务基、井底、吞都等处作战数月才平息叛乱，同年在境内设关、汛、塘防范，即金锁关、回龙关、黑铁关。

1862 年 9 月，太平天国军石达开余部入滇，其中一路部队由宜宾逆江而上进入永善，与清军战于金锁、黑铁、回龙三关，并于 9 月 27 日攻破县城莲峰。

我们在黄华采访时，黄华镇政府的人就为我们做了详细介绍，并目睹了黄华镇的百年风采，站在它的面前，仿佛让我们回到了那个战火纷飞的年代。

黄华镇有众多的历史文物古迹，为黄华留下了一笔宝贵的精神财富。曾经的米贴老县城，始建于清朝雍正六年（1728 年）。如今，米贴为黄华镇所辖。依稀可见的古老的石牌坊，位于米贴集镇东北面，而在它的南面则有一根望柱，大约竖于清代中期，柱高 8 米。望柱单就它的高度，就足以让人望而生畏，无限感慨，平添几分神圣感。此外还有一个神秘的物体，位于米贴集镇东北面水井旁，外表呈黑褐色，里面呈金黄色，质坚，敲有金属声。类似铁矿石，当地人敬奉为神灵。

在米贴村，还有一棵神奇的槐花树，树龄约 200 年。在米贴，槐花树如同长寿老人一样，守护着这块土地。

黄华，就是这样一个有故事的、厚重的黄华。

黄华镇还是云南省确定的 100 个特色乡镇之一，是一个农业大镇，可产花椒、砂仁、水果，是有名的水果之乡、香料之乡。

第二次来黄华，我们见到了镇党委书记柯平，他显得十分繁忙，忙得连接受采访的时间都很难挤出。好在午饭后，他还是挤出了一点时间，我们有了一次深入的交流。柯平看上去略显消瘦，但言谈中思路十分清晰，善于总结，戴一副眼镜，更像是一个学者，透过他的讲述，我们看到了一个形势复杂的黄华，感受到了黄华的疼痛，移民工作的开展显得十分艰难。

柯平说："我们这代人，对溪洛渡电站可以说是一个见证者。"

柯平按照自己的理解，把溪洛渡电站的建设分成了两个阶段，第一个阶段，自己是一个盼望者，盼电站上马。那是1990年，他刚参加工作，开始接触溪洛渡电站的事，欢迎过中央、省、市的领导，听过水电专家的报告，可以说，全永善人都在盼望电站修建。第二阶段，自己成为溪洛渡电站建设的服务者。通过这两个阶段的经历，柯平用三个成语做了精辟总结：波澜壮阔，可歌可泣，刻骨铭心。

柯平说，2011年8月，朝阳集镇新址征地中，有两夫妇，50多岁的样子，还是残疾人，其住房是2008年汶川地震灾后重建中新修的两层楼房，框架结构，还有一个大大的阳台，舒适气派，令人羡慕。在这次电站移民搬迁中要拆除，两夫妇开始很纠结，觉得才修好的新房，咋就要拆了，十分不舍。在工作人员进行宣传解释后，两夫妇识大体，顾大局，没有任何怨言，同意拆除，支持电站建设。可以说，这一对夫妇，是整个库区移民为电站建设做出牺牲奉献的集中体现，让人感动。

在干部中也涌现出许多可歌可泣的感人事迹。尤其是在黄坪移民工作站，镇人大主席钟诚带着一支20多人的工作队，按时完成了1100户3000余人的搬迁任务。据柯平介绍，黄坪这个区域远离黄华集镇，加之2006年撤乡并镇后，集镇从黄坪搬迁到了黄华，其社会管理功能基本丧失，通信等基础设施条件较差。由于黄坪这地方地势特殊，在一个比较陡峭的山脚居住了600余户人家，涉及4个村民小组，是黄华人多地少的典型村组，加之群众对政策的期望非常高，所以群众对移民工作较为抵触。

以村民严云波为例，家有4口人，1.3亩土地，像这样的人家很多，赔偿自然就少得可怜，这一类移民家庭，对政策要求高，要接受现行政策的补偿标准，难度很大。

由于这些历史原因，加之当时工作不到位，考虑不周，这个区域的群众相对封闭，经济落后，因此，当地群众对溪洛渡电站建设抵触严重，对政府信任不够，黄坪的移民工作成了一个热点和难点问题集中爆发的区域。一度以来，这里的群众信谣、造谣、传谣较为严重。曾经还发生过一件荒唐事，2008年搞实物指标调查时，县移民局的局长搭乘县监察局局长的车，黄坪就有人造谣，说移民局长被纪检部门抓了，黄坪的700余户群众自发购买火炮燃放庆祝。由此可见，黄坪这地方的移民工作开展是何等艰难。

在这样的复杂背景下，镇人大主席钟诚带领工作站20余人，从2013年2月开始，经历了断水、断电、断通信直到最后断粮的艰难岁月，在近两个月的时间里，通过艰苦细致的工作，为移民群众做好宣传、疏通、服务工作，确保3000多移民顺利搬出。

黄坪村以前饮水从三合村引来，有10余公里，由于大多数群众搬迁后，引水管道没人维护，早已荒废。干部群众饮水都得到两公里外的河沟里去挑，尤其到了后期，按照清库的工作要求，必须断水断电。到了2013年3月，通信中断，整个黄坪像是一块与世隔绝的土地。到最后搬迁那几天，工作站的干部们硬是吃了一周的方便面。有时，有限的方便面还要分给移民群众吃，干部就只能忍饥挨饿，实在坚持不住了，钟诚只好跑到山头上打电话求救。挂钩黄华镇的县委常委、政法委书记谭德勇得知情况后，赶紧叫驾驶员买了些食品送到黄坪，才勉强度过最后那几天艰难的日子。说到这，柯平万分感慨，他说，黄坪移民工作站，忍辱负重，可以说是一个典型的优秀群体，正是因为有了这样的群体，才使得繁重的移民工作取得了重大突破，按期完成了搬迁任务。

柯平还向我们讲述了廖冬梅的故事。他说，廖冬梅是个女同志，在移民工作中，她长时间在移民村寨走村入户，可以说成了一个"三忘干部"：忘记了性别，忘记了年龄，忘记了家庭。柯平向我们描述了这样一个细节：2011年农历八月十五那天，正是一年一度家庭团聚的中秋节，因为还有 10 来户移民的意愿选择工作未做通，为了确保完成任务，下午，廖冬梅自己买了一件啤酒来到移民家中，与移民共喝啤酒，与移民摆事实，拉家常，既谈过去的感情，也谈移民搬迁中面临的困难和发展，更谈搬迁后未来的美好生活向往。她与移民群众边喝啤酒边谈政策，终于以情动人，做通了移民群众的工作，到晚上 10 点左右，廖冬梅打电话给柯平，说："柯书记，最后一户移民终于同意签字了。"柯平说，说完这句话，廖冬梅终于忍不住哭出声来。而那天晚上，因为过量饮酒，在晕头转向回驻地的路上，廖冬梅摔倒了，脚被摔成了重伤。

情怀和奉献始终是驱使巨轮向前的引擎和发动机，推动社会前进的动能，正是有了情怀这种力量的因子，人类才看到了希望的曙光。社会总是好人多，充满着正能量，每一次社会的进步，都有一群人走在最前沿，翻山越岭，爬坡过河，投石问路，过河搭桥，不问艰险，他们用强有力的手臂扛起鲜明的大旗，用生命的力量铺设人生的大道，他们奉献青春，牺牲自我，把生命与仁爱、忧患与良知融为一体，把生活同责任、奉献与担当联在一起，把生存同真、善、美结成一脉，共同推动社会进步。

这样的基层干部在永善实在是太多，没有明显的特征，多得让你难以区分，而他们就在人民群众的中间，穿着群众一样普通的衣服，说着群众一般温暖人心的话语，做着普通得不能再普通的事情，和人民大众生活在一起，同吃同住同劳动，同呼吸，共命运。

柯平就给我们讲述了这样一个感人的事迹。

魏文杰，三合村的支部书记，53 岁。因为魏文杰懂经营、善管理，经常做一些农副产品的收购促销工作，生意做得不错，小日子过得十分滋润，在当地，人们都亲切地称他为"魏大老板"。

老魏是个慷慨大方的人。在做移民工作之前，他经营花椒、核桃、砂仁等地方土特产，生意十分火爆。后来他又到四川雷波买来小水电发电机，自架线路到各家各户，收取成本费，满足村里人的用电需求。由于老魏经济基础相对好一些，对那些穷困的人家，用电交不起费的人家，老魏统统全免，这让村里的群众大为感激，对老魏佩服有加。老魏的威信，就是在这些点滴小事中树立起来的，这威信，正好为后来他做移民工作打下了坚实的基础。

毫无疑问，魏文杰算得上是村里的能人了。2005 年村级换届选举，他被推选为三合村的党总支书记。上任后，他工作风风火火，一心一意为民办事，深受群众的好评。2011 年后，移民工作进入实战阶段，很多具体工作得逐一落实，得一家一户宣传移民政策，做移民思想工作。而三合村的地势，又极为特殊。村委会驻地在海拔 1000 米左右的半山上，而移民又分散居住在从江边 400 米到 601 米海拔之间的山地上。魏文杰每天到移民区工作，都要背上一条香烟，带上一瓶酒，走上近 4 个小时的山路。遇到移民，他就散一转烟，拿出酒来一人一口喝起转转酒，向他们宣传移民政策，对移民群众有疑惑的问题，他都要反反复复地进行讲解。魏文杰就是通过这样的方式与移民群众拉近关系的。要不是他这一套，本来心中就有情绪的移民群众，根本就不会把他放在眼里，你说得再天花乱坠，他们也听不进去的。

可就是这样一头老黄牛一样的村支书，却在 2011 年 7 月遇到了一件伤心透顶的事。这还得从老魏的女儿女婿说起，因常年在外打工，女儿只能交给老人照管，由于老魏做移民工作，成天早出晚归，老伴又要外出种地，根本没有时间照顾外孙女。这天，不幸的事发生了，老魏 3 岁的外孙女在外玩耍时，摔到了一个水塘中，被淹死了。当老魏得到消息，上气不接下气地赶到家中时，外孙女早已断气。对于老魏来说，这无异于晴天霹雳。老魏欲哭无泪，痛不欲生。老伴更是承受不了，哭得撕心裂肺，边哭边责怪老魏，说老魏只晓得移民，对这个家啥也不管。

老魏在家里实在是待不下去了，待上一分钟，他都觉得难过，他根本承受不了外孙女意外死亡这个现实。他如何向在外打工的女儿女婿交代啊！把外孙女的后事处理好后，第二天，老魏含着眼泪，又背上他的包，径直来到了移民区，继续做移民群众的工作。

柯平说，他是两天后才知道这一消息的，当他打电话去准备安慰老魏几句，想让他在家好好休整一下，也陪下家人时，柯平没有想到，老魏说："三合村的移民工作任务还很重，群众对移民政策不理解，对工作不支持，还有很多工作没有做，再说，我在家里待着，只要一看到外孙女穿过的衣服，用过的东西，我心里就难过，我还不如去工作，繁重的工作也许能让自己尽量忘记外孙女的事。"柯平说，那一瞬间，他都被老魏悲伤而坚强的情绪深深地打动了。

三合村到集镇有 50 多公里的路程，是黄华镇最远的一个村，那里不通电，移动电话信号全无，只能勉强打通固定电话，交通也十分不便。因为电站修建，现在已不通公路，需要走路到莲峰镇新店村，找车坐到莲峰镇街上，再坐车到黄华镇，全程走下来，至少得花上 8 个小时。如走水路的话，得走路到江边等船，运气好的话，坐船到镇上也要 2 个多小时，至少要 6 个小时才到达集镇，由于山遥路远，道路不畅，老魏一个多月才能到镇上汇报一次工作。这个瘦高个子，黑皮肤的农家汉子，就常年在这样崎岖艰险的山路上奔忙。

说到老魏的朴实，柯平也是深有感触，他说："一次，县里电视台的记者来采访他，通知他来我办公室，只见老魏一双脚上全是泥巴，在我办公室的沙发上坐上几分钟就睡着了，县电视台的记者见老魏太疲惫，也不忍心打扰他，一直在旁边等着，直到中午一点多，老魏才醒过来。见老魏头发乱糟糟的，我说你还是打理下嘛，不然电视上放出来也不雅观，老魏这才到我的卫生间里打理了一下。"

三合村是一个大村，全村有 200 余户 500 多移民，其中，有 19 户 78 人外迁化念，因为有老魏，三合村的移民虽然量大，但是推进速度很快，超过其他村的进度，率先完成了搬迁。尤其外迁化念的移民，舍不得离开老魏，搬迁时强烈要求要老魏亲自送他们到化念镇，由于 2013 年 4 月，正是移民大搬迁的紧要关头，老魏实在是走不开，只能遗憾地留了下来。柯平安慰那些外迁化念镇的移民说，过了这段时间，老魏一定会来看望你们的。

许多年后，也许人们不一定记得住黄华历任的书记和镇长，但人们一定不会忘记老魏，魏文杰，不会忘记老魏在黄华大地上穿梭行走奔跑的传奇和故事。他用脚步丈量着黄华的大地，用汗水浇灌黄华的沃土，用真情打动民心，纵使前方是一片火海，他也会义无反顾地纵横驰骋，眉头都不皱一下，只要人民需要，只要国家需要。他太普通了，但他知道自己的归宿，自己的选择，他走了一条问心无愧的道路。

在移民区，像老魏这样的村干部还不止一个。甘田村的支书陈元恩，就是一个工作狂。朴素、热情、精干、风风火火，这是年近五旬的陈元恩留给人的印象。

陈元恩是个工作能力强，而且在群众中有着较高威信的村支书。他所在的甘田村，要完成大量的移民工作任务，正在建设的黄华至码口镇公路有 10 公里经过甘田村，涉及公路建设的征地拆迁、建设中的压覆所引发的矛盾纠纷调解工作量也大得惊人。那段时间，全镇都在开展移民工作，镇里实在是抽不出精干力量到甘田村协助工作了，经过甘田境内正在建设的 10 公里路段的征地、拆迁、赔偿等大量的工作全部压在了陈元恩的肩上。尽管陈元恩既要负责做好大面移民工作，还要做好黄码路建设的相关工作，但风风火火的工作作风一样没变，哪里有事，他就骑着一辆小摩托，及时赶过去处理。2013 年 3 月的一天，当他骑着摩托车下村时，不幸连车带人翻在了侧沟里，导致膝盖严重扭伤。要是平时，也许陈元恩会好好养下伤，可是在移民搬迁的关键时期，陈元恩没有退缩，还是忍着伤痛成天骑着他那辆破旧的摩托车，紧张地奔波于移民家中和公路建设的工地上。直到 2013 年 3 月 20 日，实在受不了了，才打电话给柯平，请假去医院看看，这时，伤口处已形成积液，唯一的办法就是用针管抽积液。按说，抽了积液后，只要好好养伤，应该会逐步好起来的。可是陈元恩却坐不住，他还是坚持每天到现场去处理问题。时间紧，任务重，陈元恩没有时间好好在医院里养伤，抽完积液又回到工地上做工作，到移民家中做动员，这样一来二去，伤情越来越重，光是抽积液都抽了4次。

由于陈元恩像一头老黄牛一样，毫不顾忌自己的身体而玩命工作，甘田村的移民任务在黄坪、黄葛之前率先完成。

在搬迁安置过程中，会出现各种各样的矛盾，群众的诉求也各不相同，他们都会到镇里来反映。为了及时解决这些问题，镇里建立完善了相应的机制，做到了群众来访全接待，让移民群众含怒而来，满意而归。柯平还公布了自己的手机号，做到全天24小时开机，有时，早上五六点钟，群众就会打来电话，洗漱都来不及，就开始接待移民，太忙的时候，尤其是赶集天，群众一拨接一拨地反映问题，从早忙到晚，一天都没有时间洗漱。有时，晚上十一二点，也照样会接到群众电话。也有人说，柯平书记不要这样忙，作为一个镇党委书记，不能这样陷于事务之中。但柯平有自己的看法，他说只要自己有时间，他都要亲自与群众见面，和他们交流，他认为这是转变群众观念，赢得群众支持的最好平台，一定要畅通群众表达诉求的渠道，这样才能疏通群众积下的怨气，共同寻求解决问题的办法和机会，至少让群众能够心平气和地离开。

柯平才到黄华镇工作时，水田4组来了15个妇女到他办公室，主要反映了三个问题：听说三峡公司给了省移民局每人70万元补偿，要求每个移民至少应该兑现40万元；群众拿着政府工作报告，说镇政府没有做到以人为本；制定的移民政策为何不一个地区一个政策，如水田村人多地少，而且全是良田沃土，像金寨村的沙坝子村民小组，人少地多，土地又差，前些年还吃返销粮呢！但兑现到的移民补偿款反而更多，要求单独制定补偿政策。

　　在听取妇女们的意见后，柯平给她们解释道："每一个人都要尊重历史，俗话说儿不嫌母丑，狗不嫌家贫，每个人对于父母当年所作出的决策，我们都要接受，父母选择了在水田坝居住，要接受这个现实，也要接受当前的移民政策。我们的精力，不是用来纠缠历史，而是要把注意力转移到未来的发展上来，历史不能重写，移民政策那是经过认真调研后制定的，所有的补偿量，都是以群众现有的实物量作为补偿标准的，是符合广大移民群众实际的，而不是只照顾某一个区域，是不能随意改变的。大家要看到国家对移民安置区的投入是相当巨大的，以黄华镇移民安置点朝阳集镇为例，总投资达6亿多元，国家在扶持移民方面是花了大力气的。所以，我们移民群众的眼光，一定要看发展，要通过正当的经营谋求自己的发展出路，这才是正道。"

　　柯平书记就是用这种群众听得懂、能理解的方言土语，形象生动地说服了来反映问题的15名妇女。她们听了柯平的话后，觉得豁然开朗，不再纠缠于重新制定移民政策了，而是高高兴兴地回家发展生产去了。说到此，柯平不无得意地说："做群众工作，接待群众重要，引导群众转变观念更为重要。"

　　柯平还给我们讲述了老陶的故事。朝阳3组有个移民老陶，57岁，个子不高，头发胡子花白如霜，这人脾气大、声音大。柯平才到黄华当书记不久，这人就从一楼吼着来反映问题。其反映的问题主要是，当初用特殊党费征了10亩地建朝阳中学，每平方米40元，可是到2011年在新址建新集镇征了6亩地，每亩76960元，每平方米110元。两相对比，老人家觉得心里极不平衡，强烈要求他家以前被征用的10亩土地，要按照每平方米110元进行补偿。由于这是历史遗留问题，加之老陶经常到柯平那里反映问题，给工作人员形成一个蛮横无理的印象，见他来就避而远之。老陶心里十分窝火，由此不支持政府的移民工作，动辄大吼大叫，成天怒气冲天。

　　老陶找到柯平后，柯平耐心地接待了他，认真倾听了老陶的陈述后，给老陶讲了一个观点："一个阶段与另一个阶段的政策是不一样的，且用地的性质不一样。建设中学和修电站的赔偿标准是不一样的。"可是老陶还是不听，随后又反复找了柯平10余次。无论如何解释，老陶就是不听，柯平觉得光从政策上解释说服不了老陶。后来，柯平了解到老陶家有10多口人，其儿子、女儿都在中学门口煮饭卖给学生吃，经常与学校发生口角，学校一关大门，不准学生买他家的饭吃，老陶就滋事，矛盾十分突出。柯平觉得老陶这问题一定要解决好，不然后患无穷。于是带领镇班子成员到学校进行了一次调研。通过调研，发现学校的伙食办得差，学生根本不愿意在学校里吃，因此才喜欢到校外买老陶家的饭菜。了解这一实情后，镇班子成员商议后，决定实行公开招标，在校内设立4个食堂，校外摆摊的也可以参与竞标。通过这次竞标，老陶和他的子女两家中标，进学校办了两家食堂，与另外两家食堂形成竞争，学生伙食质量一下子得到了大幅提升，老陶一家失去土地的生存和发展问题也得到了有效解决。把老陶的生计问题解决后，再给他讲解政策的严肃性，引导他把眼光转移到发展上来，这样，老陶没啥可说了，还与柯平建立了良好的友谊，一家人过上了安居乐业的和谐日子。2011年搬到朝阳集镇后，老陶一家觉得镇班子成员对他们特别好，很感激，在2012年春节前夕，专门宰了一头猪，请镇班子成员到他家吃杀猪饭，大家其乐融融。

柯平说，从解决老陶的问题中，他感悟到一点，那就是解决移民群众的问题，必须要有一种不离不弃的理念，不管他说什么做什么，都要认真倾听，都要始终用真心对待他们，用真情去感化他们，实实在在为他们解决一些困难和问题。只有这样，才能真正赢得群众的支持和拥护。

水田3组倪某的事，也让柯平操了不少心。48岁的倪某，搬迁之前是个蔬菜种植大户，电站建设后，由于旱地和园地的差异，其地全部改种了花椒，他就到县城种植蔬菜，由于环境变了，种蔬菜的效益远不如前，经济条件越来越差。后改行做保安，每月工资 800 元，妻子在超市上班，每月工资 1100 元，两个孩子在读书，女儿已上大学，家庭十分困难。由于这诸多复杂原因，他对移民政策不理解、不支持。在 2013 年三四月份开展移民工作中，搬迁时，其母未找到住房，搬到水田小学暂住，按照县委的要求，不能留在库区居住，镇移民办的李盛松自己掏钱，帮忙找房给她居住。倪某听说后，觉得伤了面子，到移民办与李盛松产生了冲突。

柯平知道倪某家的事后，觉得事情有些严峻，如不做通思想工作，及时化解矛盾，在搬迁后可能会引发社会热点问题。柯平把这事一直挂在心上，立即安排镇党委副书记倪朝庭到倪某家了解其思想动态。通过倪朝庭做思想工作后，倪某反映了其家庭困难，全家收入不到 2000 元，两个学生花费很高，经济十分困难。租了两间房，外面一间煮饭，里面一间搭两张床，中间用布帘子隔着，房内一样东西没有，空荡荡的。

柯平了解情况后，与倪朝庭一起，从思想上和生活上给倪某多方面的关心。对其反映的实物指标的有关问题，调查属实后，实事求是地给予解决；对于他想发展大棚蔬菜，请鲁朝富镇长给他讲解培训大棚种植技术，所需要的 20 万元启动资金，也帮助解决了 90%；至于没有住房、生活困难的问题，又积极想办法引导他，让他明白移民政策是不能随意改变的，要面对现实，把心思用在思发展、谋出路上。通过反反复复做了六七次思想工作，倪某慢慢接受了这些观点，基本接受了移民搬迁这个现实。现在，倪某打算到昆明郊区去租地种植大棚蔬菜，开辟一片新的天地。

在解决倪某家问题的过程中，其妻子曾多次发短信给柯平书记，表达了自己的感激之意。

短信一：

　　柯书记你好！我是李静，上次去黄华见你，因我老公被拘留，心情不好，没能和你说上几句话。凭我的感觉，你是一个正直的书记。当然，你说的话也是有道理的，超出政策范围的确实让你们为难，为了我们移民，书记也操了不少心。昨天下午倪朝庭来我们家，说是书记特派他来的，我们也特别高兴，说明书记和各级领导都很关心我们的，不是像一些人所说的，把我家的房子推了，赶出来就算了。书记，我们这些年为了孩子读书，都住在永善县城，很少在黄华，家里的什么事，都是亲戚朋友传达的，一切事情都没和领导沟通，相互就会产生一些误会，望尊敬的书记理解为谢！

短信二：

书记你好！我是李静，我家庭的具体情况朝庭给你讲了吧！土地少、移民款也少，买不起房。移民政策宣传人均 15 万元才有资格坐朝阳集镇，地基不能买的，当时我们相信，已错过机会，今天向书记谈下我家的诉求。第一，有 2.73 亩花椒园，给我家算成了灌木林，然后连 2.73 亩的灌木林也扣除，他们干些事怎能得民心……望书记解决。第二，能不能把倪超的长效补助想办法解决掉，给我们在朝阳集镇以倪超名义买一个地基，以倪某的名义解决一套廉租房或公租房，给我们解决住房困难。书记，我说以上这些问题，我相信你能解决。我们现在是居无定所，望尊敬的书记解决为谢！

短信三：

尊敬的书记你好，今天中午我们回永善了，去你的办公室没见到你，也许在午休，没打扰你。书记，说内心话，真的太感谢你，我和老公与你见面沟通后，加上你对他一些语言上的开导、安慰，他的心病都好多了，书记，有一句老话说得好，心病要用心药医。书记你就是他的心理医生。我们会感恩你的，书记，谢谢你！

通过这几条短信，我们可以清晰地感受到一位移民的心，他们到底在想什么，想做什么，他们对我们干部的态度如何，干部在群众心中的形象如何，都一目了然了。

水田4组吴某的故事，也令人深思。吴某，48岁，个子瘦小，此人年轻时无所事事，第一次因盗窃罪被判处有期徒刑3年，出来1个月后，又因抢劫罪被判处有期徒刑15年，在服刑期间，因肠断裂，监狱医院治好后以假释方式将其放出来。实调时，其父组织弟兄分了土地和房屋，他户头上只有0.3亩土地，只有一间20平方米的土墙瓦房，并已垮塌。2012年2月其放出来后，无住处，没有生活来源，找其兄、弟分房屋、土地，两人不干，吴某又去找镇政府。柯平了解此事后，要求镇综治办及时了解吴某所反映的有关问题。

对于吴某与其兄弟的土地之争，最后由法院审理，其兄和弟各付吴某10万元。对于其没有住房的实际困难，经柯平向县委主要领导反映，决定在县城为其解决一套廉租房，解决居所问题。

柯平讲述移民搬迁的整个过程，如同泄洪一般，打开了一道闸门，向我们一吐为快。我们深深地感受到了这个过程的艰难险阻，干部内心的矛盾，移民心灵深处的疼痛，每一次讲述都在往伤疤上撒盐，每一个细节都让人感动。

谈到未来的发展，柯平书记满怀信心地说，镇里将科学谋划、规划好移民后期发展，主动引导群众把思路转移到发展上来，结合实际，充分利用好后扶项目资金，以发展现代农业为主要目标，努力打造休闲农业。柯平说，黄华的优质水果红橘还上了教科书，有着较大的发展潜力。就移民群众的产业发展，镇里将重点打造6个万亩产业基地，即1万亩白橘，1万亩红橘，1万亩核桃，1万亩花椒，1万亩其他水果，1万亩砂仁。同时，将重点打造朝阳集镇，将其定位为能辐射云南、四川两省的大型农产品集散地。此外，还将利用好黄华的摩崖石刻、黄华古街、高原草场、湖光山色、沙滩游乐场等已有或拟建的丰富旅游资源，大力发展湖滨旅游，带动黄华发展，促进移民群众增收。

上午，外面下着毛毛雨。远山在云雾中朦胧着，环绕着，一会儿露出一个山头，一会儿又隐入云雾，那些岩石和树木，偶尔也跟着秀一下它们的容貌和神秘。

这样的清晨，让黄华变得更有韵味了，更美了。

一大早，我们就来到镇政府，准备采访钟诚。钟诚正从别的地方赶过来，我们静坐在办公室等待，半个小时后，钟诚来了，采访随即进行。也许是因为高压状态下工作的原因，钟诚看上去很疲惫，他的叙述显得更为平静，但很真诚。钟诚，2007年12月从大兴镇副镇长岗位调到黄华镇任副镇长，算得上一个老移民干部了。早在大兴镇任副镇长之前，钟诚就被抽调到黄华镇参与了人房调查，任水田4个组和白碉5个组实调工作组的副组长。

2009年5月，黄华镇的土地实调工作启动。这期间，一个新的问题成为焦点。在2007年的实物指标调查过程中，人和房的调查都没啥问题，但当时对土地的丈量没有采用仪器，而是传统的皮尺丈量方法。因此，当2009年5月启动黄华镇的土地实调工作，提出用GPS仪器来进行土地丈量之时，群众抵触情绪特别大，不接受。甚至，那些人多地少的移民，提出了一个问题，认为搬迁主要是搬人，要求人均兑现40万元才能搬迁。这一观点乍一听似乎很有道理，自然得到了一些群众的支持和认同，但却与上级有关文件发生冲突，毫无疑问，这一诉求有着不言而喻的瑕疵，因为这样的方法无疑是一种平均主义、吃大锅饭的做法，背离了历史事实，而且大多数群众也不会接受。

因为移民思想工作暂没做通，导致黄华镇的实调工作推迟了半年，2009年8月13日，才正式启动实调工作，直到2009年12月底实调工作才圆满结束。做实调工作期间，钟诚担任甘田村花生和黄坪工作组的组长。县里要求在年底前搞完实调工作，因此时间特别紧张，任务尤其繁重，钟诚带领组员，早出晚归，无论天阴下雨，还是酷热难耐，都奋战在田间地角。钟诚说，经过那一段时间的磨砺，镇里的大部分干部职工都掌握了一套丈量土地的方法了，白天举杆、读数、记点号，晚上连图算面积，大家都能娴熟地完成这一连串的工作。

钟诚记忆深刻的是，2011年开展人口界定和安置方式选择时，真可谓困难重重。之所以困难，是因为黄华这地方人多地少，按照赔偿标准，兑现到的赔偿款相对较少。黄坪村的陆明昭，已69岁高龄，家里有10口人，只有5亩地。严三江，74岁，家里有12口人，有20余亩地，摊到每个人头上，少得可怜。另一老人叫钟光品，68岁，情况又有所不同，他家所兑现到的钱，全部兑给了儿子钟明友，他拿到县城买了套房后，就再也不管父亲。老人为这事多次反映到镇上，镇里的领导也多次打电话通知钟明友回来照看父亲，可他却当成了耳边风。这些问题，都成为实调工作的障碍。

钟诚负责的黄坪村和三合村共836户2750人。集镇周边的农业小组400户1200余人，工作组只花了4天时间，就完成了人口界定和安置方式的选择工作。可是集中在黄坪街上的1、2、3、6组430余户1500余人，却难以开展工作。

面对如此艰难的工作环境，钟诚带领组员们，通过感情移民、亲情移民，从亲戚入手，从朋友起步，先农村后集镇，由易到难，像蚂蚁啃骨头一样，一点点推进，历经半年时间，费尽千辛万苦，终于在2011年9月，把黄坪村的人口界定和意愿选择工作做完。

到2011年11月，开始安置协议的签订工作，更是举步维艰。

这时，移民的心态变得十分微妙，认为一签字，就全部套牢了，大部分群众接受不了，提出了16个方面的诉求。

比如，签订协议后要求在朝阳集镇安置时住主街，因为黄坪村的群众原来一直住在老街，住了几代人了；宅基地要补差，如搬前住房达300—400平方米的移民户，搬迁到朝阳新集镇后，按照安置政策，人均只能居住20平方米，一户人家最多不超过100平方米宅基地，移民就要求补这相差的部分；601米以上的土地，要按淹没区土地一样进行补偿；一户只有1—2人的，宅基地要按照原来的住房面积兑现。如此种种，移民群众反映得有理有据，乍一听，不是没有道理。可是问题在于，移民政策的制定是针对整个大库区的，不可能细到针对每一个村组，每个农户。但整个库区移民群众确实又存在着千差万别的情况，你能说群众说的没有道理吗？

有一部分群众本来已经疏通情绪，决定签字，但由于遭到周围群众的打击，只好放弃。有一次，一户移民签完安置协议，顺便在街上买了一把水壶带回家，走在路上被群众看到后，有人就认为是政府发给她的水壶，收买了她，叫人哭笑不得。

可见，在这个非常时期，群众是多么敏感，而正是在这样的特殊环境中，更加考验我们领导干部的工作方法和水平，稍有不慎，就可能会酿成事端，结果不可收拾。

当黄坪集镇外围的村组都已签完安置协议，开始转入集镇这块时，问题又来了，整个集镇可谓钢板一块，一户都不签安置协议。当时，县里要求报进度，钟诚这个工作组只完成了47%，连续报了一周，都还是这个数字。这让钟诚十分着急。

经反复思考后，钟诚带领组员们采取了宣传推动、政策推动、情感推动、服务推动、外力推动、法制推动等方法，挨家挨户做思想工作，钟诚还联系上县司法局的宣传车开到黄坪集镇周边进行巡回宣传，在便民服务点设立了法制咨询处，接待群众来访，化解矛盾纠纷。同时，所有组员责任到人，下到每家每户，认亲戚、交朋友，凡是哪家移民有红白喜事，所有组员都主动上门凑个热闹，随个礼，吃顿饭，拉家常，在潜移默化中向移民群众讲政策、摆道理，赢得移民群众的理解和支持。

同时，主动帮助群众解决一些实际困难和问题。比如，当时移民群众要到黄华信用社取钱，要走很远的路，移民干部们就主动帮忙。有移民的孩子上学有困难，工作组员们就主动帮助办理。

黄坪集镇的移民工作难做，县里也十分清楚。时任县政协主席吴文富就对镇里的同志这样说："黄华镇的移民工作，黄坪干好了，你们就干好了。"基于这样的认识，县委派出了县委常委、县委政法委书记谭德勇，副县长杨家聪，县政协副主席、县移民局局长刘锋和原来在黄坪工作过的老领导进驻黄坪，帮助工作组的同志一起做移民思想工作。

说到这，就不得不说说黄坪这个地方了，黄坪原来是一个集镇，撤乡并镇后，党政机关全部移到了黄华。这里一度受到了冷落。因此，移民群众在心理上本身就有些不平衡，移民工作的难度自然就要大许多。黄坪村以古时黄草盛而得名。清朝中、后期属永善汛管辖，为清时铜运要道和码头之所，商贾兴旺，商旅来往不绝。民国时期为慕阳镇，属第一区管辖。1950 年属莲峰区辖。1955 年归黄华区辖。1988 年 5 月划出黄华乡的任坝、黄坪及莲峰乡的三合、新坪四个村建为乡，驻地黄坪村。地处县境西南的金沙江东岸，五莲峰山系西侧边缘，村公所驻地海拔 522 米，山岭由东向西穿越境内，逐次下降至金沙江边，形成梯势。驻地距县城 95 公里，与黄华、水竹、莲峰、万和为邻，西以金沙江为界和四川金阳县向阳乡及雷波县元宝乡相望。境内气候炎热、泥土松散、干旱严重，主产玉米、甘蔗、花生、薯类等，特产柑橘、花椒。

这样一个人多地少，干旱严重的地方，照说，不是人们居住的首选之地，但在此居住了几代人的村民，却以自己的智慧，找到了适合自己的生存之道。只要允许，他们愿意与这块土地共同呼吸，没入泥土。他们并不想离开，因为他们的根早已和这块土地血脉相连。

事实上，在这个峡谷里居住的人家，他们是自由自在的，是幸福温馨的。想想看，他们或单家独户，抑或三两群居，小小院落，临江岸建房，绿树成荫，大伞一样遮住炎炎烈日，使得峡谷底部也照样清凉一夏。在江边居住，植一小菜园，摆一小桌饭菜，邀三两好友，品一碗烧酒，看天上流星划过，听江风呼呼穿越，似乎，没有比这样的日子更悠闲的了。

他们早已习惯了这样的生活，几乎每家都养了猫、狗、鸡，养了马、牛或驴这些能帮助村民上山下地劳作的家畜。一天之中，有了这些畜禽做伴，山里的日子就不再孤寂，鸣叫为乐，奔跑成景，相伴劳作，共度日月。

土地少，他们就在山崖上，石缝间，河沟边，挖出一片，理出一塝，种上洋芋或苞谷，那就是一年的主粮了，只要不遇灾年，风调雨顺，这一年吃饱肚子，就不用担心了。这里的人家，还常常在房前屋后的菜园里种上瓜儿、豆子、辣椒、番茄、茄子、白菜，一年四季，总有适合生长的蔬菜下地，总有新鲜的美味上桌。在峡谷里居住，蔬菜随时都是新鲜的，今早要吃黄瓜，就到园子里摘来一个，绿油油、脆生生的，咬上一口，回味无穷，唇齿留香，沁人心脾。下午要吃白菜，就从菜地边拔来一棵，根部还带着重重的泥土气息，这样的白菜，喂进嘴里，脆嫩甘甜，清香四溢，满口生津，爽口无比。还有那些四季豆、香芹、莴笋、瓜尖啥的，名目繁多，让这里的居民一年四季吃个够。

可是，这样的日子就要结束了，他们要搬离自己的故乡。

2013 年 3 月，按照搬迁进度，必须在 3 月 10 日前全部搬完。为确保在一个月的时间内完成全部搬迁任务，2 月就已开始做充分的准备工作。当时，搬迁与清库工作同步进行，以清库促进搬迁。整个黄坪集镇上搬得乱七八糟，场面可谓热火朝天。因新安置点的房子暂时未修好，所以移民群众只能到黄华集镇或者县城等地租房暂住。

钟诚告诉我们，移民群众在搬迁中，做出了很大的牺牲和奉献。一方面，不得不低价变卖家产；另一方面，因为搬迁，彻底打乱了群众的生活秩序，群众生活十分不便。那段时间，整个黄坪集镇的水、电、移动通信等基础设施均已拆除，到搬迁结束的头几天，每到晚上，整个集镇漆黑一团，移民群众只能打着手电筒或者点上蜡烛照明。

在钟诚的记忆中，大搬迁那些天，群众的房子拆得片瓦不剩，整个集镇像是一片废墟，看上去不免有几分凄凉，他说自己每天晚上都要到集镇上去看望那些还没有搬完东西的群众，与他们拉拉家常，联络下感情，安慰下他们。那些东西还未搬完的移民群众，就要搬离自己最后的家园了，都有些舍不得，三两家人在墙角烧一个火，常常一坐就是一个通宵，因为他们根本没有可以睡觉的地方了。尤其那些老人和妇女，和他们一交谈，眼泪就流下来了。钟诚说，那一瞬间，自己作为一个移民干部，总觉得还有很多工作没有做好，就是在工作中与移民发生点口角，就是有再多的怨气，都烟消云散了。

说到最后一户搬迁户，78岁的徐兴武老人，钟诚很是感慨。徐兴武的老伴也已78岁高龄。老徐家有3个儿子，3个女儿，都已独立成家，他和老伴跟着小儿子徐华生活，但小儿子儿媳一直在外打工，根本照管不着老两口，只有一个11岁的孙女跟着老人生活。当时钟诚带着移民干部去帮助老人搬东西时，老徐说，金窝银窝，不如自己的狗窝，哪个地方他也不想去，就想在黄坪，自己住了几十年，习惯了。老徐家的包保单位是县计生局，在计生局的帮助下，在黄华镇上给他租了房。

见老徐的思想有些动摇，钟诚和几个移民干部赶紧安慰老徐，给他说好话，让老人高兴，主动帮助老徐把东西搬到黄华，把老人送到黄华。可没想到，第二天，老徐又回到黄坪，钟诚问老徐回来干什么，老徐说，他回来看下自己家的房子被推了没有，说完后就一个人坐在废墟上沉思。

2013年6月的一天，已是老徐搬迁后的一个月时间，钟诚乘坐黄坪村支书任朝富的微型车去检查工作，老徐搭车同去。钟诚问老徐去干什么，他说想回去看看老家，老家亲切，黄华他住不习惯。他说他有个女儿，家就在老家后靠安置，准备在那里种地为生，他想在女儿家住上几天，多看几眼自己住了几十年的地方。而这个时候，水已经蓄起来，呈现在老人眼前的，已是白茫茫的一片水域，事实上，老徐家的老房子，以及老徐曾经居住过的集镇，早已淹没在水下。

大搬迁那些天，移民干部们也常常让人感动。搬迁最后那几天，黄坪镇上无水、无电、无通信，到处都在拆房，干部们在镇上走一转，头发上全是灰。伙食团送来的饭菜，都让给移民们吃了，移民干部们就只能吃点方便面充饥。有一天，在黄坪集镇工作的27名工作人员，一天只吃了一顿饭，却没有一个人落下，一直坚守在工作岗位上。那些天，气候炎热，移民干部一个月没水洗澡，洗脸都只能用矿泉水弄湿帕子，将就着擦下脸，有时，也提上桶到2公里以外的沟里去提点水来漱口洗脸。尤其不便的是，每天要向镇上的领导汇报一次工作，可是通信已经中断，只得跑到一公里以外的山包包上去打电话，才能勉强收到信号。清库工作也在紧锣密鼓地进行，不分白天黑夜，每天都要工作到凌晨1点才收工。晚上没有电，就用汽车灯照着挖机继续工作。

工作中，也不时会有意外发生。2009年开展实调时，钟诚亲自去举杆，不小心从岩上石板上滚了下来，也有干部说，钟副镇长，你不要去举杆了。可是钟诚却说，村看村、户看户、群众看干部，自己不做出表率，干部们哪还有积极性。

黄华的移民工作是艰难的，曲折的，而对于女同志来说，移民工作更是难上加难。

说到黄华镇的移民工作，镇党委副书记廖冬梅更是有着切肤之痛，感受深切。到黄华镇的当天下午，我们就迫不及待地采访了她。

事实上，未见廖冬梅，其故事就早已刻入脑海。

向我们推荐采访廖冬梅的，不是别人，正是永善的县委书记。作为一个乡镇的副书记，能给县委书记留下深刻印象，做了点事能让一把手如数家珍，那说明她做的事肯定不一般。

三十多岁的廖冬梅，看上去厚道而纯朴，热情大方，很有亲和力，给人一种邻家大姐的温馨感。难怪她做移民工作，移民会那么服她，我想这与她的谦和和友善密不可分。

交谈中我们得知，廖冬梅高中毕业，1995年6月到甘田村任文书，当时20余人参加招考，她考了第一。2008年到黄华村任副主任。那年，她通过自考完成了汉语言文学专业的所有课程。2009年11月，廖冬梅作为村干部参加公务员招考，以优异的成绩考进了黄华镇党政办。刚进党政办时，连电脑打字都不会，但她硬是在三天之内学会了五笔打字。担任过党政办主任、党委委员和副镇长的廖冬梅，2013年6月任镇党委副书记。之所以用这么多笔墨来叙述一个镇党委副书记的简历，是因为透过这个简历，让我们看到了一个勤奋的基层女干部，在移民工作中成长的轨迹。

顺着这些简单的没有温度的文字，我们开始走进廖冬梅鲜活而生动的生活，其间所弥漫的感动与温暖，让人动容。

说起移民工作，廖冬梅长长地叹了口气："到2013年5月1日，移民工作总算是告个段落了。可一想起做移民工作的事，至今还心潮澎湃。"

是的，这个在农村土生土长成长起来的干部，她为父老乡亲们做了太多的事，做出了太多的牺牲和奉献。

廖冬梅从小出生在一个农民家庭，她排行老大。在农村，众所周知，凡是老大，一般都会多吃些苦头。廖冬梅就是实例，从小就帮着父母做无穷无尽的家务活，挑水、洗菜、做饭、种地、喂猪，农村孩子要做的活儿，廖冬梅一样没落下，就是再忙，都还得照顾好三个妹妹。上高中后，廖冬梅每次去县城，都是步行，县城里的同学们都穿"的确良"衬衫了，可廖冬梅因为家中贫穷，还在穿咔叽布的衣裳，常常引来同学异样的目光。

也许正是这样一种环境，锻炼了廖冬梅的毅力，让她在工作中永远保持活力，永远有使不完的劲，永远干不完的活，不达目的决不罢休。

2008年7月，廖冬梅被昭通市委评为优秀共产党员，2012年被昭通市妇联、市工商联、市电视台联合评为"全市十大杰出女性"。这些荣誉和光环，都是对廖冬梅工作的最大褒奖。

让我们还是沿着廖冬梅的足迹去捕捉她生活中闪光的点滴。

2009年10月搞实调时，廖冬梅任党政办主任，那时的工作，主要是坐在办公室里收集数据，当时，她天天和数据打交道，虽然没有下到基层一线做群众工作，但从收集数据的情况来看，她还是对工作进度落后于黄坪村、黄葛村的甘田村深感忧虑。

2010年6月，廖冬梅主动提出去甘田村工作，理由是那里还有96户移民未签意愿选择协议，工作组在反复做群众的思想工作无效后，已经撤离该村，工作铁板一块，无法推进。作为一名女干部，在大家都认为甘田村的工作是块硬骨头时，她却不信这个邪，主动请缨，要去啃下这块硬骨头，这让镇党委柯平书记十分诧异。

廖冬梅风风火火，带上电脑和移民名单，让甘田村的副支书卢明伟用一辆破旧的摩托车，载着她，两人早出晚归，每天早上6点出发，晚上7点回家，骑摩托走一个单边，都要花50分钟。通过廖冬梅苦口婆心地做思想工作，通过她深入细致的疏导，仅三天时间，就签下了87户移民的意愿选择协议。这一战果，让廖冬梅倍感振奋，她感受到了从未有过的成就感和幸福感。她动情地对我们说："甘田村住着我的好多乡亲和亲戚，他们太支持我的工作了。"

有了这一成绩，廖冬梅迫切地想要进一步扩大战果，她想一鼓作气，趁热打铁，一战到底。即便端午节期间，黄华的室外温度基本保持在 40 摄氏度上下，她还是带着村干部们在花椒林和砂仁林里钻来钻去，剐破了脸上的皮肤不要紧，剐烂了衣服无所谓，因为廖冬梅本身就像是当地农民百姓，她要是站在移民群众中，你根本看不出她是位镇党委副书记，一个基层官员。她那种和蔼的态度，亲切的眼神，拉家常话桑麻的语调，都早已把自己还原成一位地道的农村妇女了。试想想，她去做群众的思想工作，不就像是隔壁的某位大姐或者大嫂过来劝和吗？如此为人低调与和善的一个女子，又有谁会和她计较太多呢？这也许就是廖冬梅做移民工作的法宝了。

那些天，听说她在做移民工作，成天下乡冒着酷暑跟移民拌嘴，十分辛苦，廖冬梅的妹妹、妹夫特地从县上回来，想看看她，也召集一家人在一起吃顿团圆饭。谁知，廖冬梅这个工作狂根本没有时间，连妹妹、妹夫的面都没有见着，还是成天在移民中间、在花椒林里忙碌着。

"我家有 8 个共产党员，我怎能不带头好好工作呢？"廖冬梅的这句话，要是从别人嘴里说出来，也许会有一点点矫情，可是从这个朴实无华的女干部嘴里说出来，给人感觉到的只有虔诚和实在。

廖冬梅的父亲廖庭国，1949 年出生，是个几十年党龄的老党员了，也是个老村干部，由于长年积劳成疾，老人家患上了严重的胃病。母亲陈安润，62 岁，也患有严重的心脏病，由于廖冬梅一直在忙移民工作，根本无法照管，老人家还得操持家务，每天起早贪黑地操劳。廖冬梅的二妹在县纪委工作，小弟在县农行上班，老公高发军在黄华民政所上班，儿子高建华，14 岁，在永一中读高一，平时住二妹家，由二妹照管。这样的农村家庭结构，本来是挺美满和幸福的一家，要是不因为做移民工作，廖冬梅上班之余好好陪下老人，做做家务，周末几兄妹回家聚聚，吃顿团圆饭，该是多么幸福的一件事。可是现在的格局却变成了这样：廖冬梅不分昼夜地做移民工作，和老公、父母几乎见不上面，孩子也不能照管，一个家庭的日常生活全被打乱了。

"由于我做移民工作，没有辅导过一次孩子，没有给他洗过一件衣服，没有给他做过一顿饭，儿子都不叫我妈，成绩也不好，我一想起就难过，为此，我还哭了好几场呢！"廖冬梅说到此处时，眼圈都有些红了。我们赶紧把话题打住，生怕引出她动情的泪水。

面对我们的采访，廖冬梅说出了自己的心声："人嘛，无论当什么官，都要想着自己是个普通人，只有把移民群众当亲人，移民群众才会把你当亲人。工作干得好不好，全在于干部，群众有诉求时，要当好润滑剂，千万不能推和滑。在黄华镇工作的外地干部，他们都是抛妻别子来帮助我们工作，我们本地干部为何还不努力工作呢？"

是的，这是发自一位基层女干部心底的肺腑之言。是的，试想想，如果干部真正把移民群众当了亲人，那亲人还会为难你吗？是亲人了，那就啥都好说了。

"在我们黄华镇，做移民工作，可以说把女人当作男人用，男人当作牲口用，大家都是超负荷工作。有时，尽管自己如此付出，还是有人不理解，我如此卖命地做移民工作，也有人说我是不是想当啥领导？我不管，当没听见，任他们说去，还是我行我素，不打扮，不涂脂抹粉，不穿金戴银，一条毛巾搭在脖子上，利用中午群众农活后休息的时间，入户开展工作，群众干活，我们就做内业。在 2011 年的 7 至 8 月间，我们就是这样熬过来的。"廖冬梅的叙述虽然平静，但我们分明能够感受得到她内心的那一份执着和坚韧。

据黄华镇党委书记柯平和镇长鲁朝富介绍，在做移民工作期间，廖冬梅和甘田村移民工作组的 8 个成员吃住都在村子里，因为条件有限，他们就住在一间废弃的土房子里，那是一间年久失修的土墙瓦房，下雨时，雨水就会漏进屋子里，更为可怕的是，有时晚上竟然还会有毒蛇钻进屋来。

廖冬梅也给我们讲述了当时住那破旧房子里的情形："下雨时，我们根本不敢睡，怕房子垮塌，得赶紧起床，打起手电筒去查看阴沟，万一堵塞了，还要疏通阴沟，不然很危险。我们住那屋子到处通花照亮的，半夜时，甚至会听到蛇爬上楼板时发出的沙沙声，常常吓得我们 3 个女干部半夜三更地爬起来，跑到屋子外面。遇到雨天，无处可去，就只得待在屋子里，惊恐万状地熬到天亮。太吓人了，现在想起来，晚上都还会做噩梦呢！我是最怕蛇的了。"

那段时间，廖冬梅她们的生活也十分节俭，夏天天气热，菜也放不住，不能多买。有一天，在镇上砍了点新鲜肉回去煮熟后，放在地上的锑盆里，等忙完一天的工作回去后，发现肉不在了两坨，觉得很奇怪，廖冬梅找了很多地方才在屋子外面的墙角处找到，原来是被猫衔到了外面，她赶紧捡回来用开水烫一下就把它吃了。

"真是舍不得丢掉，因为我们买菜实在是太费力了，到镇上去买菜，来回得花两三个小时。"廖冬梅说得眉飞色舞。

在甘田村做移民工作，对于女干部来说，可能洗澡是个最大的难题了。那些天，每天的平均气温接近 40 摄氏度，热得像在蒸笼里一样，根本受不了。女干部们也顾不上害羞了，用个盆到水沟里接点水，擦下身子，就当是洗了一回澡了。有两个男同志都热得受不了，中暑了，可见那酷热的环境，是多么不容易。

有一次，廖冬梅到白沙集镇下乡，没有交通工具，甘田村的魏银龙用摩托载着她，在下一处陡坡时，摩托车突然刹车失灵，摔倒在路边的侧沟里，廖冬梅的手掌和脚被摔破，因为要急着赶到农户家做工作，廖冬梅也顾不上自己的疼痛了，坚持到村子里，可到了晚上，已经蹲不下去了。正好这时，她接到了镇党委柯平书记的电话，说要让她回去休整一下。"我当时就哭了，觉得工作再难、再苦，还有领导惦记和关心，觉得很感动，再想想移民工作责任太大，任务太重了，哪有时间回去休整啊！最后，我还是没有回去，一直在村里坚守岗位。"说到这里，廖冬梅忍不住流下了泪水。我知道，在她的心中，一定又想起了那段令人难以回首的日子。

当时，移民普遍有着等和看的思想，想静观其变，看有没有啥新的政策出台。因此，每一项工作在开展前，都得要寻找个突破口。那段时间，廖冬梅感觉压力很大，晚上睡觉都一直在想着移民工作，做梦都是在与移民群众讲政策拉家常。在开展工作中，廖冬梅抓住了问题的核心和关键，一方面，继续打牢群众基础，紧紧抓住那些支持党委、政府工作的移民群众，赢得他们的信任和好感；另一方面，团结一切可以团结的人。廖冬梅把前后二家的亲戚认了个底朝天，利用自己在甘田村工作过五年的优势，该叫公公的叫公公，该叫婆婆的叫婆婆，该叫叔的就叫叔，按照村里的风俗，该咋称呼就咋称呼，与移民乡亲攀亲戚，交朋友，赢得亲戚朋友的支持。这要在平时，不是因为做移民工作，所有的亲戚朋友都会相安无事，其乐融融，但自从开展移民工作，只要移民干部一开口给亲戚朋友做工作，要他们搬迁，移民群众就会翻脸不认人，跟你急，甚至成为仇人。这就是严酷的现实。可以想见，廖冬梅为了赢得这些亲戚朋友的信任，她费尽了多少周折。

"我经常把家中的烟酒拿去送给移民群众，家中的拿完了，我就去买，烟、酒、油、面，啥方便，我就买啥，就图个亲戚朋友和乡亲们高兴。其实他们也不在乎我送多少，主要是一个心意，他们觉得我把他们当亲人。凡是哪家有红白喜事，我都会带着工作队员们一起去凑个热闹，随个礼，赶个人情，乡亲们很高兴，觉得我们没有把他们当外人，在移民工作中就是吃点亏，他们也无所谓了，人嘛，总是最讲感情的。"我们静静地聆听着，如同在听一个古老而又遥远的故事，我们的心也随着故事的起伏而起伏、感动而感动。这些话，如果不是在移民群众中摸爬滚打三年五载，又怎能够感悟得到。这让我们不得不对眼前这位大姐书记心生敬佩。

在移民村工作三年来，廖冬梅与移民群众建立了深厚的友谊，认了2个干儿子，1个干女儿，有户移民送了她10双自己做的布鞋。这些布鞋，她一双也舍不得穿，原封不动地保存，当工艺品，她要留作永久的、有着特殊意义的纪念。

廖冬梅还告诉我们一个经验："对那些不支持移民工作，或者思想受到干扰，左右摇摆的移民，不抛弃、不放弃，努力接近他们，转化他们，先从共产党员和村民小组长中撕开口子。这样，就会赢得更多移民群众的理解和支持，工作开展起来，就会容易一些。"

说起自己印象最深刻的事，廖冬梅越说越激动。

2013年4月，移民大搬迁时，廖冬梅和县、镇、村三级干部63人驻扎在甘田村开展工作，在这个群体中，有县里的处级干部，有科级干部，有普通干部，很多人的学识和资历都比自己强，她感觉压力特别大。她不仅要带领干部们进村入户开展工作，向他们学习一些好的工作方法和经验，还得管好他们的吃和住，每天一大早得跑到黄华街上买菜，实在是忙不过来，就请父母亲帮忙。每天除了负责管好这60多人的吃住事务，自己还得学习移民政策，还得汇报好每天移民工作中存在的问题。那段时间，廖冬梅白天在甘田村带领工作组的干部一起走村入户工作，晚上还得回到镇上开会，真可谓全身心投入移民工作，自己的睡眠时间严重不足，每天只能睡4个小时，感觉身心疲惫。

2013年4月31日晚，也就是按照上级要求移民搬迁的最后一晚，县委、县政府下了命令，要求在5月1日前，库区的所有移民必须全部搬出，一户也不能留在库区。命令如山倒，县里召集相关部门领导20余人，专题研究甘田村的搬迁问题，廖冬梅参加了会议。

当晚的紧急会议一直开到凌晨两点。刚一散会，廖冬梅就火急火燎地通知包户的县直单位负责人到她家里开会，专题商量尚未搬迁的 13 户移民的问题，请大家出主意想办法，会议一直开到深夜 3 点。廖冬梅说："当天晚上，待几位领导开完会离开我家后，我躺在床上根本睡不着，我老公安慰我说，不怕，事情总是要办好的，急也急不了，明天就是最后一天了，肯定会圆满完成搬迁任务的。尽管我知道老公是在安慰我，但我还是抱有一线希望，明天应该会完成搬迁的吧！"

按照当时搬迁的标准，必须满足"人出、物出、房拆"的三个条件，从字面上看，也就 6 个字，可是要做到这 6 个字，那是何等艰难啊！这一点，廖冬梅可谓尝尽了酸甜苦辣。

难度最大的一户是廖仕安家，廖仕安已 76 岁高龄，只有二老在家。本来有 3 个儿子，但因为老伴是后娘，年轻时苛求过 3 个儿子，儿子就很少照管二老。廖冬梅按照族中的辈分，叫廖仕安"阿伢"，也就是伯伯的意思。廖冬梅去做他的工作，他骂廖冬梅手膀子朝外拐，不管他的死活，无论说了多少好话，他就说打死他也不搬，要咋整就咋整。

廖冬梅说："阿伢，你该知道，你不走，这水蓄起来，可是会淹死人的啊！你不走，我背都要把你背出去，背到我家去。可是任我怎么说，我阿伢就是不答应搬，老两口还慢慢吞吞地淘米洗菜做饭吃。我这个心里急啊！当时，上百个领导干部就等在离我阿伢家有 20 分钟路程的公路边，运送家什的车辆都已准备好，就等着我能做通老人的思想工作。没办法，我只得耐着性子等老两口慢慢把饭吃了，我又帮着把他家的碗洗了收拾好。我阿娘耳聋，说话她也听不着，我就叫我阿伢的侄儿和一个小孙子扶着我阿伢和阿娘，我进去给他们收拾东西。"

见廖冬梅在收拾东西，廖仕安也只有默认了，看来这家是不搬不行了，老廖一直沉默不语。突然，他想起床上的裤子里自己装的

3000 元钱，就叫廖冬梅去找，可是把褂子里的东西全部倒出来找了个遍，还是找不到。廖冬梅心里一下子急了，要是找不到这钱，那老人家更是不高兴了，也许稍微有点松动的心，一下子就翻汤了。后来，廖冬梅还是在阿娘身上才找出了这 3000 元钱，幸好找到，廖冬梅这才松了一口气。

等找到钱后，廖冬梅回过头来，一下子吓坏了。只见廖仕安站在他家 5 米高的平房上，望着远方，像是要跳楼的样子，廖冬梅急得出了一身冷汗，他要真是纵身一跳，才不知要闹出多大的事啊！她赶紧三步并作两步来到平房上，扶着阿伢，一时间，啥话也说不出来。

见廖东梅被吓成这样，阿伢也心疼这个做移民干部的侄女，眼里流出了几滴浑浊的老泪，对廖冬梅说："儿啊，我在这里住了几十年了，你就让我在这里坐会儿。"阿伢这一句话，说得廖冬梅心里酸酸的。待阿伢待了几分钟，稍平静后，廖冬梅伸手去扶阿伢，要去背他，可是阿伢不让，阿伢说："儿啊，没有住处，我搬去哪里？"原来，廖仕安选择了自行安置，投靠安置在朝阳集镇的子女家，可是那儿的安置房还没有修好，村里的搬迁户，都是在镇上租房子住的，廖仕安老两口，因为原本就不打算搬家，所以也就没有去张罗租房子的事。知道这一情况后，廖冬梅赶紧打电话给黄华村的村主任周高斌，叫他立马给廖仕安家找一间房子，解决住房问题。可是周高斌回过电话来说，实在是找不到房子了，镇上的房子早都被移民户给租完了。无奈之际，廖冬梅突然想起镇工商所有一间土墙砖房是空着的，但是很脏，杂乱不堪。这个发现让廖冬梅像是吃了兴奋剂一样高兴，看来，阿伢家的住房没有问题了，她立马打电话叫周高斌联系并打扫卫生、安装水电，大家忙得团团转，终于在五六个小时之后，把一间原本肮脏不堪的旧房子给收拾得清清爽爽的，不仅卫生干净了，连水电都一应俱全，廖冬梅还给老人家购买了电磁炉和碗筷等日常用品。

廖冬梅说："房子收拾好之后，我一把将我阿伢拉了背在背上，他说他不走，我就说阿伢，我一个镇干部，都做不通你的思想工作，我还有啥脸面。听了我的话，阿伢一句话也不说，一直沉默着。我跟阿伢开玩笑说，阿伢，你今天级别整高了，你看，这么多的处级、科级干部来帮你搬家。我阿伢还是不说话，一直保持沉默。我知道，我阿伢是根本就不想搬家的，但是不搬不行啊！他也知道，不搬这个家，很为难我，谁叫我是他的侄女呢！"

把阿伢扶上车后，廖冬梅又把车门反锁上，生怕老人家出现意外。到了镇上，搬进工商所那间屋子住下后，廖冬梅又扶着阿伢阿娘去街上吃米线。廖冬梅给阿伢说："阿伢，阿娘，今天侄女忙，来不及做饭给你二老吃了，等安顿好后，过几天，我亲自给你二老做顿好吃的饭菜。"这才把二老逗得合不拢嘴。

把阿伢一家老两口安顿好后，廖冬梅又回到甘田村去收拾余下的东西。到下午5点多，工作组所有的人都走了，就剩下廖冬梅一个人最后扫尾。当廖冬梅看到昔日无比亲切和熟悉的土地上人走空了，东西搬走了，房子拆得像一片废墟之时，看着眼前物是人非的故乡，泪水模糊了她的双眼，她止不住哭出声来。

当天晚上，县委领导请镇上的班子领导吃饭，廖冬梅只喝了一小杯酒就醉了，廖冬梅说，不知咋的，等搬迁任务完成之后，她又觉得心里空落落的。事实上，她的心里，还是装着自己的那些乡亲。

后来，县里开展"大走访、大调研、大帮扶"活动，廖冬梅又买了东西去看望阿伢阿娘，阿伢对她说："姑娘，虽然这次大搬迁，我是最后一户搬，但你是对得起我的，本来我要写封感谢信感谢党委、政府，又怕别人说我是个老酸酸。""当时阿伢家煮起腊肉，我也不客气，我说我要啃骨头，阿伢见我没把他当外人，特别高兴。"廖冬梅高兴地说道。

做移民工作这几年，廖冬梅和所有的移民干部一样，说尽了千言万语，走进了千家万户，走遍了千山万水！很多时候，廖冬梅觉得自己都扛不住了，曾背着她的同事和家人哭过多次，每一次流泪，廖冬梅都没有让他们看见。"我怕我的组员们看着我哭，失去工作的信心。我都扛不住了，那他们就更是没有主心骨了。"廖冬梅很是感慨。

这几年，廖冬梅去移民家走访，她都要带点东西去，见移民的孩子上街来，她会买点东西送他们，对那些特别贫困的人，她会500、1000元不等地送他们，帮助他们解燃眉之急。廖冬梅的工资全部用于与移民群众攀亲戚结对子上了，她的存折上没有多余的钱，经常入不敷出，随时从老公手里要钱。老公有时也开玩笑说，你这个副镇长咋个当得如此可怜啊！

是的，这个出身农家的女干部，她用脚步丈量家乡的每一块土地，穿破无数双鞋，就是病重得厉害了，也只能利用晚上的时间输液，她把乡亲当亲人，却没有把自己的冷暖当回事。在镇上和县里的几次大会上，她的交流发言让台下的听众常常感动得泪流满面。

廖冬梅，她不善于言谈，在她的身上，你很难看到圆滑、世故与狡黠，处处展现出地地道道农民子女的朴实、正直、实诚的品格，或许正是她身上这朴实真诚的作风打动了她的无数乡亲，使移民工作在重大时间节点上，高强度、高压力、超负荷运转，一步一步向前推进。这种众多男人望而却步、无法完成、无法胜任的工作，在她的手上完成了，这不能不说是一个奇迹，而创造这个奇迹的，也许正是她对待移民的真诚态度。

廖冬梅，这个朴实无华的农民的女儿，正是她，用真情打动移民，用行动感染移民，在金沙江岸边，用一腔热血，书写着一段感人肺腑的青春。

女人当男人用，男人当牲口用，这句简单而实在的话，同样适用于其他在黄华做移民工作的女干部。

在黄华镇，我们还见到了另一位女干部。

三十出头的李燕，看上去娇小玲珑。这个 2004 年才参加工作的年轻女干部，在水竹乡党政办、县科技局、县纪委等部门工作过，还先后挂钩过塘房 2 组做移民工作，在纪委工作期间，还曾督查过大兴、码口和黄华镇的移民工作。

2011 年 6 月 23 日，李燕作为回乡干部被县委选派到务基镇青龙村做人口界定和意愿选择工作，一干就是 40 多天。当时，李燕担任务基镇青龙村平坝村民小组的工作组长，手下有 3 个工作人员，负责 20 余户 70 余人的人口界定和意愿选择工作。那些天，李燕起早贪黑，冒着近 40 摄氏度的高温天气，下到移民村寨、田间地角找移民做工作。移民群众高兴时还能搭上几句话，不高兴时就白她一眼，还不客气地说早上不要去找他们，要忙做农活，李燕就只有耐着性子，回到村委会，等群众中午回家吃饭时，再带着工作人员到农户家做思想工作。在这些移民群众中，李燕的六爸就是个思想不通的人，一直不支持移民工作。无奈之下，李燕只好自己亲自上门去做动员，经过反复劝说，终于说动了六爸，签下了意愿选择的协议。这次成功，也给了李燕极大的鼓舞，她觉得只要给群众讲清道理，再充分利用好亲情和友情去做工作，再坚硬的冰，都是会融化的。

作为回乡移民干部，按说帮助镇村两级做完老家的移民工作，就可以撤回原单位上班了，去过机关那种按时上下班的安稳日子，也好照顾自己的家庭和孩子。

可是，李燕没有想到，由于她的出色，2011 年 8 月 20 日，她再次被县委选派到黄华镇担任挂职副书记。这也是县委为了促进全县的移民工作，从县直机关选派年富力强、有丰富工作经验的年轻干部支援移民乡镇工作的一个重要举措。到黄华镇上任后，李燕先是帮助整理移民档案，建档立卡，录入信息。因为李燕明白，做好移民工作，档案资料十分重要，关系到后期的每一个重要环节，如若信息不准，那肯定是要出很多麻烦和问题的。

2011 年 11 月，黄华镇朝阳集镇安置点上居住的村民要尽快搬迁出来，施工队伍才好进场建设移民安置区。李燕负责做 3 组村民的说服动员工作。她每天和刘明搭一辆摩托车到村子里去找群众做思想工作，动员他们及时搬迁，支持安置点的建设。有的移民头天说好了，可是第二天，又反悔了，李燕又得不厌其烦地做思想工作。有一次，一辆面包车差一点把他们骑的摩托车逼下了悬崖，把李燕吓出了一身冷汗。

2012 年 2 月，李燕被调到水田 4 组担任工作组组长。这个组有 85 户移民，因为以前建了个糖厂，后来企业改制后卖给了老板，当地村民认为糖厂的土地应为 4 组所有。实调时，水田 4 组用皮尺丈量土地，当时由于工作人员有些失误，皮尺放得较松，群众觉得不均匀，于是对移民工作有情绪；加之当地移民认为 601 米水位线以上的土地要与淹没区的土地享受一样的待遇，不满情绪更是与日俱增。

在这样的背景下进村开展移民工作，其难度可想而知。那些天，李燕每天早早地赶到水田 4 组，主动与移民群众搭讪。见一个年轻女孩子来做移民工作，认为她说话也算不了数，甚至认为是派去骗他们搬迁的，一旦搬了，就不会兑现一些承诺，群众根本不理她，连水也不给一口喝，这让李燕觉得举步维艰，甚是苦恼。但李燕总是那样耐心，一次说不通就两次，两次说不通就三次，直到做通思想工作为止。经过一段时间的接触，群众终于开始接受李燕了。有一次，李燕去雷世强家做动员工作，雷世强和几个人正在打麻将，天气特别炎热，李燕戴个太阳帽在那里反复给他们解释政策，雷世强都被感动了，说要是所有的移民干部都像李燕一样，态度如此之好，那移民工作就没这样难做了。

做移民工作的那段时间，让李燕最苦恼的是，自己的孩子无人照顾，老公经常出差，只好由 80 多岁的老母亲带着女儿。可是母亲不识字，就连喂药都不知道如何搭配，所以导致女儿营养不良，后来还专门带去成都治疗。

李燕，她用自己的青春，在移民的心里，刻下了一道道绚丽的彩虹。正是这些斑斓的色彩，温暖了移民，也温暖了自己。

在黄华采访的当天，有雾。雾往下降的时候，黄华便往上浮，浮在云雾之上；雾往上升的时候，黄华就往下降，露出半个脸来。下午，云雾在远处若隐若现的山头穿梭，偶尔露出阳光，穿过云层，照一照大地，从镇政府一间办公室的窗口透进来，照在严云波的脸上。这个永善黄华镇朴实的汉子，让我们看到了脸上写满的酸甜苦辣，看到了内心酸楚的一面，他一直在和生活进行着抗争，和自己内心脆弱的一面做斗争，苦苦挣扎。

对移民代表严云波的采访，令我们至今难忘。

严云波，44 岁，家中 4 口人，妻子李安润，务农，大女儿严昌琴，在浙江打工，小女儿严昌荣，15 岁，在永善上高中。搬迁前住黄坪村街上 2 组，有 1.43 亩土地，住房 88.32 平方米，属土木结构的瓦房，赔偿款总计 11 万元。

严云波选择的是集镇安置，在朝阳集镇修完第一层房后，上交房款 9.9 万元，仅余 1.1 万元。土地没了，以后一家人的日子如何过，难道就靠这 1.1 万元生活？那孩子还要上大学吗？家人生个重病啥的，是不是就这样眼睁睁望着？这一系列非常现实的问题，一直困扰着严云波，常常让他无法入眠。

屋漏又遇绵绵雨。对于严云波来说，本来土地就很少，兑现到手的赔偿款也是少得可怜，修好房子后，还没有搬进新家，赔偿款就所剩无几了。更让他忧心的是，妻子在搬迁过程中翻车，导致手臂骨折。因为没钱，不能到昭通医院治疗，只能在永善县中医院医治，即使这样，也花费了 9000 多元的治疗费，对于严云波一家来说，真如磐石压顶，让他喘不过气来。那几天，严云波急得火烧眉毛。可是让严云波没有想到的是，县委常委、县委政法委书记谭德勇亲自来到他家，看望他受伤的妻子，让严云波一家大受感动。

2013年5月10日，严云波找到谭德勇书记，反映了自己家庭的困难。严云波说，自己读过高一，能勉强做一些事情，请求帮助他解决就业的问题。严云波也找了镇党委书记柯平，柯书记说会尽最大努力给他家解决一些实际困难。令严云波欣慰的是，自己刚给两位领导反映过的问题，不久就有了答复。5月27日，镇党委把严云波安排到朝阳集镇连接道管委会上班，在徐云峰副镇长的带领下工作。平时主要是协助镇领导做好集镇连接道路建设的质量监督工作。有了这份工作，每月能领到1200元工资，让严云波心里踏实了许多。2013年7月2日上午，镇长鲁朝富又打电话给严云波，要调他到镇信访接待室工作，主要负责移民群众的信访接待。因为严云波读过高中，文化水平相对较高，镇里希望他能够在政府和移民之间架起一道桥梁，做一些针对移民群众矛盾的疏导化解工作。

一直以来，严云波都是村子里最支持移民工作的人，不仅是移民工作，凡是党委、政府要求执行的政策，他都第一个带头，他说自己还是黄坪村最早的两女结扎户。在这一点上，严云波确实是村民们的榜样。"移民工作组进村宣传政策时，要求按照云南省政府471号令执行，没有人口补偿政策，只有实物量补偿政策。如果只按实物量不按人头补偿，那我们实物量小的移民难以生存。"严云波说出了自己的担心。

严云波说，他祖籍四川，他的祖先之所以背井离乡来到黄坪，就是看中黄坪这地方是云南永善和四川金阳、雷波交界处的商业重镇，交通要道，很好做生意。他们家已在这里延续了7代人了。他家祖上做布匹生意，他爷爷严国志，在黄坪务农，平时也是靠做点小生意度日。父辈四兄弟都是搬迁户。大伯严三江，78岁了，全家11口人。三叔严三汉，71岁，家中18口人。四叔严三银，69岁，家中5口人。严云波的父亲排行老二，叫严三贵，73岁了，还硬朗，母亲已经去世，家中 13 口人。

严云波一家祖祖辈辈生活在黄坪村，靠做小本生意维持了几代人的生活，到了第 7 代，具体到严云波身上，多年来一直靠经营花椒、砂仁、桐子、魔芋等农副产品为生，他也宰过猪卖，做过牛皮和马皮生意，凡是不违法的生意，在严云波手里，都能够折腾到钱。一句话，只要不离开黄坪这个集镇，严云波就从来不担心一家人的生活。可是现在不一样了，因为溪洛渡水电站的修建，严云波一家和他的乡亲们，不得不舍弃自己心爱的家园，不得不背井离乡另谋生路，这怎能不让人伤感，怎能不让人留恋，又怎能不让人忧虑呢？

"现在，我的家乡被溪洛渡水电站蓄水淹没了，我再也看不见家乡的村庄家乡的树了，再也听不到家乡的鸡叫和鸟鸣了，我一想起我的家乡已成了一片汪洋，我就想起了李白《静夜思》里的诗句'举头望明月，低头思故乡'，我就会忍不住流下眼泪。"说到此处，四十多岁的大男人严云波当着我们的面，忍不住失声痛哭，哭得泪流满面，哭得伤心欲绝。说句心里话，这么多年过去了，我还没有见过哪一个男人，哭得这么伤心，这是不是因为严云波多读了点书，多吃了点墨水，更多了一层文化人对故土的乡愁，多了一层乡村文化人对故土刻骨铭心的怀念？我不得而知。我也受他的情绪感染，心里无比酸楚，仿佛自己也成了背井离乡的移民中的一员，不知不觉间，我的眼眶也湿润了。

严云波的哭声越来越大，越来越浑浊，越来越苍茫，撕心裂肺，呜呜咽咽，比失去了亲人还要痛苦。随着哭泣的持续，他的哭，已经不再是一般意义上的哭号了，毫不夸张地说，近乎号叫了，类似于夜晚空旷的山谷里传来的狼一般的那种号叫。他的哭号，或者说是号叫，把我们镇住了。多少年来，我们从未听过这样的哭号，如果不是心中有委屈，是哭不到这种程度的，他的哭号持续了很长时间，他哭号的过程中，身体不停地颤抖着，左右剧烈地摇摆着，办公室的门是关着的，可他的哭号声还是穿透了门，传到了楼道里，惊动了楼道里其他办公室的人。从某种程度来说，这是一个堂堂男儿一次歇斯底里的"阵痛"式的呐喊，十年苦闷堆积起来的闷气，在瞬间呼啸涌出，变成了嘹亮的"响声"。它如同这个春天里平地响起的一声声惊雷，划破天空，刺破云层，最终想要让世人记住这片天空下风起云涌、雨打风吹刻下的时光痕迹，让我们记住他们用生命的岁月历经苦难挣扎所谱写的生动的历史篇章。

无疑，他的付出是伟大的，所有永善移民在这场声势浩大的迁徙中所付出的一切，都是极其伟大的。大地记录了这些付出，山川记录了这些付出，江河记录了这些付出，历史记录了这些付出。付出善良的人都会得到回报，所有的人都会得到回报的。

和严云波一样，郎春秀也对自己的家园充满了怀念，只是表达的形式各有不同。

郎春秀，住黄华镇甘田村花生组，56岁。老公55岁，在县上宾馆打工，有3个儿子。大儿子35岁，育有2个子女，在黄华开了家诊所。二儿子32岁，育有2个孩子，在县上开个水果店。小儿子育有1个孩子，开一辆17座的中巴车跑永善到黄华的线路。

郎春秀家有10亩土地被淹，兑现了120余万元，因郎春秀家住在470米水位线以下，得在2012年12月31日前搬出，所以提前在县城租了房，准备搬到县城居住。搬迁后，家里花钱买下了一套房，加之三个儿子正在创业，全靠贷款维持，三兄弟欠下了100多万元贷款。

当时，镇党委副书记廖冬梅去做她家的动迁工作，只有郎春秀一个人回家来收拾东西，房上的瓦片和木料都卖给别人来拆了，总的只卖了2000元钱，锅碗家什搬出来摆在院坝里。郎春秀老人正忙前忙后，一个人收拾东西。几个儿子因为忙，都没有回来。老人家用石头搭在门口煮饭吃，见廖冬梅到了她家，郎春秀老人感慨地说："姑娘啊，我当年一撮一撮地抬石头和泥巴修了这房子，以后我和儿子儿孙就再也见不着这老房子了，你让我在这里再住一晚吧，明天我就跟儿子坐班车回城里去。"老人说着，泪水已经在眼眶里打转了，她接着说，"姑娘啊，这棵杏子树，是我当年亲手栽下的，与我家儿子同岁，我实在是舍不得啊！"

为了安抚老人，廖冬梅用自己的手机给老人和她栽下的杏子树拍了一张照片，把那感动的瞬间，永远定格在镜头里。

而像郎春秀这样的移民老人，也还有很多很多，他们在最后的紧要关头，将自己唯一的家园舍弃，将刻满一生记忆的房屋推倒，把根深蒂固、枝繁叶茂、盘根错节的大树，连根拔出，把人间的大爱奉献给了永善的未来，这需要何等伟大的勇气，去为之付出。

手机拍的不只是一个老人，不只是一棵杏树，而是一段鲜明的、永恒的历史，一段催人泪下的、永不磨灭的人性之歌，一段可歌可泣的、移民搬迁的横断面，这个横断面向我们展示了移民干部无私的风采，以及移民群众顾全大局的崇高风尚。

05. 与故土的撕裂

移民安置得怎样，生活得怎样，这是我们一直关心的问题。带着这个问题，我们走进了大兴这片繁华丰饶的沃土。

大兴镇位于永善县境西南部，镇政府驻地新街，距县城 155 公里。地处五莲峰山系东侧，金沙江南岸。大兴原名大井坝。明末清初，今老街处曾打过盐井七口，出过井盐。后被当地人以所谓"挖开南方井，饿死北边人"为由告发叙州府，府尹公断，令封盐井，改井为田。因其地处平坝，故名大井坝。清初，以大井坝集市贸易兴隆，得名"大兴"。从雍正六年（1728 年）置县治起，即隶属永善县辖。境内地势狭长，东部和南部为连绵高山，气候温和，沿江一带呈缓坡小坝，夏热冬燥，属江边河谷和二半山区。

去大兴镇采访，正值初冬。金沙江两岸的草木，有的已经枯黄，但仍旧挂着深秋的色彩，那些连绵的山地上、崖壁间，看去都有国画的意味。那些常绿的植物，在阳光下绿得透亮，没有一点要减弱生命的迹象，好像在这层层大山里，它永远都可以这样自由地生长着，繁衍万年。路是极险的山路，站在山上望下去，仿佛一条项链在迎风舞蹈，来往的车辆不时在太阳下闪耀着光芒。尤其那个叫二十四道拐的地方，那斜挽在山腰间的公路，在五六十度的陡坡上弯弯绕绕，俨然成了舞女热舞时的水袖，自由挥洒，飘逸欲仙，毫无规则。而大山的根部，就是早已被驯服了的金沙江，一汪平静得不知深浅的湖水。如若驾驶员稍有闪失，车子都有可能滚落江中，车上的人，就更是脆弱如小蚂蚁，瞬间就会在这个大地上消失。

去大兴采访，显然是不易的。

我们到达大兴时，两位主官都十分繁忙，对镇党委书记的采访，安排在了晚上，这也是不得已而为之，在镇上当个书记，好像他们从来就没有休息时间。尽管我们白天已采访了一天，有些累了，但晚上还得继续。

张秀斌，看上去成熟而精干，很健谈，是个外向型干部。从大兴镇的副镇长、镇长到党委书记，经历了大兴移民工作的全过程。镇长曾国才，1973年出生，省农大毕业后分配在团结乡农技站，先后担任过大兴镇副镇长、副书记、人大主席，2012年11月担任大兴镇镇长。

在采访他们的过程中，让我们有如回到了当初搬迁前的村庄，那一幕幕场景又历历在目。

大兴镇有7个村，3个社区，近4万人。移民工作从2009年5月正式启动，涉及4个村24个村民小组。

在大兴安置点，我看到一排排正在建设中的安置房正在紧张施工，移民们晚饭后也常来走走看看，顺便也监督一下工程质量，看哪里还有不满意的地方。据张秀斌介绍，大兴安置点共安置移民1086户，4632人。有332户只建了一层，300余户建了两层，300余户建了三层，大体上各占1/3。

镇长曾国才介绍，大兴镇的移民工作，一直让县委、县政府领导十分担心，因为这里的群众人多地少，人均只有0.3亩土地的有3个村民小组，人均只有0.5亩土地的有6个村民小组，地少，实物量就少，兑现到手的赔偿款自然就少。大兴镇 2221 户移民中，赔偿款兑现到 20 万元以下的有 200 余户，10 万元以下的有 100 余户，如此之低的赔偿，移民当然难以接受，这就意味着，移民工作的难度增大，移民群众的抵触情绪也更为强烈。

当时的大背景是，库区的务基镇、黄华镇、大兴镇、莲峰镇、码口镇都准备启动实物指标调查工作。但是大家都在摸着石头过河，都在等待观望，都希望有人先带个头，传递些经验。大兴镇在进行充分酝酿后，决定先在河口村进行试点。河口村的支书吴安文和共产党员何昌宇带头开展实调。土地实调的第一杆，就插在了吴安文家的土地上。

张秀斌说，大兴的移民工作虽然推进艰难，但是从未发生一起群体事件。其核心是各级干部都在尽力为移民群众争取利益，从前任党委书记开始，镇领导班子成员均走访到每家每户，尽可能多地听取移民的意见，让群众从心底里感受到镇党委、镇政府对他们的真心关爱。

张秀斌介绍，对那些有困难的群众，他们就尽可能给予更多的关照。如月亮 4 组的邓姓村民，一个人单独生活，亲人也不管他，但搬迁是必须的，无奈，张秀斌又协调村委会，腾了一间房给他暂住。住了一段时间，其亲戚才把他接走。

曾国才介绍，在大搬迁过程中，最头疼的是，移民群众的棺材找不到地方存放。因为移民安置点正在建设中，那些从老家搬出来的移民群众，只能在镇上租房子住，而当地的房东，最忌讳别人在家里摆放棺木。为了解决这一问题，当时镇里专门建了 8 间活动板房，临时统一存放移民群众的 100 余口棺材，这才解决了移民群众的燃眉之急。

说到移民群众对故土的眷恋，张秀斌给我们讲述了当初欢送第一批外迁移民时的情景。那是 2013 年 1 月初，第一批外迁到化念的移民即将启程，镇上准备了一个简朴的欢送仪式。仪式由张秀斌主持，县里的挂钩领导吴文富致欢送辞。

"我上中巴车去和移民群众一一握手，与村支书吴安文拥抱，吴安文和我都忍不住哭了。他家的狗要跟着上车，无奈只好送给当地人。吴安勇的妻子什么都准备好了，行李全搬到了车上，她的女儿已经上车了，但她一直站在车门边，哭得泪流满面，就是迈不出上车那艰难的一步。"说到动情处，张秀斌表情凝重，似乎又回到了当初的情景。

在场的一个移民告诉我们，启动仪式的当天，众多的移民群众从四面八方聚集过来，在一块略显荒凉的空旷场地上靠拢，等待着镇里和县里的领导到来，这个过程十分漫长，哪怕只是一分钟，也要比平常漫长得多，显得遥遥无期。领导们来了，张秀斌主持了仪式，张秀斌讲完话，吴文富接着讲，大概的意思是说，舍小家，顾大家，为国家，要让大家搬得出，稳得住，逐步能致富，还讲了一些告别的话，讲得很多，饱含深情，等领导们讲完，大家的心情开始变得激动而复杂起来。对于移民来说，一边是绝望，一边是期盼，如打翻了调味瓶，五味杂陈，很不是滋味，他们内心的焦躁和不安，不断地滋生着，积累着，压抑着心情，如同洪水猛兽一般即将爆发出来，顿时感到孤立无援，不知所措，让人眼前一黑，不寒而栗，仿佛世界已经走到了尽头，面对即将走近的陌生的未来世界，而感到心神不定，心慌意乱，恐惧不安，看不到一丝希望的曙光，恐惧在蔓延。

搬迁前，眼看着四周的房屋在挖机的挖掘下，如山倒一般，早已经变成一片废墟，无家可归，而要去的家远在天边。如今，人们拖家带口，大包小包背着行李，眼眶红肿，欲哭无泪。天空突然刮起了风，人们开始以各种各样的方式向亲戚告别，向朋友告别。一个十多岁的小女孩，紧紧地抱着她父亲的脚，要跟着去，而她父亲说，等那边房屋修好后，再回来接她过去读书，这让她的父亲忍不住泪流满面。

一位头发花白的母亲，佝偻着身体，从家里赶来，手里拿着一双刚做好的布鞋来送给儿媳妇，一定要看着儿媳妇把布鞋穿在脚上，说那边路平，穿布鞋养脚。儿媳妇接过鞋子，俯身穿鞋的时候，两行豆大的眼泪从眼眶里滚落下来，落在地上的灰土里，留下一个窝儿。儿媳妇饱含深情地说，等过去把家安顿好后，再回来接你老人家过去享两天清福，话音一落，老人的眼泪"唰"地滚出了眼窝子，忙用手揉眼睛，并频频地点头。

另一家兄弟俩，临走时，依依不舍，兄弟追着车跑出两公里后才停下，看着绝尘而去的车，泣不成声。一个六十多岁的老人，亲自来送他的儿子儿媳，激动得流下了眼泪，父子俩抱作一团，看到的人都为之感动，亲情在那一刻才真正地体现出来，犹如涓涓细流，在对方的心里流淌而过，并相互温暖着对方的心。就在此刻，儿子拿衣袖为他的父亲擦拭着眼泪，老人随后将一个存折本本递给儿子，希望自己的儿子能够生活得比自己好，好好地活着，干出一番事业来，出人头地，光宗耀祖，这一幕让周围的许多人为之感动。

巾帼不让须眉。在移民搬迁工作中，总是有这样一群女性，让人肃然起敬，她们热心热肠，她们舍小家顾大家。邓富荣和文静，就是移民区平凡女性的典型代表。

邓富荣，女，49岁，新街社区主任。2013年3月，大兴集镇安置点有13座无主坟找不到安葬的土地，镇党委书记张秀斌心急如焚。如不及时迁走，将严重影响安置房建设的工期。可是周边再也没有土地可征用，在这火烧眉毛的情况下，张秀斌晚上8点多打通邓富荣的电话，请这位热心肠的大姐帮助联系其他人家，看哪家有合适的土地，征过来安葬那13座无主坟。

当天晚上，邓富荣询问了个遍，都找不到一块合适的土地。后来，邓富荣灵机一动，想到了父亲留下来的一块十分珍贵的土地，有 1.3 亩，已全部栽上枇杷，分上下两台。想起这一块土，让邓富荣激动不已，但转念一想，这可是老父亲生前留下来的宝贵遗产，要是在自己的手上败掉，那自己不等于败家子了吗？在农村，败家子可是众人唾骂的对象啊！经过反复思考，邓富荣最终还是下定决心，决定让出这块土地。她说，移民安置点那么多的好田好地都让出来建设安置房了，自己这点地，又算得了什么呢！

第二天一大早，当张秀斌火急火燎地打电话来问情况时，邓富荣把自己的这一想法告诉了张秀斌，并且说这地无偿提供给政府用于安置那 13 座无主坟。邓富荣的这一举动，让张秀斌感动不已。在他觉得已经无望的情况下，正是邓富荣，这个热心肠的移民大姐，帮助他解决了重大难题。

后来，在镇里的组织下，13 座无主坟按时搬迁到了新址，编了号，有序坐落于那一片肥沃的土地上。

文静，其人和她的名字一样，显得文静而儒雅。五十出头的文静，看上去仍然像个年轻人一样，充满朝气与活力。她要不自我介绍，很难把她和一个移民村的村民小组长、社区主任挂钩，因为移民这工作，实在是充满了挑战。搬迁之前，文静担任月亮 1 组组长，一干就是三年，实物指标调查完成之后，兼任大兴村治安员，2013 年 9 月 20 日，任滨江社区主任。文静介绍，月亮 1 组有 130 户人家，528 人，赔偿款达 100 万元的有 3 户，50 万—100 万元的有 30 户，20 万—50 万元的有 70 户，10 万—20 万元的有 10 余户。其中，有 6 户外迁玉溪市化念镇，有 36 户自行安置，其余均选择集镇安置。文静说，大部分人家修完房后，赔偿款就所剩无几了。

文静明白，村里的人都不想搬迁，他们住惯了自己的老房子，哪也不想去，更主要的是，搬迁之后，有的人家不可能住以前那么大的房子了，感觉很不习惯。文静说，有一个老人叫王志军，七十多岁了，搬到新集镇后，他又回到老房处，用木杆和石棉瓦搭了一个窝棚，白天住在里面，儿子送饭去给他吃，偶尔，他也用自己带去的锅煮点面条充饥。晚上，他儿子又用摩托把他给接回镇上来居住。

有的人家则是舍不得自家那些破旧家产。有个叫来德宽的老人，54 岁，他舍不得丢下那些木料，坚决要求自己亲自去拆，2013 年 4 月初的一天，不小心从楼上摔下来，大腿骨折，工作组的干部又及时送往医院治疗。而县里要求的最后搬迁期限是 4 月 15 日，没办法，工作组的干部又帮助他家接通了本已剪断的电源，文静和几个干部帮着他家一直把东西搬完。

年逾七旬的老人文富光，因为家中的一个旧办公桌的弃留问题与老伴吵得不可开交。老伴说丢弃可惜了，一定要搬到镇上去，文富光老人则坚决不要，为此，老两口还抓扯起来，直到文静亲自去劝说，才就此罢休。

有一个七十多岁的唐姓老人，无论如何劝说都不搬，而他本人腿脚不便，直到其儿女用三轮车推着他到集镇上看了新修的安置房后，才满意地答应搬迁。

说起村里这些因为搬迁而发生的故事，文静口若悬河。她说，涉及移民群众的事，再小的事，都要认真办，再小的事，也是大事。

听了文静的话，我不禁暗自佩服，难得有文静这样的小组长，不然，不知这移民工作还有多大的阻力需要去克服呢！

在大兴，采访了很多人，兢兢业业工作的移民办主任苟福雄，低价给移民户供应砂石的移民代表吴锡海，积极支持移民工作、日夜坚守在施工现场的安置房建设质量监督员郭万祥，不厌其烦地反复给移民群众讲解政策的村民小组组长晏富丽，把移民群众当亲人的滨江社区副支书吴安雄，老无所依的留守老人邓定春，坚持到拆除最后一户移民房才离开的村民小组组长兰仕友，42 年党龄的七旬老人杨正兰，带领工人加班加点日夜奋战的帮建工程队负责人周兴林、刘波……他们都给我留下了深刻的印象。采访的每一个人，他们都将埋藏在内心深处、最隐蔽的一面在不经意间流露出来，哪怕一句话，一个眼神，一个神态，他们的喜怒哀乐或是悲欢离合，都展露无遗，这让我们无比感动，深深地震撼着。每一次聆听，都让我们走进了他们大悲大喜的内心，走进了他们的平凡世界，身临其境，感同身受。我们的内心也在接受着一次又一次的洗礼。

而对吴安文这样的移民干部，更是如此，传奇的经历伴随着他这些年的成长，疼痛的内心让他的外表写满了沧桑。

吴安文，48 岁；妻子高发慧，46 岁；女儿吴莹，24 岁，在昆明打工；儿子吴钟，23 岁，在曲靖市煤矿打工；父亲吴启明，76 岁，患有严重的风湿病，继母陆金贵 63 岁，父母均在永善大兴镇滨江社区老家，跟弟弟吴安标居住。吴安标今年 22 岁，未婚，原来在昆明打工，因为移民搬迁的事，他又回到了大兴，选择了自行安置的方式。据吴安文介绍，吴安标家搬之前有 6 亩田地，土木结构房子 80 平方米，赔偿款 50 余万元，先租房住，后来在大兴买了房子，花了 30 万元。在大兴河口村，像吴安标这种选择自行安置的不在少数，整个河口村 600 余户，有 1/3 的人家选择了自行安置，1/3 的人家选择了在大兴集镇安置，1/3 的移民选择到化念镇外迁安置。之所以出现这种格局，还是因为各人的想法不一样，在选择安置方式这个问题上，确实也让移民群众伤透了脑筋。到底自行安置好，还是选择到大兴集镇安置好，还是外迁到化念镇好，移民心里都一直在打鼓。有的人说，还是把现钱拿在手里踏实点，有的说还是搬到集镇上居住方便，而有的又说，还是要有土地才踏实，真是公说公有理，婆说婆有理。就像吴安文和吴安标两兄弟，就各有其选择，一个选择了外迁，一个选择自行安置，真可谓人各有志。

说到做移民工作的感受，吴安文打开了话匣子。他说，移民工作啊，像是打一场战争，说来话长啊！从 2003 年施工区移民开始，库区大兴镇河口村的人就开始紧张，尤其是老年人，心里甚至充满恐惧，觉得要搬离自己生活了几十年的窝，实在是舍不得放不下。

吴安文回忆道，2009 年 3 月初开始搞实物指标调查，他参加完县里召开的动员会回来后，就开始在村里搞动员，村里的气氛一下子紧张起来。移民，这个看似很遥远的话题一下子落到了自己的头上。

为配合好上级做好移民搬迁工作，村里组织党员、组长、群众代表、妇女代表多次开会，就如何搞好人、房、地的调查进行商议。河口村有 15 个村民小组，有 10 个小组涉及移民，而这 10 个小组，正是人口较多的组。村两委顿时感觉到肩上的担子沉重起来，迅速把 15 个村民小组长找来开会，传达政策，反复研究。经过商议，最后决定通过抽签的方式启动实调，先抽到的先启动。大家虽然有些勉强，但最终还是同意照此进行。抽签的结果出来后，甘田 2 组抽到 1 号，得先行启动。但在这个节骨眼上，大兴镇下游的黄华镇有移民上来串联，提出人均要赔偿 35 万元才能搬迁，否则，不准启动实调工作。这种言论一出，对已经预热即将启动的实调工作造成了很大的阻力。移民群众仿佛如梦初醒一般，受到启发，觉得必须照此实施，才能勉强答应搬迁。

甘田 2 组实调告急，无法启动，如铁板一块。

无奈，吴安文带着陈正军副支书，去找甘田 2 组的党小组长开座谈会，从早上 8 点一直谈到中午 12 点，一直不见效果。陈正军当时已经灰心，吴安文就给他打气，说不要急，看样子要做通党小组组长们的工作，得有耐心。

吴安文和陈正军来到了甘田 2 组组长李胜军家吃午饭，李胜军是个五十多岁的老组长，在村里极有威信，2 组的工作能否做得通，关键在李胜军。这一点，吴安文心知肚明。可是尽管吴安文说了很多好话，还是不见李胜军表态。大家沉默着，过了很长时间，只见李胜军站起身来，拿来一壶苞谷酒，哗哗哗地倒了三钢化杯，递给吴安文和陈正军一人一杯，李胜军自己也抬起一杯，粗声粗气地说道："来，喝酒。"李胜军这一招，大大出乎了吴安文的意料。陈正军也觉得无比诧异。两人都呆呆地抬着杯子看着。李胜军也不说话，一仰脖子，抬起手中那一钢化杯烈酒，咕嘟咕嘟一饮而尽。见李胜军喝得如此壮烈，吴安文心中大喜，看来有戏了。

喝。原本不胜酒力的吴安文，二话没说，也一口气喝完了杯中的烈酒。见吴安文如此，陈正军更是没话可说，抬起酒杯猛一仰头，一杯酒就灌进了肚里，呛得直打嗝。这三杯酒，似有"刘关张桃园结义"之豪气，但在那一瞬间，更多的，还是悲壮。这时，又进来几个老党员，大家边聊边喝，终于做通了几位小组长的思想工作。

李胜军提高声音说道："吴支书话都给大家说到这份上了，还有啥说的，干。"李胜军老组长的话掷地有声，仿佛一声惊雷滚过春天，唤醒了沉睡的大地。见李胜军赞成搬迁，同意开展实调工作，在场的所有小组长们也茅塞顿开，豁然开朗。大家想通了，一句话，不搬是不行的。搬是唯一出路。

俗话说，村看村，户看户，群众看干部。河口村的核心人物全部扭成了一股绳，一齐上阵，群众散沙一样的思想，自然就归顺了。思想一通，还有什么不能克服呢？实调工作正式在甘田2组拉开序幕，紧锣密鼓地连续干了3天。整个过程中，虽然也有极少数群众提出一些不同意见，但经过吴安文和村组干部仔细做思想工作，群众最终还是支持实调工作。4月中旬，人、房调查工作全部结束。

让吴安文没有想到的是，当实调工作进入第二步，开始土地调查的时候，难度更大了。按照吴安文的说法，当时全县可谓铁板一块，而矛盾最为尖锐的是黄华镇。当时，黄华镇有移民组织群众到务基、大兴和码口等几个库区重点移民乡镇去串联，企图造成更大的压力，向政府施压，而所反映的突出问题，归结起来，主要是两个方面。一是坚决抵制用 GPS 仪器丈量土地；二是要求人均一次性赔偿 35 万元。若这两个问题得不到解决，移民就态度坚决。

当时的情形，对于县、乡、村三级领导来说，压力巨大。为更进一步做好移民群众的思想工作，县委、县政府领导带头深入移民村组做移民工作，县里副处级以上领导全部挂钩到乡、镇总体协调指挥，深入一线开展移民工作。

2009年4月25日，大兴镇班子领导开会决定，打算从河口村开始启动土地实调工作。5月6日上午，县、镇、村、组四级移民干部在河口村4组集合，开始启动土地实调工作。启动的时间已经敲定，但是从哪家开始启动，这就成了各级领导心中忐忑不安的事，因为这个头开得好，就意味着成功了一半，头开得不好，煮成"夹生饭"，那可后患无穷。正在各级领导举棋不定之时，吴安文站了出来。他说："第一个，就从我家的土地开干。"吴安文的话说得斩钉截铁，让正愁眉苦脸的几位干部如释重负，如拨云见日。在场的村民见村支书吴安文都答应丈量自己的土地，一个个也无话可说，村民们纷纷议论开来，有赞扬的，有骂人的，场面一下子炸开了锅。工作组的技术人员在村组干部的配合下，忙跑前跑后地丈量土地。

艰巨的土地丈量任务沉重得让大家喘不过气。所以，丈量完何昌宇家的土地后，大家又开始推进其他移民户的土地实调工作。吴安文说，那些天，县里和镇村两级的移民干部每天早上6点起床，开始进地工作，直到晚上12点多才能休息。事实上，对于吴安文来说，那些天，他很多时候根本无法入睡，头天的工作完了，他还得思考第二天如何办的问题，从哪家的土地开始丈量，这是个令他一直头疼的问题。他心里非常清楚，村子里还有很多人心里是有气的，对用GPS仪器丈量土地心里不服，接受不了，对人均赔偿35万元一直心存侥幸，还有着很高的期望值。但吴安文心里也异常明白，这肯定是不可能的事，因为在中国，还没有哪一座大型水电站的移民采用这种赔偿方式。但他这个村支书心里明白这个道理，却并不代表村民也会这样想，他还得挨家挨户去做思想动员工作，去做情绪的化解疏导。

　　眼看再是两天，河口村 4 组的土地就丈量完了。尽管费尽九牛二虎之力，终于完成了一个组的土地丈量，但从眼前的形势来看，吴安文并不乐观，他甚至预感到其他村民小组的工作阻力会更大。吴安文的这一判断，在村两委的班子会议上得到了证实。但让吴安文没有想到的是，最先泄气的不是村民，而正是村两委的班子成员。当吴安文组织召开村两委班子会议统一思想时，他万万没有想到，村两委的班子成员集体失语，个个都成了"哑巴"。那一瞬间，吴安文还真是慌了神。村两委班子成员可是村民选举出来的代言人啊！是全村的主心骨，眼前这几根主心骨都下了软蛋，那还得了吗？

　　当然，从村两委班子成员那紧锁的愁眉，吴安文不用问都知道了个中缘由。这段时间的实践，足以让眼前这些拿钱不多管事多的村干部们泄气，他知道，每个村干部后面，都有着一大个群体，亲戚朋友、左邻右舍，个个都是在一个村子里混饭吃的人，可谓抬头不见低头见，谁又愿意去干别人伤心的事呢！好在关键时刻，吴安文没有趴下，他深知自己作为一个村支书的责任。如果他都趴下了，那这工作是不是就不干了，水电站就不修了，这显然是件极为荒唐的事。吴安文只得给自己打气，再给班子成员和群众打气。他不厌其烦地召开党员会、小组长会、移民代表会、群众大会，给大家摆事实、讲道理。到最后关头实在是讲不通了，他就亲自找来皮尺，去一家一户给群众量地，量了后，当大家的土地与 GPS 仪器所测量的面积吻合后，村两委班子成员和大部分群众才慢慢接受这一事实。吴安文还给大家伙讲，这 GPS 仪器所丈量的土地更准确，不带个人感情色彩，更公正，要是用皮尺丈量的话，还有可能会导致更大的误差。终于，功夫不负有心人，吴安文的话还是让大部分群众听进去了，原来近乎"一块坚冰"的群众心理开始解冻，开始理解和配合吴安文的工作了。

最后，思想逐步得到统一，在征求大家意见时，河口村副支书陈正军和申碧松都提出要从 1 组开始，大家也没有意见。实调工作终于在遭遇了千难万险之后，再次从河口村 1 至 6 组分别开始启动。吴安文先是参与河口村 1 组的实调工作，在 1 组的工作进行到一半以后，由于工作量实在太大，吴安文又把工作组分成两个小组，由副支书陈正军和副主任吴安勇带领一个小组负责 1 至 6 组的实调工作。吴安文则带领一个小组到甘田 1 至 3 组和扈平组开展实调，实调工作又开始风风火火地干了起来。

一波未平，一波又起。在甘田 2 组开展实调工作时，吴安文又遇到了一件麻烦事。有个叫大坟包的地方，有一块地，原来属集体所有，土地下户时没有分到个人，后来，被 20 余户农户自行挖成生荒地种植农作物。在实调过程中，有人就提出疑问，究竟这块土地如何办，一时间成了村民关注的热点问题。全村 141 户人家中，挖到土地的 23 户人家，要求把赔偿款兑现到户，而没有挖到土地的人家，则不同意分到户。在了解情况后，吴安文找到甘田 2 组的组长杨昌福，想听听他的想法。杨昌福说，这块土地分不分由村民举手表决。后来吴安文和杨昌福又召集了几次协调会，进行了 12 次调解，可还是达不成协议。镇长 9 次到村中进行调解，都无法达成协议，直到 2013 年 6 月，在县委、县政府的协调下，经县劳动仲裁委员会反复做工作，才终于达成协议。最后决定，凡是超出包产到户土地面积的部分，按照每亩补 1.2 万元的标准，补出钱来归集体所有，最后再兑现到一家一户。最终，全村有 100 余户人家兑现到了补偿款，一场旷日持久的争执才终于画上了一个圆满的句号。

吴安文说，甘田 4 组的实调干完后，因为河口村 3 组的移民对政策不理解，坚决不准复核，在河口 6 组调查时，甚至有部分群众组织干扰，使得实调工作不得不停工 6 天。吴安文又亲自担任河口村实调工作组的组长，在镇村组干部和群众的共同努力下，最后，经过镇党委、镇政府做深入细致的思想工作，终于顺利完成了河口

6组的实调工作。

说到移民工作，吴安文最大的感受就是，群众工作不好做，有些事情你今晚上说好了，也许明天起来，又变卦了，工作又得反复，所以感觉做移民工作特别难，压力也特别大。

是的，做移民工作，就像是在翻越一重重大山，刚翻越一个制高点，本以为已登顶，抬头一看，还来不及喘口粗气，眼前又是一重大山，而且浓雾紧锁，已近夜幕，如若再耽搁时日，兴许就会在黑夜中迷路一样。眼前的情形，又何尝不是如此？

好不容易才做完人口、房屋和土地的实调工作，移民群众搬迁的意愿选择又紧锣密鼓地逼近眼前。

据吴安文介绍，上级所设计的三种安置方式，各有优点和不足，对移民而言，更是各有忧虑。总之，他们心中总是有放心不下的缘由。有的移民认为，还是生产安置或者搬迁安置更好，在他们的意识里，农民，永远不能离开土地，一旦没了土地，就等于无根之树木，无源之流水，因此，有的移民选择到化念外迁安置；有的移民是另一种思维，选择集镇集中安置，觉得自己祖祖辈辈当农民，好不容易盼到电站修建了，这个翻身的大好机会千载难逢，谁还想去种地，因此选择在老家集镇安置，还可以时常看到老家的山山水水；有的移民则认为夜长梦多，还是把赔偿款兑现到手中比较踏实，因此选择了自行安置。

吴安文说，每一种安置方式都有人选择，而且都认为自己的选择是最正确的。由于人的意识不尽相同，选择安置方式也不尽相同，有的人家，弟兄几个或者父子之间，所选择的安置方式都不一样，有的外迁，有的自行安置，有的选择集镇安置，可谓各奔东西，各得其所。因此，由于选择安置方式的不同，村两委干部去做移民工作都不好做，得分类召集，分类沟通，使得做群众工作的压力特别巨大。

到2012年12月20日，河口村约1/3的移民户选择自行安置，房屋皆已拆除，手续也已办完，可吴安文还是不能休息。因为还有选择在大兴集镇安置和外迁玉溪化念安置的移民，需要他这个河口村的末任支书做最后的协调服务工作。

2013年1月13日，吴安文从永善县大兴镇启程，经永善、昭通到达他即将安家落户的化念镇。到化念与永善驻化念协调领导组和当地党委、政府联系上后，他带着昭阳、巧家、永善的20个移民代表在化念驻扎下来，做一些大批移民进驻化念的前期工作，一直干到腊月二十七，才回大兴老家过年。正月初八，吴安文又从大兴赶到化念，而当天，正是安葬其八十多岁的二嫂姚志芬的日子，但为了监督好移民建房的事，吴安文还是风尘仆仆地赶回了化念。在化念，吴安文成了个大忙人，成天忙着为即将搬迁过来的移民办租房和子女入学等烦琐之事。

2013年2月28日，吴安文回到永善参加县人代会。之后又回到大兴，参加镇里组织召开的移民工作会，为首批移民外迁化念做准备。农历二月初三，大兴第一批7户移民代表及家属30余人正式启程搬往化念。吴安文还清楚地记得，当时，镇里组织了一个简朴的送别仪式，县政协原主席吴文富在仪式上宣布：永善外迁移民正式启动。

在大家都对外迁化念心存质疑的大背景下，吴安文却跑前跑后，上下联络，积极协调移民外迁化念之事。他的付出却并未让群众理解，甚至各种流言蜚语满天飞，一些移民甚至在公开场合诋毁、造谣，说吴安文把移民带到化念后又回永善大兴去了，他根本不会搬来化念，理由是他家的房屋都未处理掉。而事实上，吴安文为了做好移民搬迁的前期准备工作，根本来不及处理自己老家的房屋财产。这一点，就是现在说起来，吴安文都还觉得委屈。

2013年4月8日，吴安文从化念赶回昭通，参加在昭通元宝山体育场举行的安置房抽签仪式，拿到了自己在化念的房号。随后他又火速赶回化念。因为抽签工作结束，标志着溪洛渡库区的清库工作开始，大批量的家乡移民将要陆续搬过化念来。吴安文心里着急，这么多的老乡来到化念，人生地不熟的，要是来到化念连个落脚的地方都没有，乡亲们的日子咋个过？那些天，吴安文几乎没有休息过，一直在外面奔忙，为大兴的移民租下了40套房子，随后又租下50余套，实在不够了，他又去找化念糖厂协商租房事宜。在吴安文带领下，他和移民代表们一共为家乡移民租下了130多套住房，有了这些住房，移民来到化念，在新房还未完工交付使用的情况下，也算是有了个暂时栖身的住所，移民的情绪才相对稳定。

同时，吴安文又动员移民中的青壮年到安置房的建设工地上打工挣钱，男的每人每天收入120—150元，女的每天收入100—120元，有点收入补充，移民的生活条件也在逐步改善。据吴安文说，在化念镇四个移民安置点上打工的民工，基本都是河口村的人，看着这些移民乡亲能挣到钱，吴安文也有了一丝丝成就感，觉得自己所有的辛劳都是值得的。而那些曾经误会，甚至谩骂过吴安文的移民，也慢慢理解了吴安文这个河口村末任支书的苦衷。

说到在化念做移民工作，吴安文也感到一些忧虑。他说，2013年2月，码口镇的移民认为建房费过高，有些房屋基脚松动不稳，认为移民代表勾结施工方，从中谋利，想把房建工程承包来自己建设。其实，移民代表对建筑也不了解，有些建筑瑕疵对房屋质量也不会有太大影响，属正常状况，只要加以改进，就不会有啥问题。

吴安文既是移民干部，又是移民，这样的双重身份，和这样的处境，充满了戏剧性，成为一个特殊的矛盾体，他在安置移民的同时，也在充分调动所有的情感资源试图说服自己，当好一个移民干部，更要当好一个移民，当好表率，他用实际行动，告诉所有的移民。而当他夜晚一个人静下来的时候，他的心却无法平静，他的伤口太多，需要更多时间来自我治愈，自我疗伤，而这个过程，似乎显得很漫长。有一点让我们庆幸的是，一种积极的正能量的因子在推动着他，驱使着他走进生活，接受现实，阳光地面对每一天的崭新生活。

吴安文，这个河口村的末任支书，他坚信，自己的付出会有收获。

溪洛渡水电站的修建，无疑正在改变着大兴人民的生活方式，他们的生活，也正悄然发生着深刻变化。

大兴镇女孩黄健洋曾在自己的作文《我的家》中这样写道：我的家在金沙江边，这里有大片大片的甘蔗，酸甜可口的柑橘，甜津津的枇杷，我家住的地方还生活着苗族、彝族等少数民族，奶奶告诉我，我们马上要搬新家了。我非常高兴，这样，我上学就不用走那么远、那么难走的路了，我真的好期待呀！

是的，因为溪洛渡水电站的修建，像黄健洋这样的孩子，他们走出山外的路，正在缩短，也许，这正是电站建设对这一代人的改变。

结束大兴镇的采访，我们准备启程前往上游的码口镇，从大兴往码口镇走，四周都是黛青色的山，用钟灵毓秀来形容再恰当不过。从大兴通往码口镇的黄码公路正在紧张建设之中，沿途悬崖陡峭险峻，工人们正加紧施工，因为它是沿江移民群众久久期盼的生命线工程，它的建成，对整个永善来说都具有十分重大的意义。看着这条即将完工的公路，不由得让我们想起正在建设的南佛路，那也是县城通往青胜乡的一条必经之路，属三峡公司还建道路。在不久的将来，这两条路修通后，整个永善沿溪洛渡、向家坝库区全线通车，那时之永善，正可谓四通八达，方便快捷。

因为黄码公路正在建设中，从大兴到码口的公路不通，在大兴镇党委书记张秀斌的亲自关心下，其驾驶员用车把我们送到了大兴镇与码口镇的交界处，走了四五公里的山路后，我们才终于见到了前来接应我们的码口镇党委书记刘兴德。

码口，是滇东北乌蒙山区金沙江下游的一个"小村庄"，码口镇位于县境南部，西以金沙江为界与四川省金阳县相望。境内沟壑纵横，山岭陡峭，山系由东南向西北横贯全境。境内地势被深沟割裂，蜿蜒至江边，形成绝壁险坡，构成一廊一台的两级阶梯。境内石灰石溶洞较多，海拔高低悬殊 2246 米，立体气候突出。

码口这个地方主产玉米、稻谷、小麦、甘蔗、洋芋、荞子、油菜、花椒、桐籽、柑橘、蜡虫、核桃、漆树等。历史上，境内碗乐的米曾有"贡米"之称。码口的小碗红糖质地优良，亦为当地一绝。

在这高差达 2000 余米的山峦沟坎之间，藏有神秘莫测的地下溶洞奇观以及峰谷辉映、瀑泉飞泻的绝妙风光！

目前已发现 22 个溶洞，最为神奇绝妙的当数牛郎织女洞。牛郎织女洞一水一旱阴阳搭配，南北走向，距金沙江边不足百米，面积在 15 万平方米以上，洞长近万米。相传两洞原为一洞，不知多少万年以来，经东西流向的碗乐沟急流的长年冲刷，把洞拦腰切断，形成了今天的牛郎洞和织女洞。两洞隔河相望，绝壁千仞一线天，山泉从落差高达上百米的夹缝中喷涌而出。

牛郎洞坐北朝南，是旱洞。洞口宽大宏伟，高十余米，宽可并行两辆大卡车。洞内有规模宏大的"地下长城"，五六米高的"城墙"全是由 40 厘米左右厚的规范整齐的"石条"砌成，一直往里延伸，"墙缝"刀片不入。里面宽大如厅，石笋林立，有的如千年古树，有的如惊弓之鸟，有的似海底玉柱，有的似人面画像。越往里走，洞道弯弯曲曲，不时有成群蝙蝠擦肩而过，令人胆战心惊。洞里还有什么，还有多深？至今无人知晓。

织女洞坐南朝北，为水洞，阴河之水由洞口溢出，跌入千丈绝崖，飞瀑一片。洞宽六七米，高十几米。洞口，水面离洞顶只有 20 厘米，险象丛生，让进入的人犹豫不决。从洞口进入后，右壁再次出现"牛郎洞"里的"长城"奇观，有所不同的是这里的"长城"人工痕迹更加明显。中段有一处"城门"，修筑得更是精妙别致，并且明显是一分道站口，从"城门"的右面进去，可以进入一个宽阔的大厅，堆放着许多像施工用的材料，还有些像休息用的"石桌""石凳"。往"城门"的左边走，有一座"斜塔"映入眼帘，"斜塔"很高，由一层层似"石条"的岩石叠起。经过"长城"后，一路北上，里面尽是保存完好的钟乳石林区，有的钟乳石一块就长达十余米，好像彝家少女的百褶长裙，规模宏大，雄伟壮观。

这样一块神奇迷人之宝地，移民又怎舍得离开，而在这块土地上所发生的移民故事，也一样撼人心魄。

在码口镇，镇党委书记刘兴德，是第一个接受我们采访的移民干部。

刘兴德，曾在移民大镇黄华镇担任过人大主席，这些年一直在和移民打交道。他说，在码口镇担任党委书记，感觉肩上的担子更重了。刘兴德说，码口镇因为以往在做移民前期工作中缺乏经验，积累下了一些矛盾，土地纠纷也十分突出。为了化解这些矛盾，镇里一班子人带领工作组，深入群众调查核实，找准突破口，本着尊重历史，面对现实的原则，一一进行了疏导和化解，兼顾了各方的利益，这才使得移民工作得以顺利推进。

在采访的过程中，刘兴德谈自己谈得很少，更多的是给我们讲述别人的故事。

吴德云，患有严重的高血压、低血糖、糖尿病，下乡工作时，一旦饿了马上晕倒，天天打胰岛素，但是在移民工作中，天天坚守工作岗位，经常背上水壶和干粮上路，身上长期带着打胰岛素的针，深入移民家中做动员工作。金秋雁在做移民工作的过程中，被移民群众将手机抢去摔在地上砸烂，但是她并未怨恨群众，而是选择理解和宽容，忍气吞声地坚守岗位，继续工作。陈龙华，这个五十多岁的老干部，为了帮助群众搬迁，背上背了一件庞大的家具，由于岩湾那地方地势险要，不小心从20多米高的岩上摔下，导致小腿骨折。这样的典型事例，装满了刘书记的脑海，就是讲几天几夜，也没个尾似的。

在采访码口镇副镇长浦兴平时，他给我们介绍了那个叫岩湾的移民村，这是一个传奇的村庄，在这个村子里，更是生发了许多感动。岩湾有 38 户移民，194 人。选择到玉溪化念镇安置的有 23 户 129 人，选择逐年补偿的有 4 户 18 人，选择农业分散安置的有 7 户 31 人，选择投亲靠友的有 2 户 10 人，选择二、三产业安置的有 2 户 6 人，选择自行安置的有 15 户。

浦兴平三十出头，是个热情朴实的小伙子，在他的讲述中，我们走进了一个传奇的村庄。岩湾，三面环山，背后是一道笔直的悬崖，两边是陡峭的山坡，就连牛马等大牲畜，都不可能进去，因此，这是一个见不到牛马的村庄。即使喂头猪，都是在集上买回小猪儿，喂大了再宰杀后背肉到集上售卖。孩子们到村完小上学，得走上 5 公里山路，花一个多小时。好在孩子们平时住校，周末才回家一次。

在当地，这里素有"小台湾"之称。村民常年过着自给自足的农耕生活，偶尔背点花椒、柑橘到集上卖钱后换回些日常用品。这也成为他们与外界交流的一种有效渠道。很多年前，村里人种植甘蔗，村民还冒着生命危险把一台榨糖机拆分了背进村里，终于结束了靠传统工艺生产红糖的历史。

当溪洛渡水电站修建的消息传到岩湾时，村民们一下子急了。在他们的认识里，岩湾永远是最好的家园。

浦兴平说，县里派出的移民工作组是 2012 年 4 月进驻岩湾的。开始群众根本不理解、不支持工作，见工作人员进村，他们就到山上躲避。岩湾离码口镇政府有 25 公里山路，工作组的干部每天早上 8 点出发，坐车到新民村上要一个多小时，再走上一个多小时的山路，大概需要花上两个半小时，才能赶到岩湾，去挨家挨户做移民宣传发动工作。可是事情并不顺利，村民们总是找这样和那样的借口不和干部们见面。后来，工作组 6 位成员做了分工，每人负责联络 6—7 户人家，到家里、到地里、到山坡上、到树林里去找村民交谈，去给他们宣传政策，给他们讲清楚搬出去的好处，帮助他们算清账目，让他们清楚这次搬迁自己能够得到多少补偿，让他们心中装着一本明白账。通过干部们一家一户走访，苦口婆心做思想工作，村民们终于被感化了，最终将全部 38 户群众界定为移民。对那些还没有来得及上户口的小孩，工作组也帮助协调派出所，主动上门服务，帮助完善相关手续。

通过深入细致的工作，选择自行安置的移民，在 2013 年上半年全部搬出了岩湾。搬迁到玉溪化念镇的村民，也于 2013 年 4 月 30 日前全部顺利迁出，离开了他们世世代代生活的岩湾村。

在码口镇采访，几乎每一个受访的移民干部和群众，都能口若悬河地给我们道出很多感动和趣闻。

镇文化站的干部邱金雁，曾任码口村田坝 1 组的工作组长。他说，在做移民思想工作的过程中，确实吃尽了苦头，有一户人家，工作组的人三番五次做工作都说不通，一直不签字，情绪十分激动，每次去做工作，都围上来一群妇女，又吵又闹，让移民干部很是费心，磨破了嘴皮终于说服签字，工作推进十分艰难。但大多数群众都通情达理，有一个移民叫叶沛平，当时工作组的人去找他做动员工作时，天气十分炎热，见移民干部如此辛苦，正在地里砍甘蔗的叶沛平热情地砍了几根甘蔗，抱来给工作组的人吃，还说："你们当干部的也不容易，这么热的天，还在走村串户地做工作，快来吃根甘蔗，甜得很。"老叶这番话，让工作组的干部很是感动。

据镇移民办主任代国安介绍，码口镇共有两个村、20 个村民小组涉及移民，共有移民 2976 人，2011 年 5 月正式启动人口界定工作。他说，有一户移民，他们做了 10 多次思想工作，才同意搬迁，拆除房屋时，他说要留下房上的瓦片，但他家又没有人来亲自拆房，工作组成员去拆，又怕损坏了他家的瓦片。后来，代国安只好协调施工队，几个移民干部一齐上阵，帮助他家把所有瓦片完好无损地拆下来。见干部们如此认真负责地帮助他家，这户移民终于答应拆除老房。

在离镇政府不到 200 米的公路边，矗立着一幢四层楼房。镇里的干部说那是移民新修的房子，我们说想去看看，随后，我们见到了移民叶沛平。

叶沛平当年 51 岁，妻子和他同龄。女儿 31 岁，已成家。大儿子 26 岁，已成家，现担任小组长。二儿子 25 岁，在浙江打工。三儿子 21 岁，已婚。叶沛平一家共 10 口人，搬迁之前住田坝 1 组，搬前有 10.3 亩土地，还有 5 亩土地在 601 米水位线以上，但现在搬离了田坝，那 5 亩地也无力耕作了。叶沛平很怀念自己被拆除的院子，他说那是他自己亲手修起来的一个四合院，有大小 11 间房，共 200 多平方米。一大家人以前就住在一个院子里，很热闹。老叶家一共赔款 86 万元，他选择了自行安置，在集镇附近流转了 155.5 平方米宅基地，修了这幢 3 层半的楼房，一共花了 83 万元，现在只剩下 3 万元了。

对于老叶来说，他还是觉得很不踏实，他说以前在老家时，用水不要钱，自己有两个小发电机，用电不要钱，粮食自己种的够一家人吃一年，再榨点红糖上街去卖，挣点零用钱，子女再外出打工挣点钱来贴补，一家人过得还很舒坦。但现在修完房子后，赔偿款所剩无几，下步生活如何办，还得赶紧想办法。

不过，对于一向勤劳的叶沛平一家，相信，困难只是暂时的。修好房后，生活稳定了，该打工的，还得外出谋生，该做点小本生意的，也还得继续。

相对而言，原田坝 1 组的移民周廷辉家的日子，感觉要稳定得多，同样是选择了自行安置方式，周廷辉家赔款 100 余万元，一个儿子在昆明工作，一个女儿外嫁，一个女儿还在昆明读中专，虽然小女儿也正是用钱之际，但他们家早在几年前就在镇政府的门前修了一幢两层楼的房子，开了一家小吃店，生意还挺好，看来一家人的用度不成问题。看着那蒸得热腾腾的小笼包，我们的心里也满满的。是啊，多么希望每一户移民，都像周廷辉家一样安闲。

就要离开码口镇了，却有些不舍。这个四面环山，青山绿水的小镇，常年绕着薄雾，是个仙境一般的地方。我们知道，我们所留恋的，不仅是这个地方的诱人风景，更是这里每一个热心肠的干部和群众，他们的无私奉献，总是深深地打动着我们，让我们的心灵，一次次接受洗礼。

结束对码口的采访任务，我们又马不停蹄地赶往另一个乡镇——莲峰。

在去古县城莲峰采访之前，就曾对莲峰这地方做过一些了解。位于莲峰镇集镇东面的五莲奇峰，是五莲峰山脉的主峰，因其状似五瓣莲花初绽而得此美名。据《嘉庆县志略》记载，"五莲奇峰"为永善县八景之首。古人有"五峰排比插云中，荷花不裂四时风"的赞誉。莲峰集镇是永善县的老县城所在地，雍正八年（1730年）至1951年设永善县城于此。五莲奇峰作为莲峰镇的标志性景观，它见证了莲峰这个百年古镇的发展历程。每个到过莲峰镇的人都为五莲奇峰的神奇而惊叹，相信只有大自然的鬼斧神工才能雕琢出如此雄奇俊秀的五莲奇峰。

莲峰镇位于县境南部，距县城100公里。莲峰曾是一古城，永善建县之初为彝目普伍所居之台都地，雍正八年（1730年）至1951年3月为永善县城，故有"老永善"之称。值得一提的是，莲峰小学院内尚存一个百年老戏台，至今还矗立在那里，仿佛在诉说着永善县城当年的繁华。球场边，有巨杉数棵，同样有200多年的历史，它也见证着莲峰的历史。

万和原为乡建制，现并入莲峰镇。村委会驻地万和场以民国时期地霸横行而称"万恶场",后雅化成万和场,距县城 215 公里,距昭通城 101 公里,昭通至永善大兴的公路直穿境内。境内平缓地较多,气候温和,但水源缺乏,主要靠莲峰水库灌溉,土地较肥沃,出产丰富且产量较高,主产玉米、稻谷、小麦、黄豆、蚕豆、花生、核桃、蜡虫等。民国时期属省的蜡虫基地,曾繁荣一时。1950 年至 1960 年为县的蜡虫基地。

莲峰镇虽然涉及移民人数不多,但任务同样艰巨,矛盾依然突出,在移民搬迁安置过程中,移民干部们将诸多历史遗留问题一一化解,一些惊心动魄的场面,险些酿成群体性事件。而化解这些矛盾纠纷的背后,必然有着一个团结干事的班子,他们扎实的工作作风,朴实低调的为人,真心实意的态度,自然成了群众信赖的坚实基础。

莲峰镇的移民干部,都是务实型干部,他们的实在,就像是扎根于这里的那一棵棵挺拔巨杉,根深,稳稳地植根于这块热土。

党委书记钟清信,无疑是个老成持重的基层干部。先后在墨翰小学和中学教过书,任过墨翰乡的副乡长、大兴镇的人大主席,2012 年 8 月调到莲峰镇任党委书记。

谈到莲峰镇的移民,从 2007 年到 2012 年在大兴镇做了 5 年移民工作的钟清信深有感触地说:"我认为做移民工作思路要清晰,方法要得当。我刚到莲峰工作,就接手两个纠纷,一个是村民小组长与村民之间就土地问题发生纠纷。一个是一皮姓村民开荒种地 12 亩多达十几年,三榜发布都没有争议,但到兑现资金时,群众提出了异议,闹得很凶。为了彻底解决好这些问题,我看了一周的相关资料,做了深入的研究和把握,咨询了两个法庭的庭长和律师,最后在县委、县政府和妇联等部门的通力配合下,终于把这两个长期的纠纷解决了,至今未反弹。"

听了钟清信的话,让我们很感慨。是的,涉及群众的事,无论大小,都得引起高度的重视,都得依法依规进行说服解释,直到让群众心知肚明，心服口服。而不是蛮干和独断，否则，只会加剧矛盾，引发更多的麻烦。作为一个领导干部，能够沉心静气为了移民的纠纷去认真调研，翻阅资料，吃透政策，这既是作为一个领导干部的本分，同时，更体现了一位基层干部一心为民的情怀。这也正是我们这个时代，如何做好群众工作的根本所在，那就是认真对待群众的每一件大小事，认真倾听群众的每一句诉求，认真帮助群众解决他们面临的实际困难和问题。

镇长杨书品，团结乡大毛滩人，省农校毕业后先后在细沙乡团委、县人大、县农业农村局工作，2011 年 3 月到莲峰担任镇长。

谈到移民工作，莲峰镇的两位领导都有说不完的故事。加班加点，说破嘴皮，进村入户，调解纠纷，化解矛盾，顾不上家庭，似乎每一个移民干部都尝遍了这些酸甜苦辣。

杨书品介绍，莲峰镇的移民主要集中在江边的万和村柯榔村民小组，涉及 3 个移民村寨。由于镇政府所在地莲峰的海拔有 2100 米，移民干部要到万和村移民点开展工作，得走上 40 公里山路，开车要走 2 个多小时，而且移民点离附近的大兴镇有 10 公里山路，到黄华集镇也有 30 公里，干部下村工作十分不便，买菜、购买日常用品都很困难，仿佛来到了一个与世隔绝的地方。但是镇村干部还是克服了诸多困难，统一住在柯榔 1 组的小组长李泽富和柯榔 2 组小组长李泽生家，在两个小组长家办起了集体伙食。有的时候，有近 50 名工作人员住在村里开展工作。江边的气候炎热，工作人员克服困难，坚持走村入户，做深入细致的思想工作，有的人家，工作人员反复跑了 10 余次，直到移民群众接受搬迁为止。

作为莲峰镇的本地干部，镇人大主席游堂保对移民工作有着说不完的话题。游堂保家住和平村，在移民村里有很多亲戚，他充分利用自己的人脉关系，帮助移民群众化解纠纷，解决矛盾。那些村与村、组与组、户与户之间，甚至同一个家庭之间父与子、夫与妻、弟兄姐妹之间发生的矛盾纠纷，只要他出面调解，基本都能顺利化解，对于推进移民工作起到了很好的促进作用。

回忆起 2011 年观音阁堰沟纠纷的处置过程，游堂保至今还心有余悸。原来，观音阁 6.5 千米堰沟，是村里唯一的一条堰沟，这条堰沟有 4 千米从悬崖上穿过，是当年群众在山崖上冒着生命危险开山炸石凿出来的一条生命之渠，关乎整个村里 23 户 110 人的饮水和灌溉。可是在三峡公司修筑还建公路黄码路的施工过程中，将这条堰沟截断 100 余米，导致村民饮用水告急。

而施工方由于施工时间紧，任务重，要赶工期，根本不听劝阻，强行施工，迫使当地村民 30 余人集体阻工。当地村民则把工地上的钢筋提走，作为阻止施工的砝码。情况十分紧急，一场冲突一触即发，当莲峰镇党委、镇政府得到消息后，立即指派游堂保赶往施工现场处置。游堂保立马电话要求必须马上撤人，严防事态扩大，并及时赶往现场，找到村民小组长组织村民把提到家里的钢筋归还施工方。可是小组长却坚持说他们让村民先保管好，要还，也要由镇政府出面归还。矛盾仍然处于紧张状态。8 月 8 日晚，当游堂保还在回镇上的路上时，他接到了柯榔 1 组一名村民的威胁电话。情急之中，游堂保赶紧打电话给组长李顺发，要求立即把群众疏散到村后的林子里躲藏起来，由组长亲自组织撤离。

游堂保回到镇上后，立即把这一情况向镇党委、镇政府主要领导做了汇报，镇党委、镇政府主要领导立马打电话给施工方负责人，指出要认清形势，马上撤人，如等镇上的人花 4 个小时赶到观音阁，一切都晚了。经过反复劝说，施工方最终选择了撤人，避免了一场冲突。

游堂保说，8 月 9 日上午，镇里接到了县委常委、政法委书记谭德勇的电话，说观音阁周边群众包括大兴河口村，柯榔 1、2 组群众正向观音阁聚集，准备找施工方的麻烦。镇党委、镇政府赶紧调集派出所警力赶往观音阁。当时施工队的面包车正好路过，可是公路已被群情激愤的村民堵断，将面包车拦下来并砸烂了车门。有个施工人员还在抓扯中受了轻伤。

游堂保说，那天早上，他们 8 点从镇政府出发，11 点左右才到达观音阁，当时镇里抽调了 30 余名干部赶往现场。由于派出所的干警先期赶到进行了紧急处置，事态得到了有效控制。游堂保和镇干部赶到现场时，群众已经疏散，伤员也已送到大兴进行医治。派出所的民警正在调查取证。

8 月 11 日，经过多方协调，在大兴镇召开了协调会，决定由施工方赔偿村民 3500 米堰沟损失 27.4 万元。并由莲峰镇村干部组织拉水解决群众饮水问题，这次因修路断渠引发的风波才算平息。

游堂保说："搬迁前那些天，断水断电达一个多月，气候十分炎热，我们就用胶桶去拉水供给群众饮用，用柴油机发电给村民使用。后来连移民群众都觉得过意不去了，叫我们给他们胶桶，他们自己去拉水用。移民群众，其实挺善良的。"

是的，在很多急难险重的问题面前，有我们的基层干部坚守一线，甚至冒着生命危险在呵护、维护移民群众的根本利益，没有他们，还真不知会发生怎样的悲剧。

是的，还有什么力量能够超过真情的力量？这一点，观音阁的移民群众，也许只有他们的心里才最为清楚，感同身受。

在做移民工作中，也有一些特殊情况发生。比如有的移民家庭重视不够，因种种原因未给孩子上户口，而这 140 余户群众又大多选择自行安置，将搬迁到浙江、湖南、湖北和省内的曲靖、西双版纳等地定居，要是在当地不把孩子的户口落上，不从搬迁的源头处理好这一问题，那将会给移民群众带来极大的不便。为了方便群众、镇党委、镇政府安排派出所户籍民警，主动上门服务，及时准确地为移民孩子办理落户手续，移民群众十分满意。

莲峰，地形和地名一样壮美。在这块古老、神奇的土地上，曾经上演过无数精彩，也许已经烟消云散，成为历史之尘埃。但移民，却永远装进了莲峰人、永善人民的心，那些断断续续的、碎片式的故事，异常平凡，却充满了烟火味，弥漫着人间真情。

也许，多年后，今天的许多重大事件已淡出人们的视野，不再为人们提及，但有一群人的子孙，一定会朝着如今已没入碧水的故乡祭拜，因为，他们的祖先，就来自那里。那里，至今还埋葬着他们祖先的遗骨。

06. 向家坝的光芒

　　站在溪洛渡坝顶向下俯瞰，一汪碧波似夏日明镜，照青山绿岭，映蓝天白云，润川滇乡音。那一汪碧水，藏天地灵气，纳万世宝藏，托两岸人家之希望。那往来船只，传递着川滇两省气息，交融了永善、绥江、水富云南沿江三县之文明。正是这一汪碧波，承载着沿江数万移民的光荣与梦想。也正是这一汪碧波，浸满了两岸移民的酸楚与付出。

　　溪洛渡下游的向家坝水电站，位于云南省水富县右岸（后改为水富市）和四川省宜宾市（左岸）境内金沙江下游，是金沙江水电基地下游 4 级开发中的最末一个梯级电站，上距溪洛渡电站坝址 157 公里，下距水富县城区 1.5 公里、宜宾市区 33 公里。电站拦河大坝为混凝土重力坝，坝顶高程 384 米，最大坝高 162 米，坝顶长度 909.26 米。左右岸分别安装 4 台 80 万千瓦机组，保证出电 200.9 万千瓦，多年平均发电量 307.47 亿千瓦时。总投资约 542 亿元。向家坝水电站涉及永善县溪洛渡、团结、桧溪、青胜 4 个乡镇移民 4530 人。据时任县移民局局长刘锋介绍，向家坝库区主要有两种安置方式。一种是在永善县的桧溪、佛滩 2 个集镇安置点进行安置，桧溪安置了 1489 人，佛滩安置了 400 余人；另一种是自行安置，有 2500 余人选此方式，搬迁至省外、市外、县外安置。

永善，"一肩挑两站"的特点，注定了其工作的艰巨性与复杂性，不仅要做好溪洛渡水电站的移民工作，还得做好下游向家坝水电站的移民工作。

佛滩，向家坝库区的一个江边小镇，原属一乡建制，后并入溪洛渡镇。今天，佛滩老街已被江河淹没，无论过去有多么繁华，现在都已成了历史，但佛滩的过去依旧活在永善人的心中。

佛滩，曾被称为锅圈滩、太乙滩。史料记载，相传，昔有香杉木一片，上载石像九尊，浮于水面，旋绕中流，彝民见而祝之，遂泊于岸。因建九皇庙于山之阴，凡有祈祷，每多灵验。土人以"太乙仙踪"为一景。锅圈滩为县境十八险滩之一，清运铜船，过滩如有沉失，例准豁免其罪。其锅圈滩一名，谓金沙江南岸岩石被江水冲击成窝凼，跌水季节凼内积水犹存，久后凼壁化成圈形，故名。

1937 年复建西佛庙后，改称为佛滩。佛滩街，沿金沙江修建，背临大山。1923 年和 1966 年曾被江水涨潮淹没。是永善到绥江县的水陆交通要道，清时属吞都汛管辖。吞都古汛历史较长，曾繁荣兴旺一时，庙宇古墓建筑颇多。民国初设佛滩区，辖 14 个保。1950 年归井底区管，2005 年，县政府撤乡并镇，撤销佛滩乡，并入溪洛渡镇。

今日之佛滩，为一新崛起的滨江小镇，房屋是新的，道路是新的，树木是新的，就连人的思想，也近乎革新了一遍，一切皆欣欣向荣，未来不可限量。

2013 年 8 月 19 日下午 2 点半，溪洛渡镇党委副书记罗国洪陪同我们来到佛滩。此行的目的，是去探访几位特困移民，他们中，有的是残疾人，有的是五保户，甚至还有搬迁之前一直住在岩洞中的人，这令我们像听天书一样，当今时代，居然还有人住在岩洞里。

刘德友，溪洛渡镇佛滩社区人，2012年农历六月初七搬迁到了新房里，搬迁那天，县委办10多个干部前来帮忙，所有的东西，都是这些生龙活虎的年轻人来完成。我们走进刘德友家时，他正卧在床上休息。见我们进去，刘德友赶紧下床，拄着拐杖要起来迎接我们，我赶紧上前一步扶住老人，叫他不要起来，就坐在床沿上和我们说说话。老刘看上去清瘦，头发有些凌乱，说话也不是很利索。罗国洪介绍，老刘61岁了，以前是个木工，长期一个人生活。儿子刘波，1983年出生，当兵退伍后就在外面打工，现在在上海当保安。搬迁之前，老人家就住在一间土木结构的瓦房里，那瓦房破烂不堪，用塑料搭棚，一遇大雨天，雨水就会漏进屋里，是个低保户，生活来源主要靠政府救济，儿子每年也会汇2000元钱回来，让老人添补生活。加之老人以前爱喝酒，40岁时摔倒过一次，伤了腿脚，从此走路就不再灵便。为了方便老人家的生活，搬迁到新房后，县委办的人还给他买了个电磁炉，教会老人使用。

离开刘德友老人，我们来到了年近七旬的老人唐兴凤家。唐兴凤家里很乱，堆了一屋子的纸板、废铁、塑料瓶等杂物，原来老人是拾垃圾的。见我们进屋，唐兴凤老人忙指着地上的凳子叫我们坐，那凳子有些破损，上面还覆了一层灰，我们也不嫌弃，坐在凳子上，和老人交流起来。唐兴凤老人20年前死了丈夫，有个儿子叫李俊才，30岁了，先说了一个媳妇，人家提出要修了新房才能跟他，可那时还没赶上电站移民，他家哪来钱修新房，这事也就没戏了。现在，儿子李俊才终于找到了一个女友，一起在外面打工。老人家一个劲地夸政府，说："政府好啊，我没有房子，以前一直住在岩洞里，政府帮助我修了房子，还补助了钱，还买了电磁炉送我，我不会用，县委办的同志还教我用！要不是修这个电站，我做梦也不可能住这么好的房子。你们看看，我这房子都起二层了，工人们正在抿墙呢！"唐兴凤说着就要起身带我们出去看她家的房子。见老人跛着左脚，不能落地，我们赶紧劝导老人，叫她坐下，说我们进门前已经看了她家的房子了，确实修得好。老人说，她见那些工人给她抿墙，太辛苦了，气温又高，她想买点饮料和食品给他们吃，可是身上的钱用完了，前两天她就去捡垃圾，可不小心踩在了玻璃上，划破了脚掌，所以还不能落地。老人说着，一脸得意地给我们说："我那天卖垃圾得了40元钱，我拿了20元给工人买东西吃。"老人家说着露出了一脸灿烂的笑，可那一瞬间，我的心里却酸酸的，唐兴凤老人，真的好不容易，住了几十年的岩洞，终于圆了自己的洋房梦了，她怎能不高兴呢！

出门后，罗国洪才告诉我关于老人的一些逸事，并带我前往唐兴凤老人原来住过的岩洞实地看看。岩洞就在公路上坎，距公路也就50米左右，门前还围了些木栅栏，上面挂了些破衣烂衫，一副破败不堪的景象。公路下坎，已是一汪碧波，向家坝电站的尾水早已淹没了昔日的佛滩集镇。佛滩集镇以前我曾经坐车路过，窄窄的一条小街，两边全是古旧的土木结构民居，偶有人家修了砖混结构的楼房，二三楼住人，一楼作为铺面，经营些日用杂货，开些个小吃店，各色货品和吃食琳琅满目，要是清晨，街的两边摆满了红的、白的、绿的、紫的各色新鲜菜蔬，看上去悦目诱人，真想下车去买上一大堆。记忆里的佛滩是如此充满了烟火味，是如此地古色古香。

而就是在这样一个集镇后面的岩洞里，居然住着一个老年妇女，还带着一个活蹦乱跳的小子，每天炊烟袅袅，肉食飘香，还真是为小镇增添了几分色彩。据说，小镇人家都亲切地将唐兴凤老人呼为"压寨夫人"。

罗国洪介绍，之前，民政部门也曾动员过她，劝她搬迁到集上居住，为她解决一些实际困难，可是唐兴凤老人住了几十年的岩洞了，真要是搬迁出来，她还真是不习惯呢！我提出要爬上去亲自看看唐兴凤老人的"老宅"，罗国洪指着岩洞下边一处新开挖的断面告诉我，说路断了，是他们故意用挖机给截断的，唐兴凤老人时不时还会回来看看，不安全，生怕她摔下岩去，毕竟老人已经六十多岁了，腿脚已不再灵便，再也不是当年的"压寨夫人"了。

随后，我们又看望了住在隔壁的 72 岁老人陈仁珍，她家也是在政府的帮助下，新修了砖房，她和儿子一起生活。

罗国洪说，这几户人家，都是县委办的挂钩包保户，因为电站修建，彻底改变了他们的生活状态和生活方式，要不是因为这次大搬迁，这些人，也许永远都住不上这么好的房子，永远也不知道电磁炉是怎么回事，众人都在享受的现代文明，和他们似乎都扯不上关系。

离开几户特困户，我们沿着向家坝湖泊朝上游返回，绿亮亮的湖面平静中似乎又蕴藏着一丝丝淡淡的忧伤和遗憾，事实上，我也说不清此刻自己的感受，但有一点，我觉得和老人们的交流还不够，我觉得自己还有些话，想要和老人说说。真诚祝福他们，我在心里默默地，默默地。

永善的山山水水都充满了灵气，透着智慧，饱含青春，浸润着文明。古老的桧溪，这个一半文明在江下、一半文明在山上的古老小镇，历史丰厚，文明久远，古人用生命为它谱写了诸多的辉煌。

冒着小雨，我们来到了桧溪。这个古老的小镇，未谋其面，便先闻其声，在云南王龙云和卢汉演绎、滇军威震的民国时代，一些历史人物让我们对这个小镇有了初始印象，有所期待。

桧溪镇位于永善县境内东北部，驻地桧溪街，位于金沙江边，面临将军岩，距县城 49 公里，东南与四川省雷波县渡口、谷米隔金沙江相望。境内分为二半山区和江边河谷地区，夏热冬寒，四季分明，年均气温 15 摄氏度，桧溪小河直穿境内，往西注入金沙江。

在明朝万历年间，桧溪因其地形四面高、中间低，因此得名"窝心里"。明末清初，开始赶集，更名为"兴隆场"。到了清朝康熙年间，因东南面的河流两岸盛长桧树，人们随后改名为桧溪。桧溪原为土司地，阿兴土彝安永长于清康熙三十四年（1695年）化谕苗彝有功，授阿兴土千户之职，给印信，驻防桧溪。雍正八年（1730年），安永长被吞都德昌之土舍木谷四哥等挟怨杀害，由其子安天柱袭，后世袭至嘉庆七年（1802年）。安土司后裔于嘉庆十六年（1811年）十月十九日，在桧溪街背后（现在镇政府左侧）其祖坟地竖立两棵石望柱，石望柱高25米，直径0.78米，至今完好。另有古墓数冢，为永善古迹。民国时期，桧溪先后为区、乡、镇，下辖10个保，1950年划为永善县第六区。1988年5月改为乡。2002年10月撤乡设镇。

桧溪镇最高海拔2010米，最低海拔348米，立体气候特征突出，是一个典型的山区农业镇。境内主产稻谷、玉米、小麦、红薯、豆类等粮食作物；经济林果有脐橙、枇杷、葡萄、花椒、核桃、板栗等；主要经济作物有油菜籽、花生、魔芋和蔬菜等。境内蕴藏大量煤炭资源。

桧溪街每逢农历二、五、八为集，集天街道人聚，从商者多。民国时期，"袍哥会""童善社"活动频繁。深厚的文化底蕴，给这个独具特色、青山环绕、绿水怀抱的古镇平添了几分神秘的色彩。

站在桧溪镇政府大门口，对面是雄伟的青山，脚下是滔滔流淌的金沙江，望着当年安土司后裔在桧溪祖坟地竖立的两根石望柱，感慨良多。两根石望柱依旧高高地矗立在桧溪的土地上，相距百米，遥相呼应，孤独守护，饱受风雨侵蚀，留下岁月斑驳的痕迹，尽显时光之沧桑。突然间明白，桧溪这样一个小地方，何以培养出这么多对中国革命走向胜利而做出巨大贡献的历史人物了。桧溪镇政府的人告诉我们，桧溪从地形上看，就像一把太师椅，前面江水环绕，群山奔腾，视野开阔，面对这样一块奇异的风水宝地，必然会有贵人降临，必然会有英雄出生。

英雄之地，英雄的事迹让我们感动，桧溪让我们感动。

桧溪镇不仅历史文化底蕴较为深厚，名胜古迹也大放异彩。临江而立的桧溪头道岩古驿道，距今有数百年的历史；坐落于桧溪四街的安土司衙门，占地面积 2850 平方米，为内、中、外三重堂的全木性框架结构，内堂建筑的二重楼石碉，现今保存完好。保存较为完好的还有黑神庙、灶王庙、财神庙，建于清朝嘉庆十六年（1811 年），境内风景优美，拥有永胜将军岩、河家湾溶洞、人头山、簸箕转转河、望乡台等多处观光景点，金沙江特大桥和桧溪湾大桥相融一体，一桥飞架南北。向家坝水库淹没了桧溪部分集镇，形成了一个巨大的高峡平湖，今天的桧溪镇，已然成了壮丽的风景。

到桧溪镇采访，周兆荣是我们见到的第一个人。下车后，天下起了小雨，周兆荣打来电话，说很快会来接我们，我们就站在桧溪大桥的桥头上等着。桧溪镇我们来过一次，那是 2010 年的事了，去参加那里葡萄节的活动。印象中，桧溪是美好的，古老神奇、田园秀美，是个有着故事的江边小镇。没承想，这次来，江水早已淹没了半个镇子。

草草吃点饭后，已是晚上 8 点多钟，我们的采访在镇会议室开始进行。

周兆荣是镇纪委书记，是个三十出头的年轻干部，先后在黄华镇、县城管局工作，担任过大兴镇的副镇长，2012 年 12 月才调到桧溪镇工作。

说到移民工作，周兆荣说，全镇干部都坚持做到以情动人，以情移民。

说到这几年移民工作的感受，周兆荣说，这些年，在移民工作岗位上忙得团团转，工作时间不间断，白加黑、五加二，长年没假期。有一年中秋节，忘记了过节，儿子打电话问在哪过节了，他才想起这天是中秋节，可是自己还在为移民的事忙碌着。2009 年农历腊月二十七日，周兆荣继续坚守在移民工作岗位上，因为不能回家，本该由自己去办的事，只有让妻子去办了，没想到，妻子在到桧溪的路上，竟然翻车了，车子在佛滩火烧湾从 5 米高的大桥上翻下去。幸好，车子掉在了一个大石头上，没有发生更大悲剧，但妻子还是受了重伤，头部被砸了一个洞，被朋友们送进了医院治疗。

真是祸不单行，妻子住院期间，儿子没有人照管，周兆荣只好带在身边，可是由于照顾不周，儿子在外玩耍时，不小心摔断了手，成天打着绷带。那段时间，本来自己要好好在家陪妻子和儿子，照顾下他们，可是，移民的事却扎堆等着自己去处理，只得忍痛割爱，奔赴工作岗位。临别时，见妻子躺在床上，儿子打着绷带，周兆荣说自己心里很不是滋味。他把儿子叫到卧室，给儿子说要理解爸爸，父子俩都流泪了，妻子过来见此情景，也流下了眼泪。

周兆荣说，虽然做移民工作很辛苦，但是不后悔，值得。当群众见他竖起大拇指时，当群众被感动得热泪盈眶时，更是觉得所有的付出都是值得的。

说到在桧溪镇做移民工作，周兆荣说，自己最为感动的是在帮助移民建房的过程中，镇机关干部全部挂钩到移民户，亲自帮助移民群众搬砖，运沙，拌灰浆。镇信访办的女干部王晓华，为了帮助挂钩移民户尽快建好房子，在没有劳力的情况下，自己亲自爬到房上去拴那吊砖和灰浆的"狗儿吊"。周兆荣说，当挂钩领导何春燕看着王晓华单薄的身影在房顶上做本该由男人来完成的粗笨活计时，当时就感动得落下了眼泪。周兆荣也被这些年轻的巾帼英雄所感染，写下了这样的诗句：

十月金秋落叶黄，
干部职工帮建房。
英雄豪杰女儿花，
困难面前一起扛。

何春燕，桧溪镇综治办主任，一个有着强烈事业心和责任感的女干部。1994 年，20 岁的何春燕担任了桧溪镇强胜村的副主任，2002 年 12 月担任村支书，2009 年考上公务员，成为镇上的一名干部。

2002 年 12 月开始修溪洛渡水电站二级专用线工程时，何春燕就直接参与了征地工作。桧溪村人多地少，尤其是二专线的施工占用地更是纠纷不断，异常复杂。为了按时完成征地这一艰巨任务，何春燕踏遍了项目涉及的每一片土地，弄清了每一块土地引发纠纷的原因。尽管她多次被移民群众围困，有几次还差点被情绪激动的群众殴打，但何春燕毫不退缩，依然耐心细致地做群众工作。因为有她在，群众就信任她，她调解的纠纷，没有反复，群众听她的，这一点，让何春燕觉得十分欣慰，就是再苦再累也值得。

在帮助移民建房期间，何春燕负责 1 号路 17 户移民建房工作，她每天早上 6 点到现场，请求三家施工单位支持，打算在一周之内完成余下的建设任务。为了确保工期，何春燕把工作人员分成 5 个小组，划成 5 个片区，一人带一个小组，她负责协调建筑材料。有 2 个组全是靠干部职工人工背砖砌了 4 户人家的房子。没有人手时，她亲自带着王晓华等几个女干部上房去操作"狗儿吊"，负责将砖块和灰浆吊运到房上供料。几个弱女子的行为，让移民群众大为感动。

说到自己的孩子，何春燕觉得很对不起他。她说，这些年为了移民工作，自己欠儿子的实在是太多了。2011 年 5 月 19 日，何春燕到刹水坝开群众会，动员群众签安置协议。当天是儿子的 10 岁生日。而那几天，老公也在城里开会，根本没机会见儿子一面。本来何春燕很想在儿子 10 岁生日这天好好陪下他，可是当天的群众会开得很晚，有很多问题还在协调之中。这时，儿子打电话给她，说当天是他的 10 岁生日，问妈妈回不回去陪他？何春燕回不去，只好叫儿子拿 100 元钱去买个蛋糕，叫他和小朋友一起过生日。何春燕觉得有些不放心，就叫自己的朋友陈永莲过去看看，陈永莲到何春燕家时，家中只有何春燕的儿子和两个小朋友站在蛋糕面前，孤苦伶仃的样子，很有几分可怜。陈永莲再也忍不住了，打电话给何春燕说："你要不要孩子的？"何春燕说："你就暂时充当一下妈妈啊！"何春燕说，平时要说服一户移民签订安置协议不容易，她也不可能因为儿子的生日赶回去，而让已经做通思想工作的移民群众再折腾，所以得耐着性子等移民群众完善协议签订的相关手续。何春燕说，等她深夜回到家中时，儿子已经睡着了，屋里那个圆圆的大蛋糕，还原封不动地摆在那里，因为那段时间气候炎热，那个蛋糕只好扔了。

说到这里，我看到何春燕的眼睛，已经滚出了几滴眼泪。

镇移民办主任肖贞华告诉我们，2012 年 3 月完成人房调查后，县上要求在一周之内，将坟山湾东罗 3 组的 100 余户 300 余人全部搬出。而且，不仅人要搬出，连 1800 余座坟也要同时搬出，让出土地建设移民的安置房。对桧溪镇的干部来说，这个任务无异于泰山压顶。为了确保完成搬迁任务，镇主要领导带头，包保到户，成立了搬迁先锋队，妇女帮迁队，教师帮迁队，老党员带头先行搬迁，带头做群众工作。村上组织了民兵队伍，不分白天黑夜进行搬迁，将移民全部搬迁到亮水坪搭窝棚暂住。搬迁房屋时，经常干到凌晨两三点钟，真可谓热火朝天，轰轰烈烈。亲情移民、政策移民、措施移民，成了那些天移民干部心中必念的宝典。

为了安置好移民祖先的坟墓，镇上专门在东罗 3 组老鹰石征了30 亩土地，90% 的群众选择在这里安置坟墓，每搬迁一座坟，政府补助 400 元。为了在一周之内搬迁完这些坟墓，干部职工和移民群众一起，坚持日夜奋战，抢抓时间。每家每户把祖先的坟墓破开，把祖先的尸骨扒在一起，用个红布口袋装好，放完炮仗，祭祀完祖先，向祖先交代清楚后即启程，将祖先的遗骨搬迁到老鹰石。肖贞华说，那几天，夜晚站在二专线上看坟山湾，灯火通明，鞭炮不断，场面之感人和悲壮，前所未见。

肖贞华介绍，新区建房时，得先搞好场平工程，浇筑好一层的基础，当时引进了重庆长坪公司和永善的兰花公司负责浇筑，镇干部协调监督质量。每条街选了2个移民代表加入干部职工队伍，分组进行日夜监督。到2011年12月时，安置点的大树和房屋全部拆除，寒风呼啸而来，毫无遮挡，吹在人脸上冷得生疼，但干部职工没有一个人退缩，一直坚守在施工现场。镇党委书记甘龙江，也穿一件破军大衣，盯着灌浆施工，生怕质量没保证，损害移民群众利益。有一天晚上，下起了很大的雨，只一把小伞，根本遮不住，但干部职工照样在风雨中守了一夜。

在大家的努力下，镇村干部和移民群众共同把桧溪建成了眼下这个特色小镇，一级一级地依山而筑，房屋错落有致。远看，那些房舍和街道层层叠叠，别有韵致。脚下，是深蓝的高峡平湖，环山绕水，千年古栈道连通高峡平湖，仿佛连通了桧溪古往今来厚重的历史文脉。近看，街道两边是高大的青砖灰瓦、风格独具、韵味十足的特色民居。我们住的小旅馆，高大、宽敞、明亮、干净、整洁、美观、雅致，如果你不问主人家，谁也不会知道这就是移民开的旅馆，刚开张不久，而像这样的旅馆还有好几家。临街的铺面也新开了不少，繁华的迹象已经显现。可以想象，这个千年水码头，曾经辉煌的古镇，当充分发挥其久远的历史文化资源和临江码头的独特优势时，其旅游价值定然不菲，前景也一定广阔。期待着有一天，我们能再次走进桧溪，这个美丽的小镇，这个盛产葡萄的世外桃源。

行走在永善的大地之上，壮丽的山川让人心潮澎湃；奇异的风物，让人顿生神秘之感；淳朴的民风，让人肃然起敬；绚丽的风情，让人怦然心动。在这大地之上，蓝天之下，永善人内在的豪情，如同烈酒一般，向外散发着高烈度的热情，盛情中带着真诚，真诚中透着无比纯粹的情感，丰满的感情让人久久难以忘记，让人格外怀念，他们正是用这份丰满的情感拥抱着这块土地。在过去的岁月中，他们唱着古老的打鼓草山歌，喊着船工号子，唱着热情奔放的彝族酒歌，迎接客人。他们热情地劳动着，生活着，向往着，把日子过得有声有色，红红火火，有滋有味，把永善开垦成为一块热情似火的土地，人杰地灵的土地，物华天宝的土地，让青山更青，绿水更绿，蓝天更蓝，这样的土地世世代代的人都愿意留守，子子孙孙都不舍离开。

如果不是因为要修巨型水电站，如果不是因为要移民搬迁，谁又愿意离开这个祖祖辈辈居住过的地方？

第二天的行程，我们将去下游一个与桧溪接壤的乡镇，青胜。

去青胜怎么走，是个一直困扰我们的问题，请县文联主席陈永明打听了路线，知道因南佛路正在建设之中，沿金沙江而下，肯定行不通，只能绕道四川雷波乘渡船跨金沙江再到青胜境内。可是当我们与乡党委书记韩伟联系时，却被告知，因道路修建，水路暂时不通，叫我们等着，镇上的驾驶员正好从县城返回，可以绕道到桧溪镇来接我们，绕乡村便道前往青胜，这让我们一下子松了口气。没想到，平生第一次去青胜，竟然如此不顺畅。

下午两点左右，我们终于坐上了青胜乡政府的车，一辆旧猎豹。开车的是个戴眼镜的小伙子，是水管站的站长，车上坐着镇上的武装部部长，还有镇上的两位女同志，据说其中一位来自山西，都工作好几年了，是事业单位招考时过来的，还找了个当地小伙结婚生子，这不禁让我们为之一震，佩服之至，也颇有几分感慨。想想，即使如此深山峡谷，也照样吸引了山外的美丽凤凰，便想，除了当前就业不易，也说明青胜有着无穷魅力，不然，这样充满朝气的女大学生，是很难扎根的。尽管青胜乡山遥路远，出行十分不便，但还是有一群如此热情似火、勤奋敬业的年轻干部在为群众办事，不免觉得欣慰，有他们助移民群众一臂之力，还有什么困难克服不了。

道路是通村公路，狭窄、崎岖，坑坑洼洼不说，还因为昨夜的绵绵细雨致使道路到处积水，路面极滑，随时都有打滑的危险。路的下方，尽是危崖陡壁，稍有闪失，车子就有可能坠入江中，性命不保。临近黄昏，天色渐晚，加之又是阴天，光线昏暗，路边偶有树木和房舍掠过，偶尔还传来某妇人喊娃儿吃饭的声音。显然，沿途都星星点点地散落着人家。车子碾过了一处水洼，又遇坑塘，车过之处，泥水横飞，不时，还要避让迎面而来的对头车，即使常在这条路上走的眼镜驾驶员，也常常紧张地握紧方向盘，目不转睛地盯着风挡玻璃外的路面，机智地应对每一处险情。说实话，在这样的山路上行车，还真是危机四伏，说不慌，还真是有点矫情。车上的几位干部也不时插话，大概也是活跃下气氛，让初来乍到的我们不要太紧张。想想，青胜的干部群众还真是不易，要是连这一条独路都出现闪失，那青胜不就成了一座孤岛了吗？

尽管千难万险，我们还是于天黑之前，赶到了青胜乡政府驻地，终于踏上了这块陌生但却无比亲切的土地。

青胜乡政府驻地在海拔 2000 多米的一个高山之上，半个山头伸向云端。这里山川秀丽，古木参天，山下是美丽富饶的梯田。在这里，几百万年前的古象化石，把青胜乡的历史高高托举。

查阅资料才发现，在上世纪五六十年代前，这里还是一片荒芜之地，很少有人居住。后来，政府在玉盘村建了一个劳改农场，这地方才陆续有人居住。尤其是 20 世纪 50 年代，当时山外遭遇大面饥荒，而青胜这地方插根竹棍都能长出竹笋，是个物产丰富之宝地，全县唯有此地的人没有饿饭，于是陆续有消息灵通的难民逃到青胜，在这里安家落户，繁衍生息。直到 80 年代，才从桧溪镇分离出来，单独建乡，因此交通基础设施较为落后。这里原来一直不通公路，后来即使修通了公路，通行条件也十分艰险，即使到我们去时，也因向家坝蓄水阻碍了交通，我们只能从山上的便道艰难行进，赶往青胜，再坐轮渡过江，从对岸的四川雷波绕道回到县城。因此这一趟青胜的采访之行就显得异常艰难和不易。

韩伟说，印象中做移民工作最艰难的，就是在溪洛渡镇做实调工作。他说那时他带领一个工作组，到溪洛渡1、2、3组和顺河1、2、3组搞实调，气候炎热，群众不理解，连水都找不到一口喝，工作推进十分艰难。他说，在实调工作中，那些工作人员很敬业，特别认真。有个女干部叫高宾菊，被蚊子咬后，全身上下起了很多水疱，但还是天天坚持进村入户搞实调工作。当时有个年轻的小伙子说干不起了，韩伟就叫高宾菊过来给他看，说人家一个女同志，身上起了这么多水疱都没有请假，你还想请假？那小伙不好意思，只好继续工作，这事在工作组里传为笑谈。韩伟说，为了在群众中间留下个好印象，当时工作组规定了严格的纪律，谁要是摘群众一个柑橘，罚款5元。由于纪律严明，工作组的干部赢得了群众的信任，开展起工作来，阻力就小了很多。

韩伟说，在外迁孟连的过程中，一些人和事总是让自己久久不能忘却。有一个中年人，最先没有报名外迁，见其他亲戚都上车要走了，突然觉得孤立无援，抱着客车的门，一定要跟着搬到孟连去，但因为没有完善相关手续，只好在第二批搬迁时，才跟着搬了过去。有一位老人，已80岁高龄，啥东西都收拾妥当，待车要启动时，老人突然说不走了，说当天日子不好，要第二天走，没办法，只好将老人安排住在旅馆中，第二天才终于离开了永善。

谈到青胜移民未来的发展，韩伟显得信心十足。他说准备把六马厂村移民安置点打造成一个致富村、和谐村。乡里现已对该村做了三年规划，移民群众新修了住房，搞了绿化，新修了堰沟，准备大力发展脐橙、核桃、竹子、魔芋产业。目前，已种植核桃1.2万亩，魔芋8500亩；还准备大力发展生猪养殖，已扶持一户龙头大户，年出栏生猪1.2万余头。

乡武装部部长刘维权介绍，在开展搬迁工作中，书记韩伟和乡长蒋泽龙亲自带头，全乡机关干部都去帮助群众搬家什，拆房子，中午也不在群众家中吃饭，自带馒头等干粮，吃点简单的食物充饥。在工作中，有干部被瓦片砸伤头部，有干部在搬水壶时，被烫伤，有干部在帮助移民上楼搬东西时不慎摔下楼致腰部受伤。尽管在工作中发生过群众扣工作组的车辆、殴打移民干部的事情，但事后，大家都能够包容和理解，这十分难得。

返回县城，我们走的是水路，一路上，因为下到六马厂村的道路正在硬化，有两处还塌了方，把道路全都堵死，韩伟书记只好从江边调了一辆车两头接应。在穿过一处塌方体时，那泥石把一条道路全部毁埋，泥石还不停地往下松动、滚落，而下面，就是一道陡岩，岩脚便是深不可测的金沙江。韩书记担心我们过不去，怕出问题，一直在叮嘱我们要趴下身子，侧着俯下身贴着里面的沙石行走，叫我们千万要小心，还拿出手机为我们拍了照片留作纪念，让我们很感动。

我们几乎是侧身贴着内侧的泥石，手脚并用爬过那段塌方体的，经过几次折腾，我们终于下到了江边的移民村六马厂，与县里前来验收移民房建工程的验收组会合。映入眼帘的，是一幢幢新修的小洋楼，青瓦白墙，鸡鸣狗吠，炊烟袅袅，一幅移民安闲乐业的山居图景。听韩伟书记说，乡里为这些新搬迁到此的移民修了灌溉水渠，接通了自来水，解决了用电问题，道路也即将硬化，还鼓励移民办了养殖场。看看眼下清花绿亮的江水，和江面正在行驶的轮渡，再看看正在建设中的沿江公路——南佛路上工人们忙碌的身影，不禁感慨，这个原本只有几户人家的不毛之地，因为电站移民，变得人丁兴旺，乡亲和谐，生活有望，出行也很快方便起来，心里不免添了几分欣慰。

离开青胜，我们是将车开到轮渡上跨到四川省雷波县溯江而上返回永善县城的。这一路走来，水陆并用，围绕着半山上的青胜乡绕了一个大圈，除了一些新奇感受之外，更多的，还是觉得当地群众生活之不易。好在，有韩伟书记、有蒋泽龙乡长带领着一群不惧困难、乐于奉献的干部和群众一起努力，这个发展相对滞后的乡镇，终于看到了希望的曙光。

翻开历史，打开地图，"团结"二字便跃入眼帘，地图上一指头，辖地一大片，进入"团结"，需要用心去行走。

团结乡地处县境东部，驻地长坪，距县城51公里，北以金沙江为界与四川省雷波县永胜乡回龙村相望。境内重峦叠嶂，山高谷深，路崎坡陡，地形南高北低，最高海拔（和尚岩）2707米，最低（大毛滩）海拔350米。

团结河流经境内30公里，注入金沙江，蜿蜒纵贯南北，将"团结"切割成30余千米长的峡谷。峡谷两岸悬崖峭壁，青山绿水，绵延起伏，云飞雾涌，奇峰俊秀。团结河水清澈见底，河中细鲢鱼是境内独具特色的佳肴，色香味俱全。向家坝电站建设，让这里成为船在湖中走、人在画中游的人间仙境。

团结河历史悠久。史料记载，民国十年（1921年）大毛村苦战营出土明代铜鼓，并在同一地点的团结河谷岸边发现汉晋文化遗址两处1200平方米，经考古专家发掘研究，发现该遗址对研究长江流域人类文明具有较高的历史价值。

历史上，这里林深木茂，野兽成群。林木由朝廷专用，至今仍有"皇木坪""皇运木沉"的传说。

四川成都刘皇叔陵所用的"皇木"（楠木）据说就是从"团结"砍伐运出，运输途中，曾有一棵楠木水运至现今木沉这个地方突然不见了，至今仍有木沉的传说，木沉地名现位于花石村木沉小组。

"皇运木沉"的传说，让人产生了奇异而遥远的联想。1800多年前，祖先从这里输出的若干楠木，背负皇命，运往皇宫，用它修建的浩浩皇宫，刻满了远古时代的历史，刻满了帝王的荣耀和辉煌，多少将相出入，泰然自若，运筹帷幄，指挥若定，征战四方，逐鹿中原，治理华夏文明。时隔千年，刘皇叔陵墓依旧完好。至今，皇宫依旧辉煌气派。

团结乡，是我们在永善县采访的最后一个乡镇。在去"团结"采访之前，乡党委书记赵少涛就安排乡移民办主任发来他的手机号，希望我们能尽快到"团结"去看看，采访那里的移民。当时就很温暖，觉得一个乡的党委书记如此重视移民工作，那自然是移民之福。后来，一个偶然的机会，我们去县移民局采访，正巧又遇到了团结乡的乡长阙云勇，她说她是去找刘锋局长汇报工作的。见她风风火火的样子，就知道，她的心里肯定装着移民的事，我就想，有这样的好干部，移民工作应该差不到哪里去。

在团结乡的大院里，一面四四方方的青砖灰瓦白墙上，镶嵌着"团结干事"四个字，十分醒目，在这个青山围绕、绿水环抱的乡政府，"团结干事"形象墙，如同一块镇乡之宝。"团结干事"的精神在大毛村村干部的身上得以充分体现。

在时任县文联主席陈永明和时任团结乡纪委书记万林洪的带领下，我们早早地来到团结乡的移民大村大毛村。村支书杨顺友和村主任杨天德听说我们要来，早早地来到村上等着。

支书杨顺友，五十多岁，住大毛村麦子坳村民小组，家中 4 口人，搬迁前属淹房不淹地一类，原住房有 110 平方米，搬迁后赔偿款 17 万多元。他选择在桧溪镇安置，修房后余下 7 万元。儿子当兵，女儿在读高中。生活来源主要靠自己每月 1200 元工资，只能勉强应对。

主任杨天德，48 岁，家住大毛村田坝村民小组，搬前淹了 4 亩地，淹房 500 平方米，赔偿款 120 余万元。因搬迁后土地全被淹没，没有生活出路，杨天德选择了一处 200 平方米的宅基地，建了 1000 平方米楼房，准备发展农家乐和网箱养鱼，老杨光自建房就花去 150 余万元。杨天德有 3 个子女，大儿子 26 岁，务农，二女儿在县信用社工作，三儿子在云南大学读书，父母均已年迈，已70岁高龄，跟着杨天德生活。

在杨天德看来，搬迁虽然对自己的生活影响很大，失去了土地，但他说移民后扶政策让他看到了希望，他准备大力发展特色种植业，已种植枇杷31亩，花椒1亩，还将发展魔芋和竹笋加工。

据介绍，大毛村涉及淹地又淹房的搬迁移民42户142人，淹地不淹房的219户639人，淹房不淹地的9户54人。赔偿款达200万元的有1户，100万—200万元的有2户，20万—30万元的30余户，14万元的1户。大多数的移民户赔偿款是修不了房的，还得贷款才能完成住房的修建。

就大毛村下步的发展，村两委准备带领移民群众在顺河、哨楼这几个村民小组大力发展水蜜桃、枇杷和葡萄种植；对经济有一定节余的群众，扶持发展农家乐；带领吴家湾和张家湾移民群众大力发展花椒、脐橙、枇杷种植；对位于江边的移民，带领他们发展网箱养鱼。

谈到搬迁过程中的感人之事，村支书杨顺友滔滔不绝地说个不停。他说，在搬迁过程中，村主任杨天德没有宅基地，但其主动协调好宅基地，做好准备，先搭棚，搬迁了自己的百货店，不仅自己主动先行搬迁，还动员几兄弟杨天友、杨天举一同搬迁，并拿出自己的钱来资助他们。

搬迁时，移民余六斤家因为没钱，搬不了，当时在信用社还欠下了贷款。但当时乡党委书记刘洪芸、乡长赵少涛组织乡村两级干部30余人前来帮忙，书记、乡长亲自上房帮助拆瓦片，乡干部全天靠吃方便面、盒饭充饥，根本顾不上休息。

当时，移民群众说："没看出来，女娃儿还会上房，赵少涛乡长这么斯文，还干得来粗活。"移民群众还主动去买可口可乐来给移民干部喝。乡干部们坚持不喝，村支书和主任就说，既然群众乐意，就喝吧，这样他们才高兴呢！

村主任说，以前大毛村道路不通，乡书记和乡长亲自带头捐款，村支书捐了 5000 元，主任捐了 1 万元。有领导带头，集资修路就自然不成问题了。有了这样的热心领导，大毛村村民自然享受到了不一样的温暖。

谈到这些的时候，大家脸上都是满满的笑容，可以想见他们内心深处那实实在在的成就感。在我们看来，他们已经不是地道的农民了，或者说从农民中脱胎换骨、脱颖而出成为带领农民致富的领头羊，成了做生意的一把好手，他们心中都各自盘算着自己的未来，未来如何发展，如何投资，发展什么产业，各自心中都有一杆经济"秤"。

大毛村的村民们还有很多愿望，这些愿意都指望着捐款修通的公路给他们带来未来。他们的腰杆挺得很直，他们说话的语气很自信，充满期待。支书、主任笑着告诉我们，乡上的领导很不错，三天两头到移民家问苦问寒，排查纠纷，解决问题，很实在，看得出来，那些笑容都是真实的，可信的。

移民工作中的一些感动，从乡干部那里，我们也感受到了很多温馨。

有一个老奶奶，家里断电了，在乡人大主席田杰的协调下，亲自为她架通了电线。七八天后，田杰都已经忘记帮助老奶奶的事了，可是那老奶奶却在一个赶集天，砍来了十余截甘蔗，硬是要送给田杰。田杰推辞不掉，只好收下，拿到办公室分给同事们享用。田杰说，这事虽小，却让他一直记在心间，久久不能忘记。

采访时任乡移民办主任郑万才时，他说，令他印象最深的是，在 2000 年时，当时移民工作的重点，是解决淹没区的纠纷，量非常大，单是一个村民小组，就有 101 起纠纷，主要是 11 户农户与田坝村民小组集体之间的分歧，属 1983 年遗留下来的纠纷。为了化解这些问题，乡党委、乡政府领导亲自到场调解，化解了不少尖锐的矛盾。

　　时任乡纪委书记万林洪说，在搬迁过程中，有个老村干部，很支持移民工作，拆除老房子的瓦片和房梁后，正在慢慢搬运家具，可是当晚下起了大雨，家人没有住处。当他知道后，及时去将两个老人招呼到村上暂住，还买了些感冒药给他吃，令老人十分感动。透过这些现象，可以看出，只要干部真心对待群众，他们都会记住这一份难得的恩情。

　　是的，要说不容易，人民群众最不容易，而移民群众，更是难上加难。好在，在每一个移民乡镇采访，在每一个移民家中座谈，我们总能感受到丝丝缕缕的温暖，这温暖要么来自领导干部的关爱，要么来自移民群众的相互取暖，要么来自普通百姓内心深处那最为真实的感恩。这些，足以让我们为之感动，足以让我们心安。相信，只要人间有爱，就没有融化不了的坚冰。任何时候，我们总是信奉一句话，只要思想不滑坡，办法总比困难多。

　　但愿，每一户搬离故土的移民，都能够在大地上找到适合自己生存发展的沃土，守望那一汪滋养身体和灵魂的清泉。

07. 在异乡的土地营建故乡

在异乡的土地上能否生根发芽？这是一个问题。

也许有的人扎根了，也许有的人选择了背离。

事实上，永善人的先辈，也是中原之移民，在永善人的血液里，至今依然流淌着移民的血液。今天，一部分永善人又将迁徙他乡。

勐马镇，化念镇。

在修溪洛渡水电站之前，兴许没有一个永善人关注过这些陌生的小地名。即使偶尔看到或者听到名儿，也不会联想到这些个几千公里以外的偏僻小镇，会与自己的人生发生怎样的关联。这也许就是天意，冥冥中的定数，永善的移民，这一生注定要与这片土地一起脉动，他们的后代，必将在这片沃土生根发芽，娶妻生子，繁衍生息。

事实上，这样的迁徙并非偶然，稍微懂点历史的人都知道，人类的生存史，本身就是一部迁徙史。只是暂时还不知道，下一步，我们将去哪里。

为了国家更美好，为了人类命运共同体更美好，永善的乡亲们，搬到异乡过得怎么样？他们心灵深处最柔软的地方，是否还发酵或浓或淡的乡愁？这个问题，我很好奇。

2013 年 8 月 28 日，我们从昭通至昆明，转车直达勐马镇。车子在伸向边陲的山野间连夜奔驰，直到第二天 10 点多，这个传说中的滇缅交界的小镇，才终于在我们的眼前揭开了神秘的面纱。在勐马镇，我们充分利用每一点短暂的时间，走访了勐马镇周边村镇，探访边陲人家的生活状态，感受周边民情风俗，想从中洞悉一点移民回迁永善的真正原因。

查阅勐马的镇情，我们得知，勐马镇位于云南省西南边陲，隶属于普洱市孟连县，地处低纬度南亚热带地区，属亚热带季风气候，年平均气温在 13.2—23.4 摄氏度，最高海拔 2603 米，最低海拔 500 米，属明显的立体垂直气候，森林覆盖率为 59.2%。勐马是一个以傣、拉、佤为主体，15 个民族共居的边境山区少数民族乡镇，全镇总面积达 530 平方公里。

勐马镇以驻地得名，勐马是傣语地名，"勐"为地方，"马"为来到之意。"勐马"即从其他地方迁来居住的村庄。

在勐马镇四楼办公室里，我们见到了时任副镇长李正发。

李正发，接受采访时 50 岁，一家 4 口人。李正发家于 2004 年 1 月 20 日搬到勐马镇。李正发于 5 月担任勐马村副支书，2006 后任勐马镇镇长助理，2006 年 8 月任副镇长。现分管移民、交通、城镇规划、环境卫生及果蔬产业。

回忆起当初搬家时，李正发兴致勃勃，他说他是第一批自愿搬来的移民。2000 年前，李正发没有选择外出打工，在家里管理自己的橘园，2000 年 7 月，其在景洪开渡船的弟弟李禄明回永善老家，李正发的老婆跟李禄明开玩笑说，让李禄明带大哥李正发出去玩玩，开阔下眼界。于是李正发来到了景洪，在弟弟的船上当一名水手，干了一年半，月薪 3000 元左右。2002 年春节时，李正发回到了永善老家，当看到三坪 1、2、3 组的橘子树得了病，他就跟时任三坪村支书的陈永富说，橘子树保不住，1、2组的人就要饿饭了，要是溪洛渡电站抓紧修，赶紧搬出去好。那一年，橘子树相继枯死，尽管当地村民种了一些反季蔬菜，但交通不便，只能靠人背马驮，销售很不景气。这种时候，顺河1组的村民就尤其盼望电站修建后赶紧搬家。

2003年9月30日，是永善县城的赶街天，李正发上街逛悠，准备报名参加考察团到孟连考察，可当他回家后，小组长刘应贵说工作组要来三坪1组搞实物调查了，要找个地方给工作组解决食宿问题，因为李正发家较宽敞，决定选择在他家。随后，2003年10月1日，工作组的8个同志住进了李正发家。当时，溪洛渡镇纪委书记韩伟带队到三坪1组搞实物指标调查，工作开展得比较顺利，才一个多月，就完成了三坪1组的实物指标调查。2004年1月18日，李正发和他的乡亲们带上衣被和碗筷，从永善出发，20日就搬迁到了勐马镇。

回忆起当初走进勐马镇的新家时，李正发感觉无比温馨，一捆柴、一堆炭、一罐液化气、一个煤气灶、两张床、一套餐具、盐、白菜、猪肉，大凡日常生活需要的物品，当地政府都已准备得一应俱全。

对于之前就在景洪当过水手的李正发来说，搬迁到勐马，似乎一切都在想象当中，并没有太多的意外，但对于大多数移民来说，相当于走进了一片新天地。李正发说，第2—7批移民中，坐上卧铺客车一路向南走来，当看到沿途茂密的森林植被时，越走越心慌，产生了一种要把他们拉到深山老林一样的恐惧。

当时，第一批移民搬过来时，因为来自不同的村民小组，大家沟通相对困难，组织上指定李正发临时负责移民工作，和李正发一同负责移民工作的还有来自溪洛渡农场村的蒋朝云，三坪村的陈善云。

当第2、第3批移民搬来时，镇上考虑需要从移民中提拔一个代表来协助做移民工作，正巧，2004年5月15日，勐马村两委换届，组织上通过认真考查，李正发被选举为村党总支副支书。主要负责分田分地等涉及移民的相关工作。2006年5月23日，李正发担任镇长助理，2006年8月，任副镇长。

2004年至2005年，在平静中度过。

2006年6月，第8—22批移民陆续搬到勐马镇，当时，按照上级决定，施工区移民必须于2006年7月30日前搬出施工区。这次搬迁人口众多，情况较复杂，加之移民反映的一些问题未得到解决，移民情绪开始波动，人心不稳。

李正发说："移民不满意的原因主要有四点：一是当地群众退出的田地不尽相同，不可能做到每位移民分到的田地都一样；二是由于种种原因，为移民修建的房屋出现房顶漏雨和屋面开裂的情况，尽管当时省里的专家组认定为四级危房，可以居住，但移民心里始终有阴影；三是移民群众对人饮工程有意见。当时，移民搬到勐马镇后，上级整合了210万元配套建设了人饮工程，移民不满意饮水收费，为此产生了一些不愉快的纠纷。最后以不收取饮水费平息了风波；四是移民群众受一些不实传闻影响，永善移民传来风声，其一，听说三峡公司在施工区投入19亿元，移民算了一笔账，按4044名移民人口计算，每人应摊到现金80余万元。其二，已搬到勐马镇的移民听说搬回永善安置，每人每月可享受600元低保。"

在听取移民群众的合理诉求后，省委、省政府有关领导承诺：

一是建房补贴每人补2000元；二是生产性损失每人补贴2000元；三是每人增配1亩林地，0.5亩未利用地，此二项均以货币形式兑现到移民群众手中，分别是林地10044元/亩，未利用地5022元/亩。合计均兑现到现金15066元/人；四是在老家永善承诺要兑现分发的0.5亩未得用地，也按照5022元/亩补兑给移民。

3月28日的事件后，移民提出的合理诉求逐步得到解决。这期间，仍有部分移民陆续返迁。

由于大部分移民出现返迁，2009 年，云南省移民局出台了 42 号文件，明确了回迁永善、继续留勐马生产安置、自行安置等几种安置方式，供移民群众选择。

二次安置协议的签订，给移民群众提供了多种安置方式选择，有 200 余户移民选择回迁，只有 80 户 331 人继续留在勐马镇。这 80 户移民已较稳定，基本实现了安居乐业。当然，在二次安置协议的签订过程中，也出现了一些特殊情况，有 9 户 34 人签了回迁协议，户口等手续已迁回到永善，人仍然留在勐马镇，住在移民房屋中，但是产权已不再属于移民。

事实上，对于回迁到永善的行为，大家各有各的主张和看法。

李正发说："2010 年，我陪孟连县移民局的同志到永善县移民局移交材料，我住在兰花宾馆，有移民找我打听，看能否再搬回勐马镇，我当时就回绝他说，签订了二次搬迁协议后，就没有搬回的可能了。"

李正发副镇长还给我们举了一个例子。他说，有个移民叫李章武，曾任孟连县政协委员，已回迁到永善修了房子，在外面打了一段时间工后，又回到勐马镇租地养鸡，养殖规模达 1500 只左右。

还有个移民叫李培超，签订了回迁永善的安置协议后，他又后悔了，可是已无法更改，只好又回到永善居住。

从 2009 年后，移民情绪较为稳定，各级党委、政府都在思考针对移民的后期扶持发展。2011—2013 年，政府每年都要下拨一定的资金扶持移民发展，主要用于道路、水利等基础设施的修建。近两年主要是发展养殖业，买猪发给移民饲养。

李正发介绍，2009 年移民回迁永善之前，每亩地租金最多 200 元，还很难租出去。这几年，移民的土地大都承包给广东过来的香蕉老板种植香蕉，1000—1500 元 / 亩，移民又进地打工，每天收入 100 元左右，月收入达 2000—3000 元。

当问及搬迁好还是不搬迁好时，李正发毫不犹豫地说："对于我家来说,当然还是搬了好,一是这里的交通和气候都比老家要好;二是这里的农田基础设施较好,机耕路全部修好了,下地种田,只要走出田洗干净脚,走到家里,脚上不会粘泥巴,干干净净的;三是搬到勐马后,90% 的人家都买了摩托车,有的人家还买了小车,像我家,4 口人,除老婆不会开车外,我和两个儿子都有驾照,都会开车,这在老家,是想都不敢想的事;四是搬到勐马的移民基本能够生存,每人每月可领到 160 元的长效补贴,50 元的后扶补贴。像移民纪润发家,买了 1000 多株橡胶树,请人割胶,每月 7000—8000 元收入,到现在,有人给了 45 万元,他都没有出售。"

说到移民到勐马后的困难户,李正发也表现出担忧,他说:"2004 年以前,移民群众大都没有见过这么多的钱,以为能用很长时间,成天吃喝玩乐,很快就花光了土地补偿款。到现在,有 10 来户人家,拿到的赔偿本来就少,人懒散,不想干事,吃老本,这样下去很让人担忧。"

说到勐马的好,李正发赞不绝口,他说:"勐马这地方民风太淳朴了,2004 年,我们才搬来时,当地群众的拖拉机等农用机械,用完后就搭个棚摆在地里,根本不用开回家,照样没有任何人破坏。我们移民与当地的少数民族也能和谐相处。"

结束了李正发的采访,我们来到了勐马村。

在村委会见到印才刚时,他正忙着整理一些数据,说是下午要赶紧上报,近些年,随着管理越来越规范,就是村一级组织,也非常忙碌。

其实,老印昨天就见过,在勐马镇政府采访李正发副镇长时,他也在场,穿一套迷彩服,戴副眼镜,不大像个农民,倒像是个军队的基层干部。我们只简单聊了几句,他就被其他领导叫走了,说是有事。所以,昨天都没有留下什么深刻的印象。一走进村委会的办公室,我就认出了老印,他坐在靠墙的后窗边,正埋头整理表册，我们就一直等着他，直到忙到 12 点，才终于完成了手上的任务。我们决定借吃饭的时间一起聊聊。

午餐安排在勐马大寨寨门内右侧的一家简陋小酒馆，是个傣族人开的，地上摆的是竹圆桌和竹圆凳。竹圆桌像昭通人用的鸡罩，圆凳像昭通人用的草墩，两样东西在昭通都是见不到的，不免觉得有些新奇。落座后，点了几个小菜，我们就开始聊天了。我们的邻座是两桌当地的村组干部和村民在喝酒，他们说着自己民族的话语，让我们像听天书一样莫名其妙。

老印和他们熟识，用汉话和他们打了招呼，我们就互不干扰，聊得火热。

说到移民的话题，对于老印来说，是件悲伤的事，这倒不是因为移民后让老印觉得过不下去，他反倒觉得搬迁到勐马镇是件好事，他们一家都喜欢这个山清水秀的地方，老印的儿子还成了大寨一户傣族人家的上门女婿。这足以看出，老印一家适应能力是很强的，几年时间，就已融入了当地少数民族的生活圈子。

勾起老印悲伤记忆的，是在搬迁过程中，他的父亲死在了半路上。当老印说到这里的时候，我的心猛地一震。这让我说话变得异常小心，生怕扒决了老印泪水的堤。想想，这无论是换到谁，只要是个正常的、有良知的人，都是件难以接受的事。

也许事隔多年，尽管老印觉得有些基层领导对不住他，在他父亲死后的抚恤金等问题上没有处理好，但老印毕竟是一位基层组织的副支书，觉悟肯定比一般人要高很多。

在随后的采访中，我们都顺其自然，像拉家常一样完成了这次采访。

印才刚说，他是 2003 年 3 月搬到勐马的，是溪洛渡施工区的第二批移民，搬来时，有 6 口人。搬迁前，印才刚一家住溪洛渡镇三坪村顺和 3 组。家中有 9 亩地，5 间瓦房，得到赔偿款 50 余万元。搬到勐马镇后，分到了 5 亩水田，2 层小楼 169 平方米，外加一个院坝。

印才刚一家刚搬到勐马镇时，种了一年地，才回永善老家去接父亲。印才刚的父亲是原黄华乡政府的退休职工，患有肺心病和支气管炎，随便动下就累得不行。当时印才刚陪着父亲乘坐送第四批移民的卧铺车前往勐马。印才刚回忆说："车才到澜沧县时，其他移民都去吃饭了，我问我爹要不要吃点饭，他说不吃，说要上厕所。上完厕所，我背他回车上，可刚到车门边，只感觉他的身体沉了一下，我顿感不妙，赶紧转身将他放在车门边的梯子上。几位亲戚见状，忙赶过来招呼，等医生过来检查后，一切都已经晚了，我爹已经停止了呼吸。"

当时，时任溪洛渡镇镇长的印德华做通了印才刚的思想，叫印才刚不要为难护送移民同车前往勐马的领导。也许同是本家，更因为自己作为一名基层的共产党员，印才刚听进了印德华的意见，赶紧安葬老人，待以后慢慢处理。尽管后来印才刚只拿到了溪洛渡镇政府补偿的 3000 元钱，但印才刚还是接受了这个事实，不想在这个让他心痛的问题上过分纠缠，他希望这事尽快从心底淡忘，他不想再去扯痛自己悲伤的神经。

印才刚承载着丧父之悲痛，将父亲的遗体运到了勐马镇，按照永善老家的风俗习惯，花了 2 万多元钱，给老人办了后事，将老人葬在了勐马镇政府为移民划定的坟山地里。

在勐马镇，因为印才刚有做过村干部的经历，他被组织选拔到了村上当干部，成天为了移民的大小事情忙忙碌碌，不知疲倦。也许，在忙碌中，印才刚才会从丧父的痛苦中一天天走出，重新扬起生活的风帆。

面对我们的采访，印才刚显得冷静而从容，透过眼镜，我能明显感受到老印的沧桑。如今，10 年过去了，尽管老印的血管里还淌着故乡永善的血液，但他事实上已变成了一个勐马人，变了的，是勐马村干部的穿着，是勐马人的饮食习惯。要说不变的，还是口音。见到我们，尽管我们之前从未相识，但从老印的脸上，我们已经感受到了他亲人一般的笑容。

老印说，在勐马这地方，作为一个地道的农民来说，种地比永善老家要好得多，交通方便，雨量充沛，阳光充足。当然，要从做生意的角度看，因为这里毕竟是边疆，流动人口少，是没有永善好做。他说，他家分到的 5 亩土地，因为自己上了年纪，又在村上担了些职务，没精力管了，都全部租给广东老板种香蕉了。

如今，老印的儿子在勐马开了家宾馆，女儿则经营一家早点店，小日子比在永善老家时过得还好。老印说，为了国家的大型水电工程建设，他家搬到勐马，虽然做出了牺牲和奉献，但是他无怨无悔。

在勐马，对几位移民群众的采访，给我们留下了深刻记忆，至今仍心潮起伏。

当时 55 岁的陈华宣，担任勐溪村第六党支部书记，住勐溪村 2 组。妻子 55 岁；大儿子 30 岁，跑城乡客运，月收入 3000 元左右，妻子 27 岁，拉祜族，育有一子，8 岁，一女，2 岁；二儿子 27 岁，开农用车运香蕉，月收入 1000 元左右，妻子 23 岁；老岳母 93 岁。这就是陈华宣一家的家庭成员。一大家住在一个小院里，其乐融融。

陈华宣个头不高，也就是 1.6 米左右，略胖，壮实，退伍军人，目光中透出坚毅，从他那满脸的沧桑中，可以感受得到一个果敢男人的豪气。这一点，我显然没有看错，在接下来的采访中，我听到了这样一个故事，在 2008 年 3 月 28 日外迁勐马移民围攻永善县移民干部过程中，因为自己出面保护永善县一移民干部，而被移民反感。陈华宣显得进退两难，一边是自己亲如手足的乡亲，一边又是从家乡远道而来关心移民生产生活的干部，只是因为移民的怨气找不到其他发泄口，才最终一股脑儿地撒向了永善的移民干部。但无论移民弟兄们如何愤慨，作为军人出身，又是共产党员的陈华宣心里异常清楚，暴力，是永远解决不了问题的。他相信，党和政府会给出一个满意的答案的，只是目前还处于寻找答案的过程之中。尽管在保护移民干部的过程中，陈华宣家受到了冲击，他的家人受到了惊吓，财产受到了损失，但是陈华宣无怨无悔。他说，没有让移民群众和干部的矛盾升级，没有造成更大的伤亡事件，这是万幸之事，自己的得与失，都无足轻重了。在移民群众中，有了这样的认识，还有什么难题无法破解呢？

在经营家庭上，陈华宣井井有条。

搬家之前，陈华宣家住溪洛渡镇农场村塘房 3 组，有 7.3 亩土地，6 间房，总计得到赔偿款 8 万多元。陈华宣是 2004 年搬到勐马镇的，属第 4 批外迁移民，搬到勐马镇后，分到 5 亩水田，分到 169 平方米的住房一栋。家里养了 6 头猪，价值 6000 元左右。两个儿子都找到了自己挣钱的门路，虽然收入不多，但一家人的小日子还算过得去。总体来说，搬迁，对于像陈华宣这样的人家来说，是一种新的生活方式的开始，也是一次阵痛，让陈华宣一家觉得像是换了一个世界。

在勐马街上，我们见到了黄金国和他的妻子刘世苹，小两口在街上黄金地段经营了一家饲料门市。

黄金国，当时 30 岁，这个只读过初一，家住溪洛渡镇三坪村 2 组的小伙子，本来已经把户口迁到四川宜宾岳父家，听说溪洛渡移民要搬迁到孟连县勐马镇，又赶紧把户口迁回永善。也许这就是小伙子的精明之处，当听到要外迁到勐马镇时，黄金国梦想的翅膀早已飞越千山万水，抵达那个离缅甸边境不过几十公里的边陲小镇。在那里，黄金国想象中的橡胶林、甘蔗林、香蕉林在阳光雨露中茁壮成长，在微风中轻轻摇曳。在黄金国的心目中，永善也好，岳父家所在的宜宾山区也好，都是丧失了基本生存条件的地方，靠种地为生，那是永远也不会发家致富的。但是黄金国和其他渴望成为城里居民的移民有着不一样的想法，他觉得，像自己这种读书不多的农村青年，坚守土地，也许才是最好的出路，他期盼着，在土地肥沃、良田千顷的勐马，他的这一梦想一定会实现。

时隔 10 年，显然，黄金国实现了自己的梦想，正是溪洛渡水电工程移民，成就了黄金国的幸福生活。

黄金国个子不高，笑起来眯着眼，一脸的灿烂，一看就是个朴实可靠之人，难怪，他的饲料销售生意一直不错，我想，这跟他的做人态度肯定密不可分。

黄金国的妻子刘世苹也是 30 岁出头，看上去热情大方，当知道要采访她时，显得十分羞涩，说她老公来了，叫我们去采访他就行了。不过，见老乡来采访他们一家，刘世苹赶紧去隔壁商店里买了几瓶王老吉来，非常热情地递给我们，我们一再推辞，一是因为要急着采访他们夫妇，没时间喝饮料；二是觉得让人家破费，有些过意不去。但还是抵挡不住两夫妇的热情，我们只好接下了刘世苹递过来的饮料。

黄金国 6 岁的儿子和 1 岁半的女儿在店里窜来窜去的，儿子稍大一点，吵嚷着要打电子游戏，黄金国不准，儿子就唧唧哇哇地闹个不停。小女儿要喝牛奶，一不小心打翻在地，刘世苹只好拿来拖把拖地，清扫卫生。我们的采访也随即开始。

在轻松愉快的气氛中，我们开始了闲聊。黄金国介绍，他家是 2004 年 6 月搬到勐马镇的，属施工区的第四批移民。搬来时，除了小两口，还有 69 岁的父亲黄升福，搬之前，他家有水田 3.5 亩，住房 3 间，猪圈 2 间，一共兑现到现金 4 万余元。按照黄金国的说法，他家是自愿搬迁过来的，本来，按照当时的政策，他们也可以在永善安置，但他还是坚信，走出大山总比守在山里要强。来到勐马后，他家分到 112 平方米的住房一套，共 2 层，有个小院，分到 6 亩土地。2007 年，他花了 1.5 万元在距勐马镇 30 公里的公信乡给橡胶公司买了 30 亩橡胶园，有 800 余棵橡胶树，自己占有 50% 的股份，今年已投产。2011 年，又从私人手上买了 30 亩橡胶园，有 1100 多棵，要 2015 年才投产。这近 2000 棵橡胶树，黄金国都是租给别人管理，每年要投入 1 万多元。全投产后，黄金国经营的这 60 亩橡胶园，年纯收入可达到 10 余万元。

除了经营这 60 亩橡胶园，黄金国还不辞辛劳，把分到自己名下的 6 亩水田改造了 4 亩鱼塘，有 2 亩土地自己耕种。黄金国坚持自己打鱼卖给别人，光 4 亩鱼塘年收入都有 3 万元。"分给我的水田土质不好，种不出水稻，政府就帮助我们改成了鱼塘，我又用砖进行了加固。有些人家的鱼塘和水田都租给别人经营了，但我家的我坚持自己经营，收入还不错。我的这饲料门市，年收入也在 8 万元左右，全年算下来，我家的纯收入有 10 万元左右。下半年，我还打算种莲藕，正在试验。我还准备建个猪圈，打算养 200 头猪。"从黄金国自信而又略带腼腆的笑容里，我们能真切地感受到这个小伙子的聪明与上进。

按照黄金国的说法，他认为溪洛渡水电站移民，给他这类在家靠种地为生的农民提供了一次翻身的机会，因为在老家，三坪那地方山上大都是石头，土地很少，靠种地为生，十分艰难。而在勐马这种雨量充沛、土地肥沃的地方，水源好、气候好、交通也十分方便。黄金国说："要是不搬迁，一直生活在永善，我最多只能骑上摩托车，哪还像今天，可以开上皮卡车种地。"说着，黄金国脸上露出了一脸骄傲的神情。

采访完黄金国，我们于下午 4 点左右来到了李培林家。走进李培林家一楼客厅，显得有些昏暗。

进屋后，见一名中年男子光着上身窝在沙发上看电视，很休闲的样子。这男子叫李培林，我们相互打过招呼，就开始了今天的采访。李培林显得有些冷静，也没有表现出更大的热情，也许他经历的事太多,对我们这样的采访也觉得无趣,对于解决他们的问题于事无补。当然,或许是我想多了,大概他这人脾气如此。李培林看上去清瘦,时常眉头紧锁,表情冷峻。采访开始时,我们说明了此次采访的意图。李培林开始来了精神,坐正身子,也许以前见记者见得多,见作家,尤其是来自家乡昭通的作家,也许还真是第一次。随行的同伴起身去拍照,李培林见状赶紧用手遮挡,说慢,随即站起身来走进卧室拿来一件 T 恤穿上。看得出来,李培林对这次采访格外看重。

当时 44 岁的李培林,全家 4 口人,搬迁之前,李培林家住永善县溪洛渡镇三坪村 1 组,有土地 2.61 亩,房 1 间,40 平方米,赔偿款共计 4 万多元。搬到勐马后,分到一栋两层小楼,83.5 平方米。

说到发展,李培林说最大的困难就是缺少发展资金。他说,留在勐马的这 80 户人家,都是地道的庄稼人,只要有点垫本,都能找到致富之路。比如,有几家有钱的,都买了橡胶园,经济收入好得多。像李培林家这样有两个孩子上学的家庭,边挣钱边开支,基本存不下钱来。为了维持生计,其妻就在镇上贩卖蔬菜,赚点生活费。李培林则贩卖蔬菜到勐阿集镇去卖,两夫妇辛苦一月下来,可收入 3000 元左右。李培林还得意地说起自己的种地经,他说,有的人家把自己的土地出租给别人种,但是他坚持自己耕种家里的 2 亩地和 4 亩田,主要种植土豆和蔬菜,光这一项,一年收入 1 万元没有问题,勉强可以维持一家人的生活。李培林感慨地说,无论在哪里都能生活下去,关键要靠自己勤劳的双手,他认为,只要能找正经事做,都能把日子过好。

说到勐马这地方,李培林说,这边其实比老家永善好发展,边境上生意好做,交通又方便,国家对边疆的支持力度也大,前景很好。从李培林稍显轻松的表情里,分明透出了丝丝缕缕的自信。

闲谈中,李培林这个硬汉形象还是不经意表现出了自己的思乡之情。他说,有时很想念老家永善,怀念那里的山山水水,"说实话，逢年过节时，还真是希望老家的领导和亲人们过来看看我们这些外迁移民，即使来不了，哪怕发一封慰问信过来，我们也会感到无比亲切。"

听了这番发自内心的话语，让我们感动不已，对于一个已经迁出永善，在勐马居住了 10 年之久的男人来说，他的心中还装着故乡，还装着故乡的亲人，还在盼望着故乡的人过来看望他们，这实在是让人为之动容的悲悯与情怀。也许，那一刻，他的心是孤单的，深藏在他内心深处的那份孤独，让他渴望有更多的亲情、友情，渴望远在千里之外的亲人的牵挂，这份孤独的渴望或许将会伴随着他的一生。而孤独，尽管有时候可能会淡忘，但他那透着渴望的眼神是永远掩饰不了心中的孤独的。

李培林的孤独如果与另外一位老人的孤单比起来，他的孤独也许是平静的，停留在水平面上，而老人的孤单则是愤怒的，愤怒如同金沙江下面的暗流一般汹涌澎湃，他的愤怒让我们一下子记住了那个炎热的夏天，记住了那个夏天的勐马镇，记住了所有被我们采访过的移民。

在移民陈华宣的带领下，我们于下午 2 点半来到了李培源老人家。

在李培源家院坝的房檐下，横横地摆放着一张长长的厚厚的实木桌子，这样的实木家具在勐马这个地方很便宜，要在昭通就很贵重。李培源老人坐在一张长椅子上，给我们讲述他漫漫走过的这 10 年。

李培源在搬到勐马前，家住永善县溪洛渡镇三坪村 1 组，有 7 亩土地，3 间住房，2 间畜厩。搬迁时，兑现到 5 万多元赔偿金。搬到勐马后，分到一栋 169 平方米的两层小楼，外加一个院坝。说起现在的生活状态，李培源不免有些担忧，他说自己患有严重哮喘病，每年住院治病 4—5 个月，老伴刘崇珍也已 68 岁，体弱多病，每年看病就得花 2 万多元，去年民政部门帮助解决了 4000 多元，自己花了 1 万多元。老两口的收入也很微薄，每月两人可领到 120 元养老金，老伴还可以领到 60 元低保金，老两个每月仅有 180 元的纯收入。说到此，李培源补充道："前不久，女儿才汇了 2 万元钱过来给我们老俩看病，不然，还真揭不开锅了。"

说到子女，李培源也不抱太多希望，"他们都要养家糊口。"大儿子 44 岁，妻子 46 岁，有 3 个孩子，种地为生，偶尔打点零工，收入微薄，家庭负担很重。二儿子 41 岁，妻子也是四十多岁了，夫妇俩都靠打零工挣点辛苦钱，香蕉上市时就给老板装香蕉，有 2 个孩子，都在读初中，正是用钱的时候。女儿 38 岁，在曲靖市种葡萄，女婿开个挖机，在工地上帮人搞修建，外孙在昆明打工维持生计。相对来说，女儿家收入稍高一些，条件也稍好一点，常常接济下老两口，使得这个家庭还多少有点指望。

李培源每讲一件事情的经过，都显得很激动，他的智慧和担当，让许多人敬佩不已，在移民中树立起较高的威信，年过花甲的他，看上去还是那么地精力旺盛，头脑清醒，思维敏捷，难怪他在移民群众中的声望如此之高，他对国家大政方针、地方文化和社会常识的了解，分寸的把握，让许多移民十分敬佩。

采访李胜碧，是在他的饲料销售门市进行的。李胜碧的家和其他所有移民的家一样，都有一个小小的院坝，所不同的是，李胜碧把他的小院改成了仓库和门面，他在家里，经营着自己的人生，他的小院干净，清爽，井井有条，从家庭的布置打理，可以看出他对生活热爱的态度。而态度决定了一个人的思路，思路决定了出路，李胜碧的出路就在眼前。看得见，摸得着，这一切都源自他积极的人生观，独立自主、吃苦耐劳的思想观念。

当时 41 岁的李胜碧，全家 4 口人。来勐马之前，家住三坪村 1 组，有 1.2 亩土地，5 间住房，赔得补偿款 2 万元。2004 年 2 月搬到勐马，属施工区第二批移民，分到112平方米的两层小楼，加一个院坝，有4亩水田。刚到勐马时，人生地不熟，李胜碧靠着自己的勤劳，打过零工，贩过蔬菜，成了第一个把蔬菜贩卖到缅甸的移民。2006年1月1日至2013年7月7日，李胜碧在镇卫生院谋到了一份打扫卫生的工作，同时，承担了卫生院救护车的驾驶工作，一干就是7年。

思路决定出路，这句话对于李胜碧来说，似乎格外贴切。李胜碧一直在寻求着新的发展出路。今天的李胜碧，已经成了个勐马通。10年时间，他不仅混得人熟地熟，还偶尔说上几句傣语和拉祜人的话，至于做什么最赚钱，他似乎也是深得要领。后来，李胜碧辞掉了卫生院的工作，将自己的小楼开了一道侧门，小两口经营了一家饲料门市，月纯收入近2000元。同时，他还成了中通快递在勐马的代理商，月收入也有1000多元，家里的4亩水田承包给别人种香蕉，每年能收入4000元左右。一年下来，李胜碧家年收入在四五万元，相对其他移民而言，日子过得有滋有味。

李胜碧说，在永善时，自己就是一个村民小组长，常年守着那一片瘠薄土地度日，没有啥出路，搬迁，改变了他们一家的人生走向，尽管奔波了一些，但决不后悔，他说他喜欢这里的青山绿水，喜欢这里便捷的交通，喜欢这里宜人的气候。李胜碧还说，上面对移民的政策越来越好，越来越有利。"人嘛，要靠自己，不能老靠着政府。只要勤劳，就不愁发展。"李胜碧感慨地说。

谈到未来的发展，李胜碧说，自己还想成立水产养殖协会，成立一个养猪专业合作社，想带着乡亲们一起致富。说到此，李胜碧胖乎乎的脸上泛着红光，露出了一脸的得意。

在千里之外的边陲小镇见到我们，李胜碧像是见到自家兄弟一样亲热，执意要请我们喝酒吃饭。我们本不想让他破费，提出我们请他吃饭，可是李胜碧热情高涨，异常豪爽，说让我们请他客，那不是看不起他这个移民吗？话都说到这个份上，只好听他安排。他开着自己的长安微型车，拉着我们，在平坦的田间大道上奔驰，刚落了点雨，地上又积了些水，夕阳西下，通红的霞光映照着四周黛青色的远山和附近傣寨里金色尖顶的缅寺，勐马坝子显得异常宁静而祥和。那一瞬间，我更加感受到了当年决策者的眼光，这真是一个宜于人居的世外桃源啊！

吃饭的农庄掩映在一片香蕉林中，四周绿树成荫，蛙虫齐鸣，不时又落下一阵小雨，时而又霞光满天。这里的气候就是如此，雨说来就来。也正是这种湿润的气候，才造就了这里的天然氧吧。

李胜碧点了 6 条烤鱼，每人 2 条，我赶紧叫退掉 3 条，我能感受到这位仁兄的豪气，这种豪气打上了昭通人的烙印。但说实话，我最多只能吃得下一条烤鱼。不仅如此，他还点了好几个当地野菜，好些我都说不上名来，对我们来说，这绝对是稀奇之美味。李胜碧要了 6 瓶啤酒，说我们三个每人两瓶，我赶紧说叫少开两瓶，我们酒量小，恐怕喝不完。可席间，李胜碧频频举杯，喝得满面红光，我这才发现，其实，这老兄酒量也不行。不时有客人进来，只要熟识的，李胜碧就会大呼小叫地张罗，给他的乡亲们介绍我们。感觉得出，李胜碧对我们的到来异常兴奋。他的那些乡亲们大都是当地的佤族、傣族和拉祜族，个个都是喝酒的好手，又格外热情，排着队过来敬我们酒。以至于我这个不胜酒力的轻量级选手，都不得不喝下很多杯，直到喝得眼冒金星，似乎这样才足以表达对他们的感激之情。

敬酒的热闹消退之后，李胜碧似乎也有了几分醉意，举着杯，一副醉态，悠悠地对我说："兄弟，我怀念家乡啊！晚上睡着了都还梦见家乡的亲人和朋友。"说完一仰脖，把杯中的酒一饮而尽。

那一分钟，我很感动。

我知道，李胜碧肯定很久没这样醉过了，也一定很久没有和别人这样掏心窝子说话了。

当一切都回归平静的时候，脑海里常常想起李胜碧反复说过的一句话，人无论在哪里，都要勤劳，要靠自己的双手去劳动，去做事，等靠要是行不通的。

这句话从他嘴里说出来，颇让人感慨，他不仅是在说他自己，说移民，于我们也受益匪浅，而他不仅这样想，还这样做，他用实际行动来践行他的想法、他的理念。因此，他的生活是富裕的，他的精神世界也是丰盈的。

2013年8月29日早上8点半，勐马镇副镇长李正发打来电话，告之已和罗文华镇长约定，叫赶紧过去采访，并说罗镇长很忙，只能采访十来分钟时间，我们赶忙朝镇政府赶去，生怕耽误了采访时间。我知道，就在明天，县里有一个服务型党组织的会议要在勐马镇召开，罗镇长确实很忙。

罗文华镇长于2007年从孟连县娜允镇调到勐马镇任副书记，先后担任人大主席、镇长，2013年原任党委书记调走后，罗文华一直主持镇党委工作。

罗镇长刚到勐马镇任副书记时，就挂钩勐马村，管移民工作，采访中，罗文华说："当时移民工作一团糟，当地干部群众在没有深入了解移民诉求的情况下，片面认为移民群众无理取闹。我做了深入了解和调研之后，发现移民群众反映的很多诉求都是合理的。比如，当时宣传给每一位移民分1亩高稳产农田，但实际上有60%—70%的不是高稳产农田。因为这些田地都是当地群众种了很多年的，他们也不可能把最好的农田退出来给移民，这就是一对巨大的矛盾。所以，分到好田的移民，意见小点，分到烂田的移民，意见就很大。当时县里的领导下来调研后，也认为这些分给移民的农田确实不算好，所以后来县里还专门组织农耕机械为移民深翻改造农田。"

不可否认，当时由于时间紧，在45天时间内要建两三百套住房，房屋质量难免出现问题，加之监管不够到位，也一定程度上存在着偷工减料行为，水泥标号不足等问题确实存在。当时，因为移民资金管理使用和工程建设等问题，孟连县还处理了一批干部。

罗文华说，2007 年—2008 年间，移民提出的许多诉求，大都是合理的。比如，移民提出他们的发展空间小，每户人家只有一块宅基地，人均只有 1 亩田地；安置房设计不合理，几不像，既不像农民的住房，也不像城市人的住房，养鸡养猪不方便，人畜混居，猪屎鸡粪气味难闻。这些诉求，也真实反映了当时移民安置工作中存在的一些实际问题。

说到部分移民回迁永善之事，罗文华说，勐马人口少，生意不好做，物价高是一个重要原因；勐马是傣族、拉祜族和佤族聚居区，移民过来后，无论是文化背景、价值观还是语言交流和生活习惯方面，都有很大差异，沟通难、交融难，没有认同感，觉得自己不是勐马人，甚至有的移民因为一些小事与当地居民发生一些小摩擦，一定程度上伤害了民族感情；其次，故土难离则是一个深层次原因；还有一个至关重要的原因，当时搬迁时，第 1 至 7 批基本上都是自愿搬迁过来的，而第 8 到 22 批移民，由于当时溪洛渡水电站开工在即，为了确保工程进度，在移民问题上，一定程度上存在行政强制的味道，移民心理不平衡，产生了抹之不去的阴影。移民过来后，就不停地给当地政府找麻烦，觉得他们在勐马生活不下去。

罗文华的讲述是沉重的，是实诚的，让我们感觉到无比信任。从罗文华这里，我们更加深刻和全面地了解到了移民回迁永善的原因。

在勐马镇红塔中学办公室，我们见到了校长杨春明。这是一个看上去精明、和蔼的中年人。交谈中才得知，他本不是勐马本地人，是从外地调过来工作的。到学校采访，主要是了解下移民子女在学校的表现。

说到移民子女，杨校长来了精神，他说给他印象最深的，就是移民的子女聪明，特别能吃苦，并一一列举了几位移民子女。他说，2008年他当班主任时，有个叫付登敏的女孩，考了孟连县第三名，考上了武汉大学医学院，很让他长脸。还有个叫黄璇的女生，当年中考全县第一名，考上了厦门大学。有个女孩叫李薇，考上了云南经济管理学院。有个女孩叫杨姣，考上了昆明理工大学。杨校长说，移民子女有两个明显的特点，一是上进心强，相信知识会改变命运；二是移民对学校的教育工作特别支持，沟通密切。移民群众对于老师的尊重，让全校的老师们十分感动，也足以看出移民群众对于教育的尊重和重视。

杨校长还说，勐马这地方，因为来了这么多移民子女，对当地少数民族子女的教育都是一个很大的促进。他说，以前，当地群众不太重视子女的教育，孩子们想来则来，不想来就不来，十分散漫。可是自从移民子女插进各个班级后，见移民子女如此刻苦，家长也十分重视，经常到学校打听孩子的学习情况等，其他少数民族群众也受到感染，开始重视起孩子的学习来。尤其看到移民子女考了全县一二名，还考上了重点大学，找到了很体面的工作，这对少数民族同胞的刺激更大，更加重视对子女的教育培养。"现在，当地傣族等少数民族的子女，也有考全县一二名的学生了。"说到这里，杨校长露出了一脸的自豪。

告别杨校长后，我们和一同前来的移民李胜碧，沿着学校里幽静的林间小道往回走。透过那些婆娑起舞的热带植物，远处的教学楼群在夕阳下显得异常高大和雄伟，这真是一所设施完善、环境优美的中学啊！

我心里升腾起无限感慨，移民兄弟的子女，能在这样的环境里读书，那是多么幸福的一件事！我在心中默默地祝福！为这些移民群众的下一代，我仿佛看到，眼前的大山上，生长出了一片片茂密的森林。

在勐马镇采访期间，我们对移民的生活现状开展了一个调查，在我们的调查中，这些定居勐马的 80 户 336 人中，主要从事以下行业：种植橡胶的 10 户，种植咖啡的 10 户，种植砂仁的 2 户；种植香蕉 20 亩以上的 1 户，种植甘蔗 60 亩以上的 3 户；经营饲料的 2 户，销售农药的 2 户，开超市的 2 户，跑客运的 4 户，跑货运的 3 户；养鸡 1000—2000 只的 4 户，养鱼的 4 户，杀猪卖的 4 户，养长毛兔的 1 户，养鹌鹑的 1 户；做快递业务的 1 户，打零工的 20 余户，无业的 6 户。

从以上统计不难看出，这 80 户搬迁到勐马居住的移民中，92.5% 的移民户都找到了发展路子，只有 7.5% 的移民户仅靠每月 160 元的长效补助及赔偿金度日。整体看来，大多数移民群众过上了稳定的生活，有 20 余户人家，或经商，或流转土地发展种植业，都已经走上了致富道路。以勐溪组为例，不仅社会治安好，还成了勐马镇的致富村，全组有汽车 19 辆，摩托车 58 辆，子女读小学 57 人、读中学 12 人，考入大中专院校学生 9 人，勐溪组有的移民还成了当地群众勤劳致富的榜样。当然，还有极少数的移民群众，因为年老多病，或因年轻人有不良习性等复杂原因，至今仍没有走上一条良性发展的创业道路，令人担忧。还需要当地政府给予引导、关心和扶持。家家兴旺，户户发展，我想，这也许才是移民搬迁的宗旨。

让人欣喜的是，留在勐马的这 80 户人家，他们已经融入了当地生活，开始适应少数民族的生活习惯和风俗民情，甚至有的移民子女还与当地少数民族子女通婚，据初步了解，有 11 户移民子女与当地拉祜族、傣族等少数民族通婚，家庭和睦，生活幸福。

离开勐马时，我们搭乘了移民李胜忠的车。李胜忠四十多岁，留个平头，两夫妇育有一子一女，都在勐马镇红塔中学读书。我们提出想去中缅边境勐阿看看，也实地了解下当地移民的生存环境，李胜忠欣然答应，用他的帕萨特轿车载着我们朝着缅甸方向飞奔，一路上给我们介绍了很多当地的风俗民情。到了中缅交界处，他热情地跑前跑后，利用他和边防武警熟识的人脉，带我们参观了边防口岸，让我们隔着中缅界河，饱了一回眼福，欣赏了一次异域风光。返回孟连县城的途中，他还带我们看了当地移民种植的橡胶林和他种植的香蕉及火龙果。尤其在他打理好的 7 亩火龙果地里，他指着那些喷灌设施给我们示范，流露出了一脸的笑意。

搬到勐马好几年了，也难得遇到老乡，这一上午的相处，让我们都有些难分难舍了，送我们到孟连县城的酒店时，他说不要我们的车费了，但我们坚持要给他，他的这份热情早已让我们感受到了移民兄弟的真情，让我们的返程之路格外温暖。

衷心为李胜忠大哥一家祝福，为勐马的移民乡亲们祝福！

结束勐马镇的采访，我们依依不舍地告别了这块美丽和谐的土地，告别了永善的移民老乡，辗转来到玉溪市化念镇，想去看看那里的移民安置情况。

化念镇地处峨山县西南部，地势东北高西南低，中部化念河纵贯南北，主要支流有水湾河、罗里河。地貌为河谷、半山区、山区相间，是峨山县的一个热区农业镇。地处交通要道，国道 213 线和玉元高速公路穿境而过。这里区位优越，交通便利，距省会昆明 167 公里，距玉溪中心城区 61 公里。化念镇下辖 7 个村（居）委会，49 个自然村，53 个村民小组。居住着汉、彝、哈尼、壮、苗、回、蒙古、纳西、傣等 12 个民族。2013 年 3 月开始，永善 400 多户移民陆续搬迁到化念镇。

在玉溪市峨山县化念镇，我们见到了昭通市派驻当地负责做移民工作的永善县委副书记角星。

见到家乡昭通来了客人，角星副书记自然十分高兴，也格外亲切。

我们到化念时，角星副书记正在和永善县政府副调研员王代伦商议移民安置房的搬迁入住问题。由于工作做得扎实，房建工作推进顺利，已完成工程量的 90% 左右，再过一周，即可入住。但是目前摆在角星副书记面前的问题是，有一半的移民户还未交建房尾款。而按照峨山县的规定，必须要等移民群众交完所有的尾款后，才能入住。因此，角星副书记感觉压力特别巨大。一方面是移民群众提前来到化念，暂时租住民房，生活不太方便，急于搬迁入住新房；另一方面，又是移民群众尚欠部分建房尾款。这让昭通派驻化念的协调领导组十分为难。如何处理好这一对矛盾，协调领导组的角星副书记、县人大的蔡大焰副主任和县政府王代伦副调研员几位主要负责人可谓挖空心思，想尽办法。本来经过多方协调，当地信用合作银行已经同意贷款给移民户，可是在进行家访的过程中，有一部分移民群众又说他们没有偿还能力，这让信用合作银行十分担心，不敢放贷，这更进一步加剧了矛盾。加之在建房过程中，难免会有一些瑕疵，而有些瑕疵也在正常施工范围内，但移民群众不可能按照专业知识来和你理论，只要是他们觉得不顺眼的，就认为是不合格的，对质量盯得很紧。这一方面是好事，可以督促施工方云南建工集团精益求精，但同时也给工作开展带来一些难度。总之，移民的各种问题越来越复杂，搅得角星副书记头都大了。"移民的事，不好办，但还得办好。我们一直尽一切努力，化解各种矛盾，争取多为移民群众办点实事。"角星副书记说着，点了点头。从他那紧锁的眉宇间，分明能感觉到气氛的紧张，也分明能感受到他身上所担负的重任。

据角星介绍，溪洛渡水电站云南库区外迁化念移民农业集中安置点规划安置建设新村 1 号、新村 2 号、三湾和党宽四个安置点共 670 套，涉及昭阳区、永善县和巧家县三个县区 670 户 2922 人，其中，永善县 410 户 1820 人。

说到化念安置点的工作，角星说，昭通市和永善县领导都十分重视这里的工作，2003 年 1 月，昭通市以永善县为主，昭阳、巧家两县配合，成立了溪洛渡水电站云南库区外迁移民现场协调工作组，派出 10 余人的工作组进驻化念工作。6 月 3 日又对领导组进行了调整充实，由角星担任总负责。现场工作组下设 4 个工作小组，实行蹲点到户包干负责制。由县人大常委会副主任蔡大焰负责新村 1 号和新村 2 号安置点的工作，县政府副调研员王代伦负责三湾安置点的工作，巧家县人大副主任唐友负责党宽安置点的工作。工作人员增加到 30 人，从溪洛渡库区所涉的巧家、昭阳、永善移民乡镇抽调，其中，永善就派出县、乡、村工作人员 10 余人。同时，为有利于工作，还吸纳了 21 名移民代表参与做移民工作。

协调组采取"一对一"和"一对二"的工作措施，每个安置点都有一位处级领导蹲点联系负责，每个安置点都成立移民代表组和现场工作组协同工作，凡涉及移民群众的事，协调建房过程中的问题，协调移民低保、优抚对象、高龄老人、退役军人、离职老干部、车辆过户、新农合等相关事宜，入学、就医、租房，无论大小，无论何时，移民群众哪里有需要，哪里就有蹲点包户移民干部的身影，跑烂了鞋、说尽了好话、受尽了委屈，只要群众满意，移民干部都会无怨无悔、一往无前。自工作组进驻化念后，共整改房建过程中出现的建筑通病 130 余起。针对移民建房缺口资金 4000 余万元的情况，在峨山县信用社等有关部门和移民群众之间做了大量的协调服务工作，协调移民子女入学 595 人，受理移民来电 128 件（次），接待移民来访 146 件（次）578 人（次），及时有效地化解了安置过渡期间可能出现的各种矛盾和问题。

也许，正是有了这样一种对移民群众高度负责的精神，也许，正是这样一种对于移民群众无私的情怀，才铸就了移民干部与移民群众之间这种鱼水深情、相互理解和包容的良好关系。有了这样一种情谊，还有什么高山不能攀越，还有什么问题解决不了？

王代伦说，他还在农业农村局当局长时，当时农业农村局承担了 56 户移民包保任务。后来又挂钩码口镇的移民工作，工作中忍气吞声，经常被骂，移民情绪不好时，话都搭不上。到不通公路的村，得步行，镇村干部下乡，时常把衣服打湿，饭也吃不到，感觉挺心酸，但王代伦还是坚持鼓励干部往前冲，不后退。

王代伦，可以说是一个老资历的移民干部了。

历任永善县畜牧局兽医防疫站站长，茂林乡乡长、书记，县畜牧局局长，农业农村局局长和县政府副调研员，从这一简历不难看出，王代伦有着丰富的履历和基层工作经验。这一点，从县委委派他到化念做外迁移民安置工作即可看出，县委、县政府对这位"老将"极其放心。王代伦是2013年2月调到化念做外迁移民工作的。对于做过十几年基层工作的王代伦来说，啥困难都经历过了，但是按照他的说法，这移民工作才是最难做的。

对这十年来所开展的移民工作，按照王代伦的话说，溪洛渡水电站建设政策不配套，工作提前，政策滞后，边工作边探索研究政策。因此，在组织移民之前，根本没有政策依据，基层干部对移民工作也很陌生，表不了态，即使偶尔表了态，后来也发现有与政策相抵触的地方。对于永善县而言，溪洛渡建设必然是个历史性的大好机遇。对于这样的历史机遇，是不能错过的，更不容错过。这一点，每一个永善人都是非常明白的。王代伦说，面对移民的合理诉求，尤其是施工区，其实完完全全就是一块移民的试验田，那里的移民，没有做任何准备，更是做出了巨大的牺牲和奉献。而我们的基层干部，也感觉到委屈，想为移民群众争取更多的利益，可是又得坚守政策底线，而很多移民还不理解，认为我们的基层干部不替他们说话，不给他们办事，所以基层的移民干部就成了"耗子钻风箱，两头受气"。

王代伦说，2009年启动实物指标调查时，县委任命他为溪洛渡库区实物指标调查组常务副组长，常驻大兴，一干就是一年，主要是负责大兴集镇安置点的建设。2012年初他又被县委派驻大兴镇工作，在他和其他同志的努力下，2012年2月16日，大兴安置点顺利开工建设，一直干到 2013 年 2 月，才被调到玉溪化念做外迁移民的安置工作。

王代伦说，做好移民工作，关键是要坚持政策底线，千万不能超越，一旦超越，就可能引起很多麻烦；要不厌其烦地深入群众做思想工作，让群众从思想上理解和支持，这个最为重要；县、乡、村各级干部要切实搞好配合，做到上下联动，左右协调，相互理解和包容。

是的，作为一位老资历的移民干部，王代伦这看似简单的话语，要在实际工作中深入人心，那可不只是嘴上说说，得费尽千辛万苦，说到口干舌燥，得有耐心。而这一点，几乎每一位移民干部都感同身受，心知肚明。

谈到在化念开展外迁移民工作，王代伦说，作为助手，对他而言就是把握好角色，积极协助，搞好配合，多为移民办事，不图虚名。几句看似简单的话语，却道出了一位久经沙场的老干部的境界和修为。说到外迁移民，王代伦感慨万端。他说，年初时，永善过来的移民还少，只有 21 位移民代表，那时，永善还冰天雪地，可化念却已果实累累，可见两地的气候和地理条件差异很大。王代伦说，他过来后的第一件事，就是对农业产业结构调整进行调研，尽快熟悉四个安置点的情况，明确自身职责定位，主动积极开展工作，确保在 2013 年 9 月，移民能够全部搬迁入住。

王代伦和所有驻化念的移民干部，每一个人都把移民当亲人般对待，根本没有节假日，与移民交朋友，解困难，总是把一个个困难和问题化解在萌芽状态，消除了误会，化解了矛盾，确保外迁移民能够按时搬迁入住新房。

冯远飞，随永善协调工作组驻化念的驾驶员，25 岁，家住务基镇凉台村江河 3 组。他说他们全村 20 余户，180 余人，全部都搬迁了。他回忆道，村里缺水，平时只能靠下雨天接瓦片上的水用。江河 3 组的人主要以种植花椒为主。但这是几年前的事，要在更早以前，这里只出产苞谷一类的农作物，由于缺水，只要晒上两天太阳，苞谷就被烤枯了，甚至常常枯死。这样的年成，村里人就只有饿肚子了，不得不四处奔波，到处借粮。由于生存条件太差，外村的姑娘根本不愿嫁到该村，20 来户人家就有五六个光棍。不过，即使后来引种花椒这种亩产值可达万元的经济作物，江河 3 组的人还是渴望有一天能走出大山。而这一天，终于还是来了，溪洛渡水电站的建设，终于让这里贫困落后、生存艰难的村民们实现了这个盼望了几代人的愿望。

冯远飞说，搬出来觉得挺好，终于可以摆脱那个喝不上水吃不上饭的地方了。可是当他去年又回到老家旧址，看到那被拆得一片狼藉的老房子时，自己还是忍不住落下了感伤的泪水。小冯说，那一瞬间，他想起了小时候在老家玩耍时的种种印迹。比如，把一片瓦片弄成圆盘，中间钻个洞，穿上轴，找个树杈拴好在地上推着玩；用树枝在一块石头上划下各种图案；在沙地上修筑一条公路，捡个石头当汽车来开；将瓦片削成轮状，穿上轴，外拴上弓形的竹棍，将麻线缠在轴上使劲一拉，那瓦片轮子就会飞快地旋转；找一条一尺来长的竹片，一头削成刀尖状，另一头穿个洞，系上绳子，用手使劲甩圈子，便会发出各种不同的声音。

小冯还说，他有个哥在昭通市大关县定居，从事医疗工作，小日子过得还不错，母亲是个小学老师，父亲在家打理老家事务，一家人的日子，就这样有滋有味地过着。他还说，自己觉得对不起的，是自己的父母，尤其是母亲，她很伟大。小时候，在那个贫困的小山村，种着几亩贫瘠的土地，还要代课，更重要的是还要拖着他们两兄弟，真是十分辛苦，他想好好让父母休息下了，也尽尽孝，可是，自己也成天在外忙，一时还实现不了自己的愿望。他说，他希望回老家流转几十亩土地，种核桃，找一条适合自己的生存之道，也好守在父亲身边，尽尽孝。说到此处，小冯目光转向窗外，也许，那一刻，他又在想念家在远方的父母了。

说到化念，有一个水库是人们所不能忘记的，那就是化念水库。究其原因，那是每一个化念人都知晓的，整个化念坝子的灌溉和饮用水，全部由化念水库供给。而这个水库的产权，则归属于玉溪监狱。玉溪监狱的前身为峨山监狱，人、财、物的管理权均在省监狱，不在地方，为了支持永善移民，2007 年 10 月，峨山监狱变身玉溪监狱，搬迁至玉溪市红塔区黑村，只留下极少数人留守化念。因此，已经老化的净水设备和供排水系统就再未修缮。以前，住在此地的居民较少，饮用水不成问题，可是当几千移民涌入化念后，移民的吃水问题，就成了一个迫在眉睫的大问题了。

就在这时，永善人龙德清成了及时雨。

龙德清，戴副眼镜，70 后，中等个头，看上去精干而亲切，操着一口地道的永善话，时任玉溪监狱纪委书记。

当移民指挥部把缺水这一问题反映给龙德清时，这个昭通永善老乡自然是热心热肠，主动反映，并得到了监狱领导班子的大力支持。龙德清还把分管水电的副监狱长请到化念现场办公，随后，监狱方面于 2013 年 6 月投入 10 余万元资金，并动用一个分监区 50 余人力，对净水设备和供排水系统进行清理维修，使移民指挥部的移民干部和群众终于喝上了清亮的放心水。

2013 年 8 月，为支持永善溪洛渡水电站移民，监狱方面已将价值约 10 亿元的化念水库和 1 万余亩良田沃土移交给地方管理使用、安置移民。想当初，永善务基镇 140 余位移民先期搬迁过来时，根本租不到住房。当务基镇的书记、镇长打电话求助于龙德清时，龙德清二话没说，积极协调监狱方面，腾空原监区的空房，提供给移民暂时租住，解决了一大难题。

有一个很困难的移民家庭，妻子叫曾国珍，五十多岁，搬迁安置补偿总计兑现了 20 余万元，但不幸的是，丈夫得癌症，治病就花去了 10 余万元。为解决这一贫困户的住房问题，务基镇的党委书记王林再次打电话给龙德清求助，龙德清立马找到监区长，请求安排住宿。在曾国珍家搬运家什时，货车压坏了监狱的公用设施，曾国珍十分着急。当龙德清得知后，积极协调有关方面，本着警民共建的友好关系着想，进行了妥善的处理。同时，龙德清还积极帮助曾国珍家协调子女上学的问题。

在化念镇，我们还采访了不少移民干部和移民群众：走村入户帮移民租房子解决暂住问题、帮助移民子女落实上学问题的码口镇党委副书记周天海，56 岁仍被抽调到化念镇做移民工作的码口镇码口社区副支书邓荣高，刚举办完婚礼就离开新婚妻子远赴化念做群众工作的 80 后干部赵庆宽，管不了孩子和老人、一心扑在移民工作上的大兴镇移民干部李明……从他们身上，我们看到了移民干部的责任和担当。而从那些朴实的移民群众身上，更是看到了中国普通公民的付出和奉献。这些，都永远地刻在了我们的心上，永远也不会褪去了。

勐马镇、化念镇，对于永善移民而言，这原本是一个陌生的名字，没有谁会想到，多年以后，这些地方竟然会成为自己未来的故乡。今天，尽管永善移民的心中还一直记挂着故乡的山水，但是他们的身体，已然站立在了勐马镇和化念镇的沃土之上，已经在这块曾经陌生的土地上生根发芽。

他乡，又何尝不是故乡。

很长一段时间，永善大地，在那些郁郁葱葱的山野间，在那片碧波万顷的湖滨水岸，在每一个移民安置点，到处机车隆隆，忙忙碌碌，一幅热火朝天之景象。

恍然间，仿佛来到了另一个全新的世界，每一户人家都在忙着拓荒置地，建房盖屋，清理沟沿，置办家具，构建家园。似乎这方沃土之前是一片崭新的领地，荒无人烟，刚刚迎来第一批入住的主人一样。建筑工人们更是起早贪黑，日夜施工，运砂石、浇水泥、抵白墙、安门窗，忙得不可开交。每一户人家都坚信，在不久的将来，他们就将搬入新家，过上一种全新的生活。

时至今日，勐马已经成为永善移民的聚宝盆，留下来的永善移民，为了永善的发展，为了支援国家建设，既来之，则安之，他们在勐马这块平坦而又广阔的土地上扎下根来，融入乡土，一步一个脚印，迈着坚实的步伐，小步快跑，依靠自己勤劳的双手和智慧的头脑，闯荡着世界，寻找着未来，苦心经营着自己的一片新天地。

在采访永善移民的过程中，勐马给我们留下了这样的印象。这里俨然一片世外桃源，气候温润，适宜人居。晴朗的天空，平坦的大地，肥沃的土壤，美丽的田野，绿色的林园，淳朴的民风，让常年温暖如春的勐马镇有着一种别样的魅力。移民的到来，更为勐马注入了强劲的动力，使得勐马社会经济发展整体提速至少 10 年。

勐马雨量充沛，土地肥沃，适合发展多种热区经济作物和各种热带水果。以橡胶为依托，已形成公司加基地加农户的经营管理模式，走出了一条独特的勐马经济发展之路。

在我们的视线内，广阔的大地上，如同森林一般的香蕉、成片的橡胶、满山的茶叶、遍地的咖啡成为勐马镇四大支柱产业，撑起勐马镇繁荣的天空。此外，勐马交通便利，四通八达，从勐马镇可直达缅甸，是孟连县通往缅甸的主要通道之一，是滇缅的重要口岸，具有明显的区位优势，旅游和服务业呈现出良好的发展态势。永善移民自从来到这里后，动用灵活的经济头脑，充分发挥自己的长处，利用本地资源优势和搬迁补助的资金，流转土地，种植橡胶、茶叶、咖啡、香蕉，开商店，挖鱼塘，办快递，做饲料等等，在短短的 10 年时间，挖掘了第一桶金，积累了来到孟连的第一笔财富。当地移民带我们走进了他们办的中通快递点，走进了连片的香蕉园和橡胶园，移民群众信心满满，他们用自己的双手开拓着勐马这片处女地，用信心打开了市场，用汗水培育了产业，用智慧创造了事业。在勐马，用当地的话来说，永善人十分聪明，10 年的时间，他们已经学会了多民族语言，可以用地道的勐马方言，与当地人交流，融洽相处，他们的勤劳和智慧，让许许多多的勐马人大加赞赏。

在勐马，独特的气候，如同顽皮的小孩，每天都要下两三次小雨，把村庄洗净，把道路冲亮，把土壤淋透，这一切给我们留下了深刻的印象。

在谈到永善移民的发展时，勐马镇镇长罗文华说，经过这 10 年的发展，目前，在勐马定居的 80 户 335 名移民已经有了认同感，与当地少数民族和谐相处，跑运输、干生产，过上了安居乐业的生活。

罗文华说，永善移民有很多优点，来自内地，思想较为先进，搬到勐马后，也会对当地少数民族的发展产生一定的影响，有这么良好的基础，在今后的工作中，镇党委、镇政府会积极争取三峡公司和移民管理部门的支持，扶持移民大力发展养殖业和种植业，强化移民聚集区的基础设施建设，打牢发展基础。

而在永善移民的另一个外迁安置点化念镇，为了让移民迁得出，稳得住，能发展，玉溪市结合永善移民实际，高起点、高要求、高标准规划建设了大化产业园区，打造"产业园区化、园区城镇化、城中山地化、山地生态化"的"产城"发展新模式。

2013 年 9 月 4 日上午，我们来到化念镇镇政府，采访了正在开会的镇党委书记和镇长。书记普睿在谈到化念未来的发展时，显得有些激动，尤其是当提到大化工业园区时，他信心十足，描绘着化念的未来。他说，大化工业园区建成后，将极大地带动当地的经济社会全面发展，这样一来，永善迁移过来的移民，到时就可以进入工业园区上班，可以有效解决移民就业的问题。至于如何提升移民的种植水平，他说，镇里已做了认真的思考和仔细的规划，将加强技能培训，让移民搬得进，逐步能发展。为了移民的发展，位于化念镇的峨山监狱将所属土地无条件让出给移民，人均1亩水田，2亩旱地，并配最好的田地给移民，带领移民群众发展反季节蔬菜种植，通过六七年的发展，做强大棚种植产业。同时，还引进种植金丝小枣，在当地大力发展，增加移民群众的收入。

采访中，镇纪委书记带我们参观了正在兴建中的菱铁矿厂，还参观了移民搬迁后增建的学校教学楼及教育设施，这让我们看到了当地政府为移民发展所做出的努力和取得的成果，我们为此而感到由衷的高兴。永善派驻化念工作的驾驶员小冯也是个热心人，他利用空闲时间，带我们参观了蓄水1976万方的化念水库，那一汪深不见底的清澈湖水，让我们足以相信，位于水库下游的那一片良田沃土，必将四季滋润，旱涝保收。

站在半山腰上，俯视永善移民安置点，一片片崭新的白墙灰瓦小别墅呈现在眼前，颇有几分气势。平整的地面，开阔的视线，别致的楼房，这样的居住环境，在永善的大山深处，简直不可想象。

往前走，一马平川的土地上，是一排排亮晃晃的大棚，如同流动在大地上的轻盈波浪，在微风中一波逐一波地展示着腰肢。塑料薄膜如一面又一面闪闪发光的镜子，镶嵌在大地的镜框上。一路上，前来收购水果蔬菜的车辆，络绎不绝，川流不息。这里人流如织，车水马龙，其繁华如同《清明上河图》再现，小小的一镇之境，能有如此景象，实属不易。可以想象，待移民住进新房，分到田地后，来年，他们定也可以拥有自己的一片大棚，到那时，瓜果飘香，蔬菜鲜嫩，如此日子，怎不叫人期待。

为了能看一眼规模宏大的大化工业园区，我们专程走了一趟新平县和峨山县城，也去感受一下化念周边县城的市政设施建设、民俗风情和人文情怀，这两个县城虽小，却干净、整洁、宽阔、大气、和谐。宽阔的广场上，人们或散步，或观看演出，步履从容，热情大方，文明礼貌，气定神闲，其繁华时之兴旺，宁静时之韵味，让我们大开眼界，无限感慨。新平县与峨山县紧紧相连，大化工业园区跨两县之境，规划之合理，规模之宏大，令人对其前景充满期待。快捷的高速公路拉近了两县文明之步伐，移民能在这样的环境里生存发展，让人无比欣慰。

08. 白鹤滩上白鹤起

去白鹤滩采访，行程一推再推。

原定 2021 年春节前的 1 月 14 日启程，行囊已备，临行头天，接昭通市水电移民工作办公室电话，告之因新冠肺炎疫情防控需要，不便接待采访。

为不打扰白鹤滩正常施工，我决定推迟。

2021 年 3 月中旬，海拔 1900 多米的昭通坝子还春寒料峭，地处金沙江峡谷的巧家县已炎热如夏，中午的气温高达 33 摄氏度。江边的香蕉树上，已结了一串串翠绿、饱满而诱人的香蕉。巧家县的招牌水果芒果，其树众多，沿路可见，也以葳蕤之势蓬勃生长。尤其那火红的木棉花，更是红得如霞，红耀天边。

几年没到巧家，巧家的路网结构彻底颠覆了我的记忆。沿金沙江而下的巧蒙公路，几年前还是一条平整宽阔的水泥路，成天车辆川流不息，甚是热闹。可当我们从昭巧二级路转到巧蒙公路时，眼前的景象让我吃了一惊，呈现给我的，是一片狼藉的拆迁现场，原来繁华的金塘镇，那些水泥房和瓦房，全倒成了地上的废墟，趁着西下的夕阳远远望去，沿金沙江而下直至巧家县城，全成了一片大工地，建房与拆房同步，新修的高架桥与正在废弃的巧蒙公路并行。我才发现，我走错了路线，即使当今高度灵敏的导航，也没有把我们的车子导上金塘新集镇的高速路入口，让我们继续朝着巧蒙公路那被工地大型车辆碾压得坑洼不平的路面上行驶。兴许是上天有意安排，让我们在电站正式下闸蓄水前，再感受下那条我们曾经走过无数遍的异常熟悉的老路，想想再过一个多月，我们现在行走的公路，就将永远没于高峡平湖的水下，真有一种奇幻之感。

当晚到达巧家县城时，已是晚上 8 点多钟，街上车水马龙，县城人流如织，店铺红红火火，车子穿过那一条条繁华街道和宽阔马路，绕了几个弯，把我们引导至金沙酒店。这又是巧家一处新地标，记忆中，几年前来巧家，住的都是堂琅大酒店和索玛大酒店，就在堂琅大道上。没承想，几年后，在金沙江右岸靠近河滩之地，云南建投集团建了这样一个群落式的庭院酒店，让巧家县的住宿接待条件一下子变得高大上起来。

虽是晚上，我没有感觉到一个小县城的冷寂，而是闻到了巧家砂锅米线和卷粉的味道，听到来自五湖四海的外地口音，看到了一个正在蜕变中的未来湖滨之城的雏形。

亲眼所见之巨变，皆因白鹤滩，这座世界第二大、在建世界第一大水电站的十年崛起。

心中不免激动，因为明天，我就将踏上这座巨型水电站的探秘之路。

第二天一大早，我们就驱车直奔白鹤滩水电站施工区采访，去探寻这座世界级巨型水电站的成长密码。

白鹤滩水电站为金沙江下游四个水电梯级——乌东德、白鹤滩、溪洛渡、向家坝中的第二个梯级，坝址位于四川省宁南县和云南省巧家县境内，上游距乌东德水电站坝址约 182 千米，下游距离溪洛渡水电站坝址约 195 千米；坝址控制流域面积占金沙江以上流域面积的 91%。正常蓄水位 825 米，总投资 1778.89 亿元。白鹤滩水电站装机规模1600万千瓦，是世界在建第一大水电站，涉及四川、云南2省4市（州）9县（区）移民10.36万人。光云南省昭通市巧家县，就规划建设了大寨镇王家湾、白鹤滩镇黎明和北门安置区、金塘迁建集镇、蒙姑镇十里坪等移民安置区，搬迁安置人口涉及17154户50178人，共建设安置房723栋21841套，面积313.7万平方米，是白鹤滩水电站安置人口规模最大的县域，截至目前，已全部搬迁入住新居。白鹤滩电站自2011年1月1日川滇两省下达封库令，到2021年4月6日下闸蓄水，2022年12月20日最后一台百万千瓦机组投产发电，移民工作历时10年。

跨过位于葫芦口的金沙江大桥，车子来到了位于金沙江左岸的凉山州宁南县地界，一条新开通的施工专用公路如玉带般顺江蜿蜒而下。金沙江两岸的大山，巍巍如巨龙，以磅礴汹涌之势在堂琅大地摆开阵势。就沿着这段金沙江，从汉代至明清时期，盛产于古堂琅的铜银制品，就是从金沙江的右岸，沿山崖开凿绝壁小道运抵江边，再沿江而下，顺长江和运河入京的。这条银铜古道，不知累倒了多少人马，演绎过几多悲欢离合之动人故事。古人应该谁也没有料到，到了21世纪的今天，金沙江下游河段竟然成了向家坝、溪洛渡、白鹤滩、乌东德四座世界级巨型水电站的落户之地，四座电站截流成湖，首尾相连，成为祖国西南地界点缀的绝美珍珠链，散发出令人喟叹之光芒。

事实上，我国拟在金沙江下流河段开发梯级电站的想法，早在20世纪50年代，就有过动议，并进入规划阶段。

据华东勘测设计研究院引水专业副主任郑海圣介绍："白鹤滩电站在20世纪50年代就开始设计，华东院1991年就派出技术人员到白鹤滩电站开展详细勘测。几反几复，直到现在，才真正变为现实，3万余人拖家带口来到这里紧张施工。"

白鹤滩电站为何选于此，这是我最为感兴趣之事。记得2008年，我还在昭通市文联工作时，时任文联主席、著名作家夏天敏先生就组织过一次"昭通作家走进中国西部千里大峡谷"的文学采风活动，那次活动，我们 10 余名昭通作家就曾来到白鹤滩坝址处。当时，白鹤滩未开发，尚处于原始状态。一江黄汤呼啦啦咆哮而来，大有吞噬万物之气势，人站在江边，即使江涛不怒，岸上人早已感觉到了一种巨大的威慑和震撼。

华东院的同志告诉我们，建设白鹤滩电站动议尤早，中华人民共和国成立之初，就由水电总院组织做了规划，当时白鹤滩和乌东德水电站在同一批规划之列。到了 1990 年，华东院开展详细勘测，勘探工人每天肩挑背扛，带着那些笨重的勘探器材爬坡上坎，来来回回，起早贪黑，在金沙江白鹤滩江段的两岸寻寻觅觅，艰难探测。据说，华东院勘探队打了 10 万米的探洞，地勘就干了 10 多年。

很多工作从开始一直干到现在。这样的坚持，没有党的定海神针般的坚强领导，没有各级基层党组织作为坚强的战斗堡垒，没有每一名共产党员螺丝钉一样的钉子精神，是不可想象的，是难以坚持下去的。这一点，所有参建人员，用现场的滴答汗水和生动表情证明，没有这种坚定的信仰的力量，是不可能坚持下去的，也是不可能如期完成的。从一而终，初心如始，直到今天的施工现场，各级党组织，仍然无时无刻不发挥指挥棒的作用。

那么大一汪水，挤压在两山之间，靠什么驯服，那个老远看上去略显单薄的坝能撑得住吗？这是我一直好奇的问题。

工程建设指挥部的工程师告诉我们："现在建的白鹤滩是非典型拱坝，属于双曲拱坝，与一般重力坝不同，整个坝体像是一个鸡蛋壳，这样的造型，使得水的推力分摊给两边的山体，导致传导给整个坝体的压力小了很多。"

白鹤滩电站的另一个显著特点，就是坝体左右两岸的山体内，几乎被掏空，光打洞子就打了 217 公里，地下洞室俨然迷宫。在施工管理人员的引领下，我们的车子在山洞里穿行，虽是隧洞，却如履平原，就没有感觉到自己是在山肚子里行车。尤其那一辆辆重型运输车，风驰电掣般洪流一样冲过，就真有了来到大工地的感觉，仿佛出了洞口，就是人山人海，一地全是或红或白头盔在晃动。可事实上，我们在整个施工区，就很少看到成群的工人，一台台大型机械正在忙碌，天空中还有各式吊车、缆车来来往往，运送建材、浇筑大坝、焊接钢材，凡此种种，不是想象中的打人海战了，现代施工技术，先进的设备，早已替代了大量的工人，让人不得不感叹中国在水电行业的实力崛起。

在左岸的地下厂房，我看到 8 个巨型的圆形大孔洞依次排列，询问得知，这些孔洞，每一个就安装一台水轮机组。据目测，每一个洞的断面有 4 个篮球场那么大。

陪我们一同参观的施工人员是一个帅气的小伙子，他风趣地说，五一节时带孩子过来看了所有的施工区，孩子看完好奇地说："怎么我们看山不见山，到处是洞室和厂房。"这就是一个小孩子眼里的白鹤滩，一个变了模样的白鹤滩。

圆筒式尾水调压室是一个宽阔的空间，高 128 米，直径 48 米。

人徜徉其间，常常忘记自己置身山洞之中，还以为来到了一个现代化十足的车间，然而，这却是不折不扣身处 300 多米的地下空间。让人有一种魔幻之旅的感觉。

三峡集团的朋友告诉我："早期也请了国外的专家来看，说这个地方是建不了大坝的。设计单位和施工单位都拧着一口气，一定要完成。我们把支部建在班组，在各个基层党组织的合力攻坚下，我们做到了。

"泄洞量也是世界第一，防洪、调洪功能十分强大，只需要 18 分钟即可注满整个西湖。"

说这话时，我看到正在介绍情况的这位理工男扬着一脸的得意。

"泄洪洞的建设可先进了，6 米每秒的速度，人要是在水中，那可是站不住的。水流特急时，可达到几十米每秒，如此快的流速，水会产生气泡，这气泡，会对洞室的墙面产生侵蚀，因此，泄洪洞墙面要做得像镜子一样光滑。

"我们建的是高拱坝，大坝如用中热水泥浇筑，通常情况下会发热，会开裂。如果不攻克这一难关，那就很要命，因此，我们在材料上做了很多文章，摸清了低热水泥的发热规律，全用低热水泥浇筑，通过智能通水技术控制混凝土内部的最高温升，做成了智能大坝。"

王鹏飞，工程建设部负责技术管理的工程师，中共党员。这是一位说到白鹤滩电站攻克技术难题就兴奋的工程师。

"修建白鹤滩电站，我们各基层班组党组织发挥了领头雁的重要作用，不惧困难，勇攀高峰。我们拿下了 6 项世界第一，几项指标世界领先。"

王鹏飞扳着手指头数着一项项令人自豪的战绩："单机容量 100 万千瓦居世界第一，圆筒式尾水调压井规模世界第一，地下洞室群规模世界第一，300 米级高坝抗震参数世界第一，首次在 300 米级特高拱坝全坝使用低热水泥混凝土世界第一，无压泄洪洞群规模世界第一。"从王鹏飞的脸上，我们看到了作为一名水电工程师面对战绩时那不言而喻的欣慰和骄傲。

"我们设计的泄洪洞规模达 1.2 万方每秒，配合大坝表孔、深孔泄洪可达到 4.2 万方每秒，大坝按照千年一遇洪水设计，万年一遇洪水校核。因此，我们白鹤滩电站的建设，可以驯服洪魔，将其掌控在股掌之中。

"我们攻克了五大技术难题，在地下 300—500 米之下建洞室群，围岩的地应力达到 33 兆帕，一兆帕相当于 100 米水深的压力，属于中、高地应力区，开挖过程中岩爆、片帮时有发生，经过参建单位的共同努力，成功掌握了巨型地下洞室群安全高效建设关键技术。

"白鹤滩大坝工程首次将柱状节理玄武岩作为大坝坝基，面临柱状节理玄武岩松弛、角砾熔岩保护及错动带剪切变形等问题，通过预留岩石保护层、岩石盖重固结灌浆、300 吨级系统锚索快速支护等措施，解决了上述复杂地质问题。

"同时白鹤滩坝基地质条件复杂，坝身布置多层孔口，抗震设计难度大，根据中国地震局相关批复文件，白鹤滩工程区域地震基本烈度为Ⅷ度，设计地震的水平峰值加速度达 0.451g，白鹤滩工程抗震设计烈度高，为 300 米级特高拱坝之最。

"谷幅变形对水电行业来说是一个新课题，世界上还没有哪一个国家能够从机理上完全摸清搞透，目前，为掌握谷幅变形机理、规律，我们提前布设了谷幅观测洞，实施监测设备安装，行业内首次获取了谷幅变形全过程监测数据，为下一步深入研究提供数据支撑。

"在科研投入上，三峡集团是不计成本的，光是白鹤滩水电站，我们每年都有几千万元的科研经费投资。在大坝的智能建造上，我们下了很大的功夫，联合清华、武大、成勘院等，就智能温控技术做了精细化的部署，目前已完成多功能模块的集成，该项技术在溪洛渡应用的基础上已经取得完美升级。有了这项技术的保障，白鹤滩电站建设，实现了信息化管控手段上质的飞跃，该项技术已走在了世界的前列。"

对大坝的温控技术，白鹤滩党群工作部负责人廖望阶形象地补充道："混凝土开裂是世界公认难题，国内外坝工界有'无坝不裂'的说法。我们都知道物体有热胀冷缩的特点，由于大坝浇筑时不同位置的混凝土温度不同，因而热胀冷缩的程度也不同，很容易形成裂缝，特别是大体量混凝土，更容易因为温度产生裂缝。我听我们负责大坝浇筑的工程师们说，到目前为止白鹤滩大坝没有发现一条温度裂缝。这是很了不起的成就，主要得益于我们在浇筑过程中采取了有效的温控措施。"

康永林是机电安装项目部部门主任，还是第五党支部书记。说到技术上的事，如数家珍。

"我们白鹤滩水电站的百万机组是怎么来的？百万机组推行的意义在哪里？这些，都是大家十分关心的问题。在三峡工程以前，我们中国人自己研发制造团队只能研发单机容量 300 兆瓦水轮发电机组。通过近 20 年的努力，我国自主研发团队研发制造能力从三峡右岸电站的 77 万、向家坝电站 80 万，再到白鹤滩电站建设时，我们达到了 100 万千瓦单机容量。"

说到百万机组的重大意义，康永林更是有说不完的话："一是达到了有力提升中国水电链的目标；二是把势能转化为机械能，我们达到了 96.7%；三是制造百万机组的挑战性非常大，从 70 万到 100 万这个提升过程，炼出了一支过硬的技术团队。

"三峡是 70 万，向家坝是 80 万，到乌东德是 85 万，白鹤滩达到了 100 万单机容量。这实现百万的艰苦历程，每一个部件都要经过若干检测和试验，里面还采用了很多新技术。比如，发电机采用 24 千伏定子绝缘系统，蜗壳采用 800 兆帕级高强钢，这也是一个有力的突破。对于很多核心部件，我们三峡集团联合国内的多家国有企业一起研究，都在白鹤滩百万机组上实现了国产化。"

康永林欣喜地说："我们已经没有进口日本的高强钢板了，全部实现了国产化。而目前掌握这种 GIS、GIL 技术的，只有日本、德国和中国。值得一提的是，白鹤滩电站建设，我们培养了 1000 多名高强钢焊工，他们的工资按天结算，每天工作 8 小时，收入 600—700 元。这样的高技术工人，我们培养了一批又走了一批，而他们大多数没有离开这个行当，大都去推动造船业等行业发展去了。"

康永林还特别关心下属的个人生活，他说到一个现象："工地上留不住人，多是研究生，每个人上学时都想在城里上班，但现在在山里，是什么支撑他们在工地上工作？我想了很久，那大概还是一种担当和责任吧！他们每一个人都克服很多的矛盾和困难。比如小孩子生病了，和妻子闹矛盾了，老人没有人照顾了，这一系列的问题很琐碎，却很现实，他们都得去面对和解决，因此，工地上的技术骨干们，也时常会感到困惑。

"水电人进入这个行业，真不容易。小夫妻两地分居，生活困难重重。一些年轻人呢，常年在这山沟里工作，接触面窄，找不到媳妇。我在溪洛渡工作时，项目部有20人，有8人离开了岗位。不过呢，离岗的人，只要还是在别的岗位上做贡献，都好。能够参加白鹤滩水电站建设，值得。中国的水电，赶上了最好的时间段。作为一名共产党员，我能够在这个拥有尖端技术的行业工作，引以为荣，我也一定要把它做好，既来之则安之。今年春节叫加班，大家就应留尽留，正常施工。建设部120多人，留守80多人，家属来了100多人，项目部还组织了家属座谈会，宽宽大家的心。

"2021年，为了保障'七一'发电，我们做了很多准备，尽量不休假。现场质量控制要求相当严格，我们的目标，就是要打造极品机组。在这个方面，我们用三个数字来说明。发电机转子，重2300吨，16.5米的直径，高4.1米。根据国际电工委员会（IEC）标准，转子圆度合格标准3毫米，我们国际标准1.5毫米，三峡企业合格标准是1毫米，优良是0.8毫米。从现场已经制造完成的转子统计数据来看，误差均控制在0.4—0.5毫米。可以说，中国现在的制造业，已经走在了世界的前列。"

在深山峡谷中的白鹤滩，正是有了这些像旗帜般的党员技术骨干，正是有了一个又一个坚强的党的基层战斗堡垒，才使得一个个技术难题被攻克，才使得每一个日夜都不荒废，也才树起一道道大坝一样的有形无形的丰碑。

09. 水下的老家我们搬到水上去

2021 年 3 月 14 日上午 9 点，在巧家县委宣传部领导的带领下，笔者来到了白鹤滩电站库区北门移民安置区。

巧家县的天气，春如夏，晨如午。尽管从峡谷里吹来了几丝丝风，但还是热。

北门移民安置区，就建在金沙江的右岸，距江边有几里路，距离繁华县城也有一段距离。那些高耸的楼房，几乎都已建完，移民群众正陆续搬迁入住。小区里的绿化也还没有完善，因为移民群众正在搬家，小区里显得有几分杂乱。但也正是这种杂乱，使得小区里显现了几分热闹。这种热闹，显然和移民群众在村子里感受的热闹，是不一样的，两种感觉。

迎着太阳，我看到一位老人站在楼前，正朝我们去的方向张望。我猜想，那定是我要采访的对象，巧家县小碗红糖省级非遗传承人万兴全了。

"到了，那是老万。"周开权说。

老万头戴红色太阳帽，戴副老花镜，穿一件深蓝夹克，里面穿一件白衬衣，一米五几的个头。见到我们，十分热情地迎上来，紧紧地握住我的手："感谢你们了，大老远的还来看我们。"

老万说话有些碎，加之巧家当地口音重，我一时不大听得清楚老人家在说什么。

老万引领我们来到他家，是一楼的一套房，房间里摆满了杂物，一看就搬过来没多久，还没有理顺。地板没有贴砖，门窗也保持原有的样子，这就真应了那句政府的承诺，拎包入住。

老万指着一张圆形的玻璃面桌子旁的椅子，让我坐，忙着给我倒水。

看着老人家这样客气，我还真有些不好意思。忙站起身，紧随老人进到里屋。只见老万并不是先去拿水壶，而是提出一小盒巧家的小碗红糖。那盒子是暗红色的，五斤装。开始我以为老万要给我介绍他的红糖非遗产品，没承想，老万用他粗糙的手，伸进盒子里抠出了两块拇指大的红糖，那糖椭圆形，外形酷似一锭大银子。

老万二话没有就拿了一个纸杯，给我泡了一杯红糖水。我盯着那红糖在开水中慢慢化开，心也像是抹了糖一样甜蜜。老万一直叫我喝红糖水，让我品尝一下他的手艺。我倒真是有些为难了，事实上，我前不久去体检，血糖升高得厉害，医生都让我去住了几天院的。虽然近期调理得几近回到正常值，但还是得时时刻刻注意才是，毕竟身体才是革命的本钱。

老万隔一会儿，他又要站起身来，端起我的纸杯歪着看看里面，边看边对我说："沈老师，你看看，我做的小碗红糖，化的好得很，一点渣渣都没得。"

我于是又学到了一点常识，做工好的红糖，全在水中化完了，也没有半点杂质的。

见老万如此在意自己那一杯红糖水，我也就不管不顾自己的身体了，我想，那杯红糖水，喝的不是水，吃的不是糖，而是感情了，是一位移民群众惦念自己那一亩三分地的深厚情感。

"我在荒山石岩上修了小作坊，专为群众榨糖，柴油和电费，来榨糖的群众自己支付成本就是，为群众办点儿实事嘛！我儿子也有榨机，我们家的小作坊在白鹤滩水电站红线之内的全淹了，去年的甘蔗地，也要淹完的。为了把巧家小碗红糖做好，我又申请在红线之外，修了个传习所，有150平方米。"

交谈中得知，万兴全今年74岁，原住巧家县白鹤滩镇鱼坝村1组。子女5个，26口人，分4个小家庭。

"我经常在家中墙角竖一杆党旗。"

老万说着用手指着我们对面的墙角，果真有一面鲜艳的红旗，裹在旗杆上。要不是老万特别提醒，还真没有发现那是一面党旗。

从老万说话的语气和表情，是那样真诚，没有半点矫情的嫌疑。

"我父亲万朝德，1954年入党，2000年过世，享年74岁；小叔万朝云，1954年入党，享年92岁；我父亲的后代8个共产党员，我是大儿子，老二儿子家常住昆明，全家6口人全是党员。我的孙女在官渡区实习，我也动员她入党。没有共产党，就没有我们今天的新生活，也不会授予我巧家小碗红糖省级非遗传承人，更不会修建白鹤滩水电站了，所以我时常教育我家的子女和孙儿，要时刻感党恩、听党话、跟党走。"

说起自己的过往，老万连日期和时刻都说得清清楚楚。岁月催老了他的容颜，却没有带走他的记忆。

"我1974年10月进税务局巧家营税务所从事红糖税收工作，1984年巧家县税务局让我转正，我没转，1994年回家，在当地党委、政府的关心下，任鱼坝村1组小组长达16年。

"当时，我很想带领乡亲们致富，经请示工作组，告诉我如要改变贫穷落后的面貌，希望在山，致富在山。

"当时，我积极争取，上级支持我们生产队实施了一个以工代赈的工程项目，安装倒虹管，发展蚕桑、甘蔗、羊毛草（造纸）三大产业，共7万元的项目，我亲自带领乡亲们一起完成了工程建设，审计后一点问题没有。倒虹管今天都还在使用，我还是很欣慰的。"

从老万的语气里，分明能够感觉到，眼前这个老人，是一个责任心极强的老党员，在他的身上，让人看到的，不是自私自利，而是一心为群众的事着想。这不免让我对眼前的老万油然增添了几分敬意。

"我在税务部门主要负责收红糖税，为了让群众做出好颜色的红糖出来，收入增高，我还亲自指导生产队的社员榨糖，所以，税务所所长很信任我。

"就连我们巧家县对面的四川宁南县，都要请我过去指导，他们的糖一直做不好，我在宁南还收了七八个徒弟。后来，红糖税取消了，我又担任小组长。从 2008 年任鱼坝村 1 小组书记到今天。"

老万说到自己的奋斗历程，一脸的自豪，尤其说到他们家有 8 位共产党员的事，更是满脸骄傲。

"生我的是娘，哺育我成长的是党。我每天看着屋里的党旗和胸前的党徽，我就想，没有共产党，就没有新中国，白鹤滩电站马上要发电了，我就想，在七一党的生日这天，我要做一副对联在门上：'感党恩听党话，跟党走奔小康'，横批'走百年路'，教育我家的子子孙孙，要珍惜眼下的好日子，好好努力，把日子过得越来越红火。"

说到自己的手艺，老万像是着了魔一样，有说不完的话，似乎在他的记忆里，满脑子全是红糖。

"巧家红糖，县志上有记载，我爷爷、父亲都是糖匠，堂兄万兴方也是糖匠。1958 年我父亲开始在糖坊榨糖。当时，我只有七八岁，老爱去摸他们的家什。当时建了一所学校，父亲送我去学校上学，我八九岁时，每天放了学就去糖坊玩，当时，我父亲见我喜欢去糖坊，也喜欢摸他们榨糖的家什，我父亲就说要好好培养我做糖匠。当时，我父亲在朱家糖坊，用牛拉起榨，1974 年昭通地区搞了些小榨机，巧家也搞，但巧家做不出好糖，就让我去指导。我去指挥做出来的糖，是金黄色的。看样好，很甜，大家都喜欢。"

作为一个省级非遗传承人，老万对于红糖的技艺真是做到了精益求精。他说："对红糖的制作，几大关键要把握好。最为关键的是办灶，要有技术。当时，我堂弟万兴方给我说，要学会吹水，糖匠好学难放灰，榨匠好学难敲尖，包包匠倒好耍，遇斗绵糖又难吹。"

老万边说着，边给我解释啥叫吹水，啥叫敲尖。说得精细，说得有味。

从老万的口中，时不时又蹦出一句谚语："糖匠糖匠，像个官样，大火头，就像个跑狗样。"

我对老万说的诸如"大火头""跑狗样"这些名儿很感兴趣，不停地问他，听他解释。可上一句还没解释清楚，老万又说："学糖匠，未承学艺先学礼。"

这一句不难理解，我算是听懂了。大意是说，要想当好学徒，得先尊重师父，说话得客气、谦虚、礼貌一些。

1973 年县里搞红糖竞赛，用嘴吹水。吹水就是在装糖的碗里铺一张叶子，用嘴往上面喷水，目的是让倒下去的糖汁凝固后表面光滑，有看样。后来随着技术的改进，才有了小喷雾器，代替嘴吹水。

"大儿子万太奎，是巧家小碗红糖县级非遗传承人，女儿在县中医院工作，这次搬迁分着一套房子。老二儿子叫万太周，也是县级非遗传承人，他家有一个女儿叫万莲，去年大学毕业，在昆明官渡区人民法院实习，他家分到两套房。老三儿子万太林因车祸去世，他家也分到两套房。老四儿子万太品，在昆明网络公司打工，也分到两套房子，我们也动员他回来搬迁。老五女儿家分着三套房子。我们一大家都搬到了安置小区，都有了自己的新房子，日子过得下去的。"

他说："白鹤滩水电站建设，是国家战略的需要，作为地道的白鹤滩人，要搬离自己的家乡，肯定是舍不得的，但我们还得听党的话，还得支持政府的重点工程建设啊！"

在巧家县搞红糖竞赛时，曾多次邀请老万当评委。说到评价红糖的好坏，老万给出了"看、闻、听、摸"四个字的标准。所谓看，是看甘蔗吃不吃石灰，吃的量的大小。所谓闻，就是闻糖的味道正不正。所谓听，就是大火头听熬制过程中的声音。所谓摸，就是把红糖拿到脸上摸，会硌得脸疼，就说明不是好糖，不细腻。老万的这些衡量标准，听起来似乎有一些土气，但在老万这里，管用。

榨了一辈子糖的万兴全，如此热爱榨糖技术的老万，如今面临的最大难题却是，他种植了一辈子的甘蔗地，马上就将没入水底。就连他的住房，尤其是他一手建造起来的榨糖小作坊，都将因为白鹤滩水电站的建设，在下闸蓄水后被永久淹没。尽管老万没有在我的面前表现出万分的不舍，但我从老万对榨糖技术的有滋有味的描绘中，分明还是感受到了老万的万千个舍不得。

"2021年要启动移民搬迁，我把榨糖小作坊搬迁到红线外的鱼坝村铜厂堡，倒虹管还用我多年前建的那个。目前正在清库。"

老万说着用手指了指窗外靠金沙江的方向。

"尽管搬迁了，以后种植甘蔗的土也少了，但我还是要把榨糖这门手艺传承下去，在上级的支持下，我搞了个传习所，要积极配合做好非物质文化遗产的传承工作。我要教他们年轻人，要打破传统的传内不传外、传男不传女的旧思想。坚持做好糖，做良心糖，做金黄色的糖，做卫生糖，做无杂质的糖，做消费者满意的糖。"

老万说得铿锵有力，尽管吐字不是太明，但能够感受得到，老万发自内心的那种坚定和决心。

说到移民搬迁工作，老万更是有说不尽的话。

"今年2月27号是农历正月十六，按照上面的要求，我在村里开始动员群众搬迁，作为老党员，我有这个义务和责任嘛。我们白鹤滩镇鱼坝村共有378户，1246人。为了做通群众的思想工作，我先开党员会，必须先给党员讲清楚，让他们知道，白鹤滩水电站的建设马上要启动，党员要带头，做好家属和子女的工作。要大力宣传，搞好搬迁工作。我还带着村里的全体党员在党旗下宣誓。我给党员们讲，七月一号是党的生日，中国共产党走过了百年路。现在搬迁的政策来了，要带领村民们认真学习。不管哪天搬，都要坚决搬。我还在想，移民搬迁要搞个仪式，要带个头。"

老万说着抬起手去拭了下眼角，但似乎又不想让我看到他的忧伤。老万擦了擦眼睛后，接着说："搬迁的当天，上车要走了，我又返回老糖坊，把摆在地上的 5 个糖碗捡来收起，党旗杆也断了，我把党旗拿进屋来，我给白鹤滩的孟书记请示下，我想把党旗插在搬家的车上，让党旗高高飘扬。车上的驾驶员说，党旗只有我敢拿，我拿着党旗就插在了车上，我看到还有县里的记者扛起摄像机一路冲了过来。

"我时常给移民群众讲，没有党的领导，白鹤滩水电站建不成，我们农民群众也不可能搬新家住新房，就不可能有今天的新生活。我们从来就没有想过要进城住高楼大厦，下步还要依托蓄起来的水面发展旅游呢。"

因为白鹤滩水电站的建设，万兴全老人举家搬迁到县城北门安置小区，尽管住上了高楼，儿女都分到了新房，过上了城里人的好日子，但老万一直心心念念的，还是他的榨糖小作坊和传习基地。老万一直挂在嘴边的一句话就是："虽然地被水淹了，但榨糖的技术，还得一代一代传承下去。"

离开万兴全老人时，他有几分不舍，一直把我们送到小区里，不停地朝我们挥手说再见。直到我们走出了小区，我才远远地看见老万转过身去。

金塘镇，是从昭通到巧家公路在金沙江边交会处的一个繁华小镇，印象中，逢集天，从集镇中心穿过的公路两旁，常常店铺林立，摊贩叫卖声不绝于耳。可是前天来巧家时，正值黄昏，渐黑沉下来的天幕，黑布一般将这个原本灯火通明的小镇包住了，从微光的缝隙里，那些拆倒在地的民房，成了瓦砾堆。

县里宣传部的同志电话里说，让我们在金塘上高速路，可直通县城，可是我找不到北了。只照着记忆中的路子，穿行在那条原本光洁，现在被大车碾压得稀烂的施工路上，一直在黑暗中摸索了很久，才达到县城。

第二天到金塘镇时，傻眼了，一栋栋单元楼森林一样耸立在眼前，这哪里是农村，要不是看周围的山和山脚滚滚流淌的金沙江，还以为自己置身于某大城市的一个规模宏大的居民小区呢。

就不得不感叹，几年不到巧家县，早已变了容颜。

在金塘镇双河社区，我们见到了移民妇女邓永春。

邓永春是位中年妇女，双河社区委员，是个老党员，原住双河社区田坝村民小组。

"现在在社区工作，每月领 1800 元。三口人，带一个小女孩，去年 7 月参加工作，在东川人民医院。父亲住城里，78 岁。我原来在田坝种葡萄，5 亩。每年毛收入 4 万元，纯收入 3 万元。现 5 亩地全部在淹没区。现在搬到这里来，没有土地了，但我还是心心念念想种葡萄，不然我这学了几年的技术丢掉可惜了。"

面对笔者的好奇提问，邓永春像是接受人口普查一样，照单回答，顺溜得让我的笔跟不上她说话的速度。

尤其说到搬来新的安置区后的居住条件，邓永春更显得有些激动，把声音提高了八度，脆生生地说道：

"我家现在住的这房 150 平方米，父亲选了一套 100 平方米的。赔偿土地和房屋得了 26 万元。150 平方米的房子按照 1392 元每平方米，总价 22.6 万多，三峡公司补偿给我们的土地款还余 3 万元。我们属于生产安置补偿，三峡公司每人每月补偿 397 元，据说今后会提高到 408 元，总的来说，搬过来群众普遍觉得更好。"

说到老家，邓永春的心情有些复杂："还是有些不舍。"

"我觉得最大的遗憾是现在种不成葡萄了。原来我租了片地，种的是无核水晶。因为种葡萄，我成了村里的创业代表，还成了市人大代表。"

说到这儿，掩饰不住的兴奋之情写在邓永春的脸上。

"移民搬迁只能顾大局。舍小家顾大家嘛！"

邓永春的一句话，道出了很多移民的心声。

"长远看，搬过来好。"

这也是邓永春反复说的一句话，也代表了更多移民的愿景。

巧家县蒙姑镇是个有点历史的古镇，曾经商贾往来，繁华一时。老街建在江边，瓦房连排，石板铺路，古色古香，大树繁茂，是个乡愁满满的小镇。发自内心讲，当地的村民是不想搬迁的。可是，白鹤滩电站蓄水在即，这可是国家重点工程，不能不支持啊！这是大多数蒙姑民众的真实想法，多少有些无奈和纠结。

蒙姑社区乡盘二组的王安荣，41 岁，带 3 个孩子，大的是个男孩，15 岁，在河南塔沟武校读书；老二在当地读五年级；最小的娃在当地读三年级。王安荣原来在老家住 300 多平方米的房子，有个小院坝，一直是老人住着。他则在蒙姑老街上卖烧烤，生意还不错。

"说要搬迁了，我犯愁呢，怕搬到新房后，生意做不走，那一家人的开支咋整，那么多张嘴要吃饭啊！"

现在看来，王安荣的顾虑可以打消了。

"现在搬到十里坪，老人住 150 平方米的房子。我家住房 2 套，一套 200 平方米，一套 150 平方米。我还开了这个餐馆，生意比原来要好，这里人集中，原来在街上开的人家多，流动人口少，竞争也大。现在政府搭建了板房，选了 4 家移民群众开了餐馆。我家一天毛收入 1600 多元，纯利润 800 元左右。但是目前的板房只能经营到 6 月 30 日。"

"还是觉得搬了好。"

王安荣情不自禁地自言自语。

从巧家县的蒙姑镇到金塘镇，再到县城和白鹤滩大坝，顺金沙江而下，视野所及，不是工地就是高架桥。沿途拆倒在地的碎砖瓦，看不出岁月的年轮，也看不到那些曾经写在墙上的标语口号，那些房屋和树，在十多天后，也就是在我结束这次采访之后，都会依次没入江水中。甚至都不叫江了，叫湖。"高峡出平湖"这样大气美好的句子，曾经是毛泽东主席的诗句杰作，在不久后，将以实物的样貌，铺展在眼前。这多么让人不舍，但又多么让人向往啊！毕竟，白鹤滩电站要修了，都传了几代人了。当这一激动人心的时刻即将到来之际，人们怀念一下那些故旧的山水和老屋，那是多么地应该。

蓄水了，终于蓄水了。

2021 年 4 月 6 日，关于电站下闸蓄水的消息在抖音里以各种形式、各种特效飞奔，江水一点点上涨，慢慢淹没那些曾经的土地和村庄。很多网红自发来到葫芦口大桥旁，直播那座连接四川和云南的大桥即将没入水中的样子。他们兴奋着，蹦跳着，舞蹈着，把那座曾经车水马龙的大桥一点点没入水中的影子全部记录了下来。

相信，多年以后，那些后生们，如果不当潜水员，他们是无论如何，也想象不到，在一片平湖之下，竟然还有一座古桥的存在。

水清了。

这是巧家人想象不到的。因为他们看了很多代人了，金沙江不就黄汤一样吗，何曾清亮过。可是今天，因为一道世界第一高拱坝的崛起，那黄汤变成了一汪清水，把两岸的大山和县城那些高高低低的楼房，全给装进了镜子一样的湖面。

据说，全国最热县城之一的巧家县，现在平均温度下降了。有人还预测，随着空气湿度的增大，一向以干热河谷地区著称的巧家县，一定会湿润起来，到那时，何愁不成金山银山。

2021 年白鹤滩水电站第一批机组开启按钮，成功发电，创造了人类水电建设史上的又一个奇迹，铸就了又一座丰碑。这靠的啥，何以能？在白鹤滩电站施工区，在那些火热的劳动场面，我们找到了答案。在三峡集团白鹤滩工程建设部党委公开的一些重要资料里，我们寻到了秘诀。

中国长江三峡集团有限公司开发建设的白鹤滩水电站，总装机规模 1600 万千瓦，为世界最大在建水电站，引领水电进入单机"百万千瓦时代"，是十三五收官、向十四五跨越的国家重点工程，是打赢蓝天保卫战、共抓长江大保护的重要支撑性工程，是中国水电引领全球的"闪亮名片"，是当之无愧的新时代大国重器。工程建设面临技术难度大等一系列挑战，同时多达近 2 万名的建设者，对高效组织管理、工人权益保障、社会治安稳定均提出了更高要求，工程综合建设难度可谓冠绝全球。按照三峡集团党组的部署，白鹤滩工程建设部通过开展施工区大党建工作，发挥央企的独特优势，将地方政府、参建单位基层党组织力量凝聚起来，唱响主旋律、传播正能量，将"红色基因"转化为"红色引擎"，以党建助推管理效能提升，为建设世界一流精品工程、打造国之重器提供坚强的政治和组织保障。

大国重器白鹤滩，志在必得，必将抢滩世界一流高地。

最绝的一道奇观，从来没有海鸥飞临的巧家县，竟然在白鹤滩上空飞来了一群白色的海鸥，还有白鹭、白鹤等等，成天群鸟戏水，燕舞莺歌。似在彩排，似在等待，7月1日，党的生日那一天，白鹤滩首批机组发电，点亮一汪江水，照耀一方群山。

正应了一位半山姑娘所吟唱的山歌：

白鹤滩上白鹤起，
金沙江边金沙贵。
绿水青山绿水肥，
金山银山金山翠。

10. 只为群众心安处

在永善县，有这样一个群体，他们是人民公仆，为了移民，他们公而忘私，日夜操劳；他们东奔西跑，吃尽苦头；他们受尽委屈，忍辱负重。尽管很多时候，移民不理解他们，但最终，移民还是记住了他们，并在内心中感激他们。可以说，没有他们的付出和努力，就没有溪洛渡大坝的巍然屹立，他们，已然成为永善发展的中流砥柱。

曾担任过永善县委副书记和政协主席的吴文富，在永善的移民工作中经历了太多的风风雨雨。在 2002 年 7 月调任永善县委副书记后，县委就安排他分管移民工作。他深知这一工作的艰难，但作为县委副书记，他得服从组织的决定，作为地道的家乡人，他也不能袖手旁观，因此，种种理由让他没有退路，只能扛起这个重担。

吴文富给我们介绍了当初电站动工前的背景。吴文富说，电站于 2003 年开工，准确讲，还不具备开工条件。但是国家层面对开发金沙江下游四级水电站的决策站得高远，可省市一级和三峡公司方面又未出台完善的政策，所以，为了尽快启动电站建设，尽快实现国家的宏伟目标，溪洛渡电站在一种十分仓促的状态下动工。当时没有政策标准，无法向群众就移民征地、实物指标调查、搬迁赔偿等问题做量化的具体讲解，这就给基层干部做移民工作造成了被动，也产生了巨大的压力和阻力。刚开工时，作为分管移民工作的副书记，吴文富一方面要协助县委、县政府主要领导协调建设者在永善的有关事项。另一方面，又要按照县委、县政府的统一部署，组织做好移民群众的宣传动员工作。吴文富感到了从未有过的压力。

"若没有一种强烈的责任感，没有一种做群众工作的热情，根本无法做好移民工作。"吴文富颇有感慨地说。他说，对永善的移民干部，可以用"几个付出"来总结，他们付出了时间、汗水和代价。

永善的移民干部，经常在温度达 35—40 摄氏度的野外搞实物指标调查。由于群众不理解不支持，移民干部即使站在林荫下乘个凉，都要被群众赶走，可见当时的干群关系是何等紧张。尤其溪洛渡镇的移民干部，在做施工区移民的思想工作中，经常受到辱骂，但为了国家的事业，他们没有退缩，一直挺住，每天拼命地工作。

2003 年 7 月，几个工作组下村做移民实物指标调查工作都无法推进，在这种十分艰难的情况下，吴文富带着溪洛渡镇的党委书记刘兴发到四角村油房村民小组和三坪村做群众工作。吴文富自认为自己从小在这里长大，而且 1993 年到 1999 年之间，他还担任过溪洛渡镇的镇长和书记，群众基础好，大家应该会给他这个面子。没承想，涉及移民搬迁的问题，当地的群众没理会他，上百名群众还把他和刘兴发团团围住，不准走。他想去扶贫办主任李培华家上个卫生间，都被一群妇女强行揽住，不准走。一妇女还高声大气地说："吴书记，你整得好哈，政策也没得一个，就整得我们无家可归，你家在哪点住我们晓得，就住在八股堰边嘛！你走着瞧。"

吴文富没有想到的是，昔日的乡亲今天咋就威胁起自己来了？但那一瞬间，一种强烈的使命感和责任感让吴文富异常坚定，旗帜鲜明地向群众讲明了观点，他说："我告诉你们，我家就在八股堰那边住，国务院做出了决定，就要这样做，大家要坚决支持国家的大建设，全党都要服从中央，在座的每一位也不例外。"

被家乡移民围困的经历，让吴文富突然有种众叛亲离的感觉，他顿感这移民工作形势严峻，他预感到，在往后的日子里，还会有更大的暴风雨即将来临。

"当时，没有定性的补偿政策，县里根据省市领导的讲话，拿出了一个临时的补偿标准，移民部门下去向群众宣传政策时，移民群众就摊开手，叫拿出中央的红头文件来，拿出实物指标的标准来，弄得十分被动。干部感到压力空前，60% 的干部流过泪，感觉工作难以推进，寸步难行。"吴文富说着直摇头。

当时开展工作异常艰难，干部要到马家河坝搞实物指标调查，要在群众家吃住，可是移民坚决不干。而马家河坝在岩上，从城里走路到马家河坝 4—5 组，得走七八个小时，而且每天都得在 40 摄氏度左右的高温下作业，非常艰苦。而实调工作还不是一天两天就能完成的，得一项一项到农户的地里去调查，干部在一边调查，群众在一边谩骂，有的干部受不了了，干了两三天就不想干了，但工作还得继续，不能说不想干就不干啊！

形势逼人，吴文富和刘兴发被群众围困的当天下午，吴文富专门主持召开了一个溪洛渡镇班子的紧急会议，成立了 8 个工作组，班子领导各自担任一个组的组长，被有的移民群众戏称为"八大金刚"。根据各组汇报的工作情况，吴文富提出要坚定信心，贴近群众，注意方法，坚决做好实物指标调查。当天的会议从晚上 8 点半，一直开到凌晨两点半，专门研究工作方法等问题。

第二天，吴文富与县里派出的工作组一起到一线工作，下去后，情况并未好转，仍然碰了钉子，仍然被群众围困，无论如何解释，如何做思想动员工作，都无济于事，一句话，就是不搬。当天晚上，直到 9 点多，大家才回到镇上。吴文富见"八大金刚"一个个垂头丧气，毫无斗志，感到情况不妙，于是他提出请 8 个工作组长吃工作餐，他想利用吃饭这个时机，开导下大家，也给大家打打气。可是，令吴文富没有想到的是，饭还没吃，8个组长都在桌子上哭了起来。男儿有泪不轻弹。吴文富心中明白，不是遇到了天大的压力和阻力，这些七尺男儿，怎会轻易落泪？

"今天回忆起8个组长哭成一团的情景，仍然感觉到辛酸。当时，如何做镇班子成员的思想工作，都成了我要面临的最大困难和问题了。"吴文富说着，显出了一脸的凝重。

为了推进溪洛渡施工区的移民工作，县委决定，举全县之力，支援服务电站建设，提出"抽硬人，硬抽人"，从全县18个乡镇中抽调了一批敢于做群众工作，善于做群众工作的乡镇书记和乡镇长支援溪洛渡的移民工作。

在各级干部的艰苦努力下，溪洛渡施工区的移民工作终于迈出了艰难的一步。

可实物指标调查刚刚结束，省政府又下达了一个省长令，要求在2004年4月30日前，施工区的所有移民必须搬出红线区。

省政府的红头文件一出，就意味着群众要在较短的时间内搬出，5000多座坟墓也要一并搬迁，而时间只有三个月，在这短短的三个月时间里，既要搬迁移民群众，还要把早已埋在地下的移民的祖先也一同搬走，这种压力之大，可谓空前。根据省长令，时任县委书记带领县四班子成员召开了一个紧急会议，会上明确定调，凡是四班子成员任何人都要坚决围绕这一既定目标，全力以赴做好群众工作，做到一户也不漏，一人也不漏。

通过千辛万苦的动员工作，施工区4561人终于在2004年4月30日前，一个不漏地搬出了施工区，确保完成了省政府交给的工作任务。

做移民工作，根本就没得歇气的时候。

紧接着，沿江低线公路的建设开始了。这也是为施工区建设打通的一条重要施工道路。当时，3000多移民自发阻工。

那段时间，吴文富俨然成了一个消防队长，哪里有问题，他就赶往哪里，甚至哪里即将出现问题，他也会提前赶到那里，做前期工作，成天忙得团团转。就是生病了，去医院看个病的时间都没有。吴文富曾经出过一次车祸，左手粉碎性骨折，打了 20 厘米长的钢针。2005 年 5 月的一天，吴文富都已经睡在医院的病床上了，准备取出钢针，可这时他接到了县委书记打来的电话。书记在电话里说："老吴啊，你那钢针暂时不要取了，全县形势复杂，你再坚持下，要尽快回到你的阵地上啊！"书记说得恳切，吴文富也不好再拒绝了，想想移民一线那复杂的形势和繁重的工作，他只好放弃自己的治疗，又起身回到了工作岗位上。

建设部开工时的阻工事件，也给吴文富留下了刻骨铭心的记忆。吴文富说，2005 年，对于三峡公司建设部建在四川雷波县还是云南永善县，公司方面一直犹豫不决。为此，公司曾先后派人到雷波县考察，与雷波方面的人进行洽谈。随后又派人到永善考察，想看看永善的态度。吴文富说，在这一点上，县四套班子成员精诚团结，高度统一，高瞻远瞩，孔荣华书记当场表态，非常欢迎三峡公司把建设部设在永善，并表示，县委、县政府将无偿提供县委招待所给公司办公使用。如此热情的态度和优厚的待遇，让三峡公司感动不已，结果，公司方面经过反复比选后一锤定音，决定把建设部设在永善。对于永善来说，这可是一个千载难逢的大好机遇，建设部设在永善地盘上，一方面，能有效促进服务业的转型升级，拉动当地的经济发展；另一方面，也能促使当地人思想的巨大转变；同时，还能很好地提升永善的知名度。从大局来讲，这肯定是一件百利而无一害的好事，但问题是，建设部选址所在地的群众不干了，因为，建三峡公司的建设部，要征用大片土地，而当地农民视土地为生命，在这样一种情况下，显然矛盾升级不可避免。

采访吴文富时，他还对接待群众的场面记忆尤新。当时，焦灼、恐惧、担忧，气氛异常紧张，大有一触即发之势。处理稍有不当，便会引发一场不可想象的热点事件。肖本敏、吴文富和在场的每一位领导，真可谓小心翼翼，用尽浑身解数，呵护着这一次难得的对话时机，轻言慢语，站在群众的立场着想，与移民群众平等沟通，渐渐赢得了群众的信任，使得一场可能引发恶性事件的接待，终于在心平气和的氛围中完成。

那天的接待从中午 1 点，一直持续到下午 4 点多，场内秩序井然，吴文富一条一款地反复给群众宣讲政策，直到群众听懂为止。

就这样，一场原本充满火药味的接待，终于在县委、县政府主要领导的精心安排下，圆满顺利地完成了。

2005 年，就这样在忙乱中度过了。移民有自己的情绪，干部也觉得受尽了委屈。

到 2006 年，既要做施工期移民工作，又要开展 435 米围堰区实物指标调查，主要集中在务基、黄华两个乡镇。这个时期，因为政策相对要明朗一些，工作推进也较为顺利。这段时间，移民群众开始接受搬迁这个事实，与干部的关系也逐步得到缓和，干部们终于可以选择在移民群众家中暂住开展工作了。

2007 年，开始对库区黄华镇、大兴镇、码口镇和莲峰镇 601 米水位线以下区域进行大面积实物指标调查，阻力很大，推进十分艰难。这时，吴文富以县政协主席、移民工作常务副指挥长的身份，被县委安排到几个重点乡镇指导工作。那期间，吴文富成了个大忙人，先后 12 次到码口开展实调工作，在黄华镇驻村工作 22 天。

吴文富动情地说："在移民搬迁过程中，移民群众做出了重大的牺牲和奉献。以大兴镇为例，当地群众人均有地 0.5 亩，按照赔偿标准，移民得到的赔偿款少得可怜，被征用的那些坝子里的土地，全是上等好地，全种了又大又好的五星枇杷。老百姓怎么会舍得放弃自己的土地？但是他们还是搬出来了，值得敬佩啊！移民群众才是真正伟大的英雄，可歌可泣。"

吴文富还给我们讲述了大兴镇迁坟的感人事迹。在移民过程中，按照文件规定，迁一座坟，补助 400 元。但在当地，这点钱实在是做不了什么，迁坟至少也得花 1 万多元。有一户人家家境贫困，无力迁坟，为了支援电站建设，其大儿子把父亲的骨头烧成灰，撒在了金沙江里，令人感动，震撼人心。

2013 年，吴文富正式从县政协主席的岗位上退了下来，本想赋闲在家好好休息下，可是县委又让他继续兼任大兴镇移民搬迁安置的指挥长。移民工作一天没做好，他就一天不休息。他常说，大兴镇的移民干部识大体、顾大局，值得称道。

吴文富说，自己做移民工作这 10 年，见证了众多移民的苦难历程，也见证了干部们克己奉公，一心为民的良好工作作风。没有他们，就没有今天的溪洛渡电站。

吴文富在兼任大兴镇移民搬迁安置指挥长期间，长期深入大兴镇，坐镇指挥移民工作，作为一个快退休的"老人"，难能可贵。采访中，一种敬意油然而生，让人想到，在质朴的生命之中，心存善意，坚忍执着的毅力，是对所有生命的一种热爱和尊敬，从那微微发白的头发根里散发出来的洒脱和微笑当中透露出来的慈祥，可以感受得到，这份质朴和慈祥足以得到众多群众的信赖。

结束吴文富的采访，2012 年 8 月 21 日下午 3 点，我们准时来到了县环保局，采访高莉局长。

移民 10 年，高莉身经百战，身心疲惫，伤痕累累，高莉的心有一条长长的伤口，犹如冻伤后裂开的冻疮，长长的口子可以看见皮肉深处的骨头，伤口处的血液，已然被时间凝固、冷冻，久久不能痊愈，每一次被触及，都要在内心深处流下血泪，产生连续的疼痛，如果不是因为有上级领导的关心，语言上的慰问，这样的疼痛还将持续多久？作为为数不多的移民女干部，高莉还得强忍疼痛，继续奋斗在移民工作的一线，为了永善的移民群众奉献自己的青春和岁月。

高莉，先后担任过佛滩乡政府副乡长、县移民局副局长，县旅

游局局长，2011 年 6 月到县环保局任局长，从 2003 年 6 月至 2011
年 6 月，一直兼任县委、县政府驻三峡公司联络处主任。

谈到对移民工作的感受，高莉说出了三个词：期盼、阵痛、困
惑。说到期盼，她说，从地理位置来看，以前永善是个死角，相对
落后，群众过着按部就班的日子。听说溪洛渡电站要开工了，整个
县城沸腾了，城里的居民希望三峡公司能补助生活费，移民更是寄
予厚望，认为电站修好后，永善的贫困面貌会得到很大改善，认为
上百万的补助很快就要到手了，群众激动万分。

高莉刚到移民局时，刚好搞完实物指标调查，但还未复核。那
时，县移民局的人很少，只有她和局长两位领导，从水利和自然资
源部门各借了一个人，工作任务很重。当时，主要开展的工作就是
搞移民安置意愿调查。

在移民安置方式的选择上，各人的想法也不一致。施工区移民
热切期盼在县城周边安置，从此华丽转身，成为一个城里人。

高莉说："当时，我们的初步想法是，在县城旁边的农场村和
木仰村 2 个点安置移民，勘界出来后，群众也比较满意，但当时有
一种观点认为永善土地容量不足，省移民局在经过多方调查后确定
了移民全部外迁勐马的指导思想。"

为进一步做好基础工作，县里派出了以时任副县长王代宏为
组长的考察组，赴勐马考察，回到永善传达了省里的精神并通报了
赴勐马实地考察的情况后，移民意见很大，抵触情绪十分严重。县
委、政府也在不停地争取内迁安置。随后，省移民局组织县四套班
子领导赴勐马的几个安置点实地查勘。看完后，永善县和孟连县当
即签订了外签安置协议。

协议签订后，永善县全面铺开了施工区移民外迁的准备工作，
重点是做好实物指标的复核工作。

有一天，当高莉走到县政府门口时，被五六十个移民团团围
住，要求高莉签个字据给移民，不让他们外迁。显然，对于高莉来

说，这肯定是一件办不到的事，但她又无法说服移民群众。无奈之下，她只好打电话向时任县委书记孔荣华报告，孔书记随后又赶紧打电话叫王代宏副县长通知公安干警赶到现场，才终于把高莉解救出来。多次受到冲击和围攻的高莉，再也无法忍受这种高强度压力下的屈辱了，她甚至感到绝望，背上背包冲进了时任副县长王代宏的办公室，哭诉自己的委屈，说再也挺不住了。孔书记听到后，给王代宏副县长说了一句话："你请她吃顿饭嘛，安慰一下她，也鼓励一下她，女同志干移民工作不容易啊！"俗话说，好话三通软。没想到，孔荣华书记的一句话，王代宏副县长关切的话语，一下子融化了高莉心中的坚冰。高莉，这个有着太多牵挂和苦恼的女局长，又背上背包，奔走在移民村寨。

工作环环紧扣。

实物指标丈量完，外迁工作又开始了。

2003 年，又一次大考来临。

溪洛渡水电站建设的第一批移民外迁后，工程开始进入施工状态。三坪村的变电站建设、施工单位的营地建设，都面临着征地这个繁重而艰巨的任务。按照省政府令，施工区移民必须在 2003 年 4 月 30 日前搬出红线外。面对眼前这个艰巨的任务，高莉犯难了，一面是必须完成的任务，一面是尚住在自家房子里的群众，她该怎么做？事实上，对于此时的高莉而言，并没有多余的选择，唯一的路就是硬着头皮上。而这个过程中，更让高莉觉得麻烦的是，因为设计单位的疏忽，在划定红线的过程中，把三坪村划落了。在当地群众都以为这块土地幸免征用正暗自庆幸，随后又传出要被征用此地的消息时，三坪村一下子炸开了锅。为化解矛盾，高莉又带着工作组的同志做深入细致的群众工作，县委、县政府也加大了工作力度，费尽千辛万苦，才终于征用了三坪村的土地。

征地工作终于结束后，一个更为艰巨的任务又压到了高莉的头上。因为高莉工作认真负责，加之其在三峡公司联络处工作，对施工单位较为熟悉，有利于协调好施工单位与移民的关系。2004年2月20日，县委、县政府召开专题会议，明确由高莉负责做好施工区的清场工作，主要负责清理住户。同时，县里也向施工区增派了多个工作组开展工作。那些天，对于高莉来说，无疑是一个巨大的考验，能否按时完成工作，是一直压在高莉头顶的石头。工作期间，为了尽快做通群众的思想工作，尽快完成3647座坟、1132户、1678平方米房屋的搬迁工作，高莉和同事们每天起早贪黑，不分昼夜开展工作，每天吃送到工地的盒饭，一直吃了两个月，累了困了，躺在地上眯一会儿。

那些天，整个施工区变得像是一片废墟，有的在拆房，有的在搬东西，有的在修便道，为运输家里的大件物品做准备。那些天，有的移民群众住房还没有着落，高莉就帮助他们协调，或帮助租房，或投亲靠友，或依靠着施工区的围墙搭个偏棚。移民群众受苦受累，高莉看在眼里，急在心里，不顾自己的劳累，不停地奔忙，希望自己能为群众多做点事。那些天，高莉就像热锅上的蚂蚁，忙得团团转，哪里要一台挖机修便道路，高莉都会不厌其烦地帮助移民群众去协调，请求施工单位援助，短短几天时间，高莉就协调修筑便道60多公里。

为了工作，尽管高莉顾不上家，女儿没人管，年迈的父母没有人照顾，自己也受尽了千辛万苦，但还是有一些移民群众不理解，不支持，故意刁难，甚至打骂她。高莉回忆，有一天，她去做一农妇思想工作，让她尽快搬出施工区，那农妇说，你帮助我修一条便道，我好搬东西。面对移民群众，高莉历来是有求必应的，她立马朝着三坪村赶去，跑了3个小时，累得几近虚脱，好不容易请来一台挖机，帮助那农妇修通了便道，没承想，等便道修好后，那农妇没好气地朝她辱骂。那农妇光骂也就算了，更严重的是她一下子就睡在了挖机下。那天，那农妇一直睡到晚上8点，直到高莉从县城里请来了她的亲戚相劝，才终于把那农妇劝开。而高莉呢，那一天她从早上 8 点离开家，直到深夜才回到家里。采访时，说到此处，高莉很是感慨，摇了摇头说："她也是真舍不得那个家啊！你想想，那毕竟是她家住了几十年的老房子啊！我还能说什么呢？只有相互理解了。"说着，高莉淡然一笑，9 年过去了，高莉似乎又回到了当年的场景，看上去不免多了几分忧伤。

说到帮助一农户找猪崽的事，高莉至今还觉得有趣。当时，施工区一农户家喂了几头猪在老房子里，当挖机去拆房子时，把 1 头老母猪和 6 头小猪儿给吓跑了，不知去向。这下可把高莉急坏了，本来移民群众为了搬出施工区已经受尽了委屈，这下再把农户的猪儿给吓跑了，咋向农户交代呢？为了把猪儿找回来，高莉亲自带着 6 位工作队员，跑遍了三坪村的地盘，找了两天两夜，才终于找到了走失的一头老母猪和 6 头小猪儿。那 6 头小猪，是高莉和几个干部用背篓给亲自背回来的，老母猪，则找了一辆车去拉回来。看着自己失散两天的 7 头猪儿又回到了身边，那农户才终于露出了笑脸。

在三峡公司联络处工作，高莉还利用自己特殊的身份，做好三峡公司与永善县委、县政府之间的沟通和协调工作，争取了三峡公司对地方的不少项目支持。2004 年以后，三峡公司每年都会有一些支持地方发展的项目，在高莉的极力争取下，先后争取到医技大楼建设资金 250 万元，桧溪中学建设资金 250 万元，为马楠小学建了一间 30 台电脑的电教室，帮助协调争取了黄码公路建设资金 2000 万元。在抗震救灾、抗旱送水等公益事业发展方面，高莉也主动协调三峡公司积极支持。

回想起在施工区做移民工作，真可谓有苦有乐，还常常遇到一些令人感动的人和事。高莉说，塘房有一个叫黄翠华的残疾移民，四十多岁，一贫如洗，一人独居，只能在地上挪行。高莉见此情景，顿生怜悯之心，亲自将这位移民的情况向县委、政府领导做了一次专题汇报后，将其作为特殊安置对象，送到敬老院。后来敬老院重修后，又专门为其租房，民政部门还发放了补助，让黄翠华过上了安稳日子。令高莉感动的是，有一天，在街上老远就听见有人喊高二姐，待高莉转过头去，见黄翠华坐在一辆轮椅上，一位四十多岁的中年妇女推着轮椅，黄翠华兴奋地转过头指着身后的中年妇女对高莉说："二姐，我找了个老伴了，就是她。"说着，黄翠华脸上露出了幸福的笑容。

高莉说，做移民工作这些年，挨了移民不少的打、骂、掐，但想到多年后，自己的付出能得到移民的理解和认可，无怨无悔。

"2004年，我送第二批移民去普洱市勐马镇时，在街上遇到一农妇，那农妇说，你好像是我们老家来的高局长嘛。我问她你是哪时搬来的，她说是第一批，她还说，那些年真不好意思，其实，搬到勐马，搞农业生产比老家好多了，感谢你们了。"高莉说，听到这一席话，她的眼泪都出来了，"有好几家移民群众听说我来了，赶紧凑拢来，还拿来了他们自己家种的大米和香蕉等水果，说要让我带回永善分给县委书记和县长品尝。"那一瞬间，高莉觉得自己无比欣慰、无比幸福。

更让高莉至今都感到无比骄傲的是，在三峡公司联络处工作期间，她还为不少民工讨薪，受到了民工们的一致称赞。"因工程层层分包，拖欠民工工资的事时有发生。有一天，我去上班，见一个民工穿得很烂，很无助地拿着个单单在念叨，我问他整啥子，他说是施工方欠他工资，他没钱回家过年，可反映无门。我当时正好时常去检查施工单位的工作，与施工单位有着紧密的联系，第二天，我就打电话给施工单位。而三峡公司在这一点是做得很好的，很规范，凡是发现施工单位有拖欠民工工资的情况，就不让该施工单位参与今后的竞标。在我的督促下，民工第二天就拿到了工资。"说到这里，高莉显得很自豪。她接着说，"在联络处工作期间，我先后为五六十个民工讨薪，总额近百万元，民工们对我可感激了，只要一拿到工资，第一个电话必是打来给我，无论见过面的还是从未谋面的，他们都会亲切地喊我一声高二姐。"高莉说着，爽朗地大笑起来，笑得是那样洒脱，那样灿烂。

高莉，就是这样一个心直口快，热心热肠的"高二姐"。在移民工作中，她的身影人们熟悉，她的声音，听起来亲切，她的口碑，众人知晓。她常说，做移民工作，自己成长了，进步了，问心无愧。

采访中，高莉多次欲哭又止，声音嘶哑，低沉，音调忽高忽低，情绪随着采访话题的变化而不断变化，仿佛又让她回到了当初。10年过去了，当初的一切仍然历历在目，让她终生难忘，对于皮肉的伤口，也许可以用药物来治愈，而对于心灵的伤口，也许随着时间的流逝，会慢慢愈合。多年后，待那些不解的恩怨渐渐解冻，让生命看见了光环，让人性回归到了生活的原位，高莉伤痛的心也就有了可以温暖自己的温度。

作为永善县本土的文化人、知名作家陈永明，在谈到移民工作时，自有一番感受。让陈永明感受最深刻的，可能要算移民们迁坟的事了，他说："当我听说移民群众在搬自己的老坟山时，将他们先祖的遗骨装在坛子里，放在金沙江上漂走时；当我目睹移民群众将先人的遗骨放在土坑里摆成人字形草草安葬时，我感受到了一种强烈的震撼。"也许这正是一位作家的敏感与脆弱，或许，在一些人看来，这是司空见惯的事，可是在一位作家眼中，却有了一种震荡心灵的疼痛感。

其实，早在2003年，陈永明还在县委办工作时，就开始接触移民工作，如此说来，曾在县委办工作过24年的他毫无疑问算得上一个老移民工作者了。到了县文联工作以后，按说，这是个写写画画的地方，是个与文化人打交道的单位，要在别的地方，文联这样的部门自然单纯得多，事务要少很多，甚至在一些人眼里，是个无足轻重的小部门。可是在永善，文联自然滑不脱，一样要担当大任。在永善移民期间，县文联承担了 50 余户库区移民的包保工作，涉及务基捏池村的雨林 1、2 组，文联虽然只有 4 个人，但人再少也是一个部门啊，还得下到移民村，帮助移民办实事解难事，做好搬迁安置和后扶工作。

说到移民的困难，陈永明说："这些移民群众在金沙江畔居住了几代人，要叫他们搬迁到别的地方，即使环境再好，因为生活习惯不同，加之新搬到一个地方，基础设施等相对滞后，再加之搬迁前的准备工作不够到位等情况，致使搬迁工作相当难做。尤其是为了赶在蓄水前搬出库区，移民群众在新房未建好的情况下，领了点过渡期安置补偿费，就要按照既定的时间节点搬出库区，去租民房暂住，移民群众感觉到十分不便，这些都给移民搬迁工作带来了更大的困难。"

说到移民群众对家园的依恋，陈永明以作家的视角给我们讲述了一个故事，他说："在施工区搬迁时，有一户陈姓人家，人搬走了，可是狗却一直舍不得离开老窝，陈家七八岁的儿子对狗儿又非常依恋，将狗儿抱走了，可它又回到老窝，这样反复折腾了好几次。最后，小男孩一个人哭着离开了，让人特别感动。"

为了赢得移民的信任，服务好移民工作，确保顺利完成搬迁任务，大批的移民干部可谓忍辱负重。在采访陈永明主席的过程中，他还给我们讲述了这样一个故事："一次，在送移民群众外迁孟连途中，有个老年移民晕车，呕吐，可那车是全封闭的，头根本伸不出外面去呕吐，为了不污染卧铺车，影响车内其他移民群众的情绪，随车护送的县移民局一女干部赶紧伸手捧住老年人的呕吐物。"如此故事既让人感到心酸，又给人以无限的温暖。

陈永明还说："县文联包保佛滩集镇纪开和家，为了尽快做好房屋帮建工作，我们文联的副主席杜福全、曾达云和干部刘金富经常骑着摩托车去他家帮助做工作，又是协调建材，又是督促安全生产。为了做好协调工作，有时还得自己买起烟酒到移民群众家座谈走访。更危险的一次是，我们县文联的副主席杜福全在骑摩托车去佛滩帮助做移民工作的过程中，还摔伤了腿脚，养了好一阵的伤。"讲到这里，陈主席顿了顿，又接着说，"幸好没事，总算是把移民包户帮建的任务按时间节点要求给完成了。"那一瞬间，我的心里也似乎受到感染，轻松了许多。

在移民安置区采访期间，我们见到了云南建工昭通移民工程建设指挥部副指挥长、云南建工水利水电建设有限公司副总经理刘金荣。2012 至 2013 年，沿金沙江下游一线，可以说到处都像一个大工地，尤其永善，建设任务更加繁重，而这个繁重的建设任务，就落在了云南建工的头上。刘金荣，这个表面和蔼，目光中透着刚毅的中年男人，肩上的担子自然不轻。

据刘金荣介绍，云南建工在昭通市的移民工程涉及 5 大片区，包括绥江、永善、昭阳、巧家和化念，其他不说，单就化念涉及巧家、昭阳、永善三县区 3000 多移民的安置房建设，就是一项十分艰巨的任务。

云南建工于 2011 年 2 月从向家坝电站撤出，进驻溪洛渡开始电站移民安置工程建设任务，并专门成立了云南建工昭通溪洛渡建设指挥部。集团派出了 15 家子公司参与建设，抽调专业人员组成业务过硬的建设队伍，成立了 2000 人的管理团队，在永善大地上拉开了一场移民安置工程建设的万人大会战，6 个移民安置点建设热火朝天地展开。谈起在永善实施移民工程，刘金荣印象深刻。他说，永善的移民安置工程建设，特点十分明显。首先是省市重视，云南建工敢于担当，从集团的主要领导开始，坚持做到保质量、保进度、保安全、树形象。县委、县政府对移民工作更是高度重视。一个个安置点看似不毛之地，建工的员工到现场看后都打寒战，进场路越走越窄，峡谷越来越深，尤其那些来自平原地区的员工，以前根本就没见过如此巍峨的重重大山。尽管行路难，施工难，但所有奋战在永善大地上的 300 余建工子弟没有一个趴下，啃下了一块块硬骨头。

在施工过程中，刘金荣带领建工的团队始终坚持超前谋划，时刻绷紧头脑中的弦，坚持再险再难也要推进施工；面对诸多的困难和问题，每个安置点都确定了分管领导和责任人，做到发现问题就坚决在一线解决，决不拖拖拉拉。

刘金荣说，做完 8 个安置点的建设，他十分感慨，感慨自己学到了比以往任何时候都更丰富的知识，更学到了永善人自强不息、舍我奉献的精神。他说，桧溪镇的安置点，有个地方叫坟山湾，全是坟地，在 300 亩土地上，竟然有 1000 多座坟。施工前，当他站在这片坟地边时，自己心里都直打鼓，这么多的坟，何时才能迁完？群众会不会接受？会不会影响工期？这一个个问号，一直在刘金荣的脑海里打转转。让他没有想到的是，这地方民风淳朴，尽管在工作开展的过程中，建工集团内部有两个小伙子因为沟通协调上做得不够到位，导致少数群众不理解，出现阻工现象，并造成人身伤害，但由于当地党委、政府领导有力，格外支持，及时化解了矛盾，使得工作得以正常推进。

佛滩安置点的建设也让刘金荣难忘，正值盛夏酷暑季节，为了赶工期，确保小学在 2012 年完工开学，县委、县政府的指挥长带领一班子人天天到现场坐镇指挥，建工集团的员工也是冒着近40 摄氏度的高温，没日没夜地加紧施工，最终还是圆满地完成了建设任务。

为安置好从勐马镇返迁回永善的移民，尽快建成木仰和农场两个小区，经过县委、县政府慎重考虑后，决定把这个无比艰巨的任务交给建工集团完成。由于时间特别紧张，刘金荣感到压力巨大，那些天，刘金荣和他的团队起早贪黑，加班加点，恨不得一天的时间当成两天来用。

务基镇的青龙安置区，是最后一个启动建设的点。由于特殊的地理环境限制，在县委领导的带领下，经过多次反复查看，才最终选定了安置点位置。由于时间要求紧，施工难度大，建工集团动用了上千人的施工队伍，不分白天黑夜攻坚，终于在 2013 年 5 月完成了场平工作，确保顺利交给移民自建房屋。

黄华镇的朝阳安置点，是全县最大的移民安置点。2011 年 10 月，当建工集团的队伍进场时，眼前的景象让大家都捏了一把汗。由于安置点选择在一块大石板上，施工难度特别大，加之在 1000 亩土地上还有大量的房屋、花椒林和数十座坟，这让刘金荣感觉到头疼，他最担心的，还是时间不够用，搬迁房屋需要时间，迁坟需要时间，还有那成片的花椒林，不花两三个月时间，怎能完成？但按照县委、县政府的要求，必须在半年内完成场平工作，并统一建好房屋基础，再分到移民户委托施工单位建房。尤其让刘金荣记忆深刻的是，到黄坪、甘田去做工作时，近 40 摄氏度的高温热得让人受不了，个个汗流浃背，汗水时常淌进眼睛，让人睁不开眼；还可能吃不上饭，有时饿上半天，还只能以洋芋充饥，但员工们还是经常加班加点工作，终于在既定的时间节点，完成了建设任务。

说到大兴的安置点建设，刘金荣说，大兴的安置点，原来可是一片上好的田地，全部种上了五星大枇杷，要征用这片土地建移民安置点，就意味着成百上千的群众将失去这块肥沃的土地。这事落到谁的头上，都绝不会是一件好事，更不要说那些承受能力十分脆弱的农民群众。可是，在镇党委、镇政府领导的耐心劝说下，为了移民群众能有一个新家园，大兴镇的群众做出了巨大的牺牲和奉献。

说到化念安置点，刘金荣说，这个安置点的建设更有其特殊性，因为移民群众从永善远道而来，可谓背井离乡，人地两生，本来心理上就有些脆弱，如果在房屋施工中再出现啥问题，群众的意见就会很大，如果处理不好，可能一点小事就会升级为重大矛盾和冲突。因此，建工集团更加重视施工质量的管理，在确保工程质量的前提下开展工程建设。同时，为了确保施工顺利推进，昭通市委、市政府还专门以永善为主，昭阳和巧家两县为辅，成立了协调领导组，从县里抽调了数十名干部驻扎化念镇做移民工作，协调处理各种突出问题。据刘金荣介绍，在施工过程中，由于群众对建筑知识一知半解，加之与建筑工人的磨合也还有个过程，也发生过移民群众殴打建筑工人的事，但由于协调领导组及时介入，协调处理，最终都没有发生恶性事件，建筑工人和移民群众还处成了朋友。有时，移民群众还会送水送饭到工地给建筑工人吃喝，一种友好的鱼水关系逐步建立，大大地提高了施工建设的进度和水平。

采访近两个小时，刘金荣也仿佛再次经历了在永善建设移民工程的点点滴滴，他动情地说："在参建单位的共同努力下，在数千建工子弟的日夜奋战下，所有建设项目相当完美，可以说90%的移民群众是满意的，这一点让我很欣慰。人的一生，能够参与溪洛渡这样的大型工程建设，能为当地的移民群众做一点事，我觉得特别有意义。"

是的，作为一个建筑企业的负责人，可能一生会建造出无数房子，但有哪一个项目能与为永善移民建房这个项目争锋？因为，这是在给为国家重大建设做出了重要牺牲和奉献的移民建房，为他们筑家，让移民悲怆的心里升起一丝温暖的火苗，那是多么令人欣慰的一件美事。

望开洲，三峡公司移民办主任。

2003年正月十六，刚过完春节，望开洲就从湖北宜昌市出发，前往永善，承担新的使命。当时，望开洲担任溪洛渡水电站建设移民主管，2008年，三峡公司移民局成立，他调任溪洛渡水电站建设项目部主任。

望开洲是个老移民工作者了，早在三峡电站修建时，他既是移民，也是移民工作者，经历了太多的沧海桑田，饱尝了太多的酸甜苦辣，沐浴了太多的风风雨雨。

据望开洲介绍，金沙江流域水电开发于1957年启动前期工作，1962年设计人员开始进场，当时路不通，工程人员都是骑马进到永善的。溪洛渡的群众盼了上百年，但迟迟未启动建设。1992年，三峡水电站建设正式上马，算是向家坝和溪洛渡水电站建设的前奏吧！

"2003年，我刚到溪洛渡时，现场还是一片百废待兴的景象。那时可研报告还未审定，即便审定，深度也远远不够。当时面临着两个严峻的问题，一是用地，二是拆迁。首要的问题是要有一套完整的补偿标准。可是当时的可研报告虽有一些标准，但是深度不够，是用一些经典教材测算的，用来造概算可以，但要用来兑现到农户，则行不通。而这个补偿标准，不是由哪个人说了算，而是要由设计单位精心测算后，报国家有关部门审定。"在望开洲主任这里，我们似乎找到了为啥当时工程推着移民走、移民推着政策走的部分原因所在。

望开洲喝了口水，看了看窗外，继续淡定地说："因此，当时可研报告出具了一个临时控制指标，只能先按照这样标准执行，将补偿款兑现到移民手中，待国家审定后，如国家审定的标准更高，则以国家标准进行补偿，再向移民群众补差。"

望开洲说，还有一个重要的环节，那就是用地问题。工程一开工，就要用地，要用地，就得要办理完善用地手续，得进行项目用地预审，得有一个时间跨度。从2003年2月启动，直到2007年7月才通过用地预审，而且预审完了还不能用地，只能办理先行用地手续。2003年8月5日，溪洛渡工程低限公路开工，标志着溪洛渡工程准备阶段的第一个项目启动。2004年4月30日，施工区群众全部搬出，2005年10月，取得了施工区用地手续。2005年11月26日，溪洛渡水电站建设正式开工。

望开洲说，当时之所以考虑外迁，主要是永善的安置容量有限，生产生活难以解决，所以才让孟连县分担了一部分移民安置任务。

望开洲给我们介绍了库区移民的情况。他说，整个库区移民的实物指标调查工作耽搁了很长时间。1999 年初开始实调和可研，花了一年时间，2002 年封库令发布，2003 年 2 月 1 日封库令生效，2003 年确认调查成果，这期间相差了 3 年，实物指标已发生了较大变化。由于国家有规定，封库令下达后，到移民安置实施规划审定不能超过 5 年。因此，到 2005 年可研报告审查时，有专家提出要对实物指标进行复核。2006 年底，制定复核实调实施细则，经国家有关部门通过时，有关部门提出了一些新的要求，要求在深度上再进一步加深。围堰区和库区于 2006 年 12 月启动实调，2007 年 7 月启动搬迁，9 月完成了围堰区的搬迁工作，2007 年 11 月顺利实现大江截流。到 2013 年，库区水位蓄到 557 米；2014 年，蓄到 600 米，接近 601 米的理论水位线。

是的，作为三峡公司的移民工作者，他们也有自己的难处。事实上，他们也不想在补偿标准未出台之前就催着移民搬迁，但是工程不等人，国家定了的大型水利工程，得按照进度建设。

对移民未来发展，望开洲说，三峡公司拟从电费中每度提取 3 厘建立库区发展基金。同时，在移民的生产技能培训方面，也将做一些工作。望开洲不无担忧地说，溪洛渡库区永善移民大都选择每月每人 160 元长效补偿，50 元后期扶持，随着物价上涨，很难维持自身发展，还得靠大家勤劳致富。他说他尤其担心的是，黄华朝阳集镇和大兴集镇 4000—5000 人规模的安置，这些移民住在里面，无生产用地，仅靠长效补偿无法生活，因此当地党委政府在扶持移民发展二、三产业上得多下些功夫，多创造一些就业岗位。

说到电站给永善带来的变化，望开洲说，尽管有一些群众不满意，但是到移民区一看，群众生活水平大幅度提高，心里很是欣慰。他说，未修电站以前，从永善经马楠到昭通，需要 8 小时车程，现在从县城经施工专用线，只需要 3 个小时的车程。以前从永善到成都需要 13 个小时，现在只需要 5 个半小时。这些点滴变化都说明，永善这 10 年所发生的变化，是非常巨大的，给群众带来的好处，可谓千载难逢。

望开洲认为，永善的移民工作总体上做得很好，尽管整个过程充满了艰难曲折，但都保证了电站按期开工、按期发电的需要，能做到这一点，就十分了不起。

是的，站在不同的角度，总是有着不一样的感受，也总是有着各自的艰难。不过，当岁月在风中流逝，当一个个困难浊浪排空般消退，人们又渐渐归于平静，更加理性地审视和看待这一场世纪大搬迁。在这个过程中，每一个人都有各自的委屈和感悟。无论得与失，都已然成为每一个永善人的记忆和心得，在他们的一生中，这些磨难与坚守，无疑是一笔宝贵的财富。

2021 年 3 月的一个下午，阳光正好，在白鹤滩电站即将下闸蓄水前，笔者来到了巧家县蒙姑镇十里坪安置区，见到了县农业银行下派蹲点做移民工作的干部张奎，这是一位五十多岁的老同志，高个子，头发有些花白，许是常年走村串户，天天晒在太阳之下的缘故，脸膛晒得发黑，看上去有些沧桑。在他们的板房办公室里，虽是 3 月，但我们能感受到巧家县江边干热河谷地带的那种燥热，让人有种心神不宁的感觉，这大概是因为我们常年在办公室待着，养尊处优惯了吧。而在这样的环境工作，对于张奎他们这些驻村干部来说，却是常态，我们临时待上个把小时，也就不能叫苦连天的了。张奎是 2018 年到蒙姑牛滚荡一组和新街三组开展移民工作的。他说两个小组共 126 户，453 人，都是他们的工作对象，目标就是在 4 月 1 日前全部完成搬迁任务。

张奎说："移民工作有欢有乐，有忧愁。群众对政策的理解有差异，工作中也有很多矛盾，对赔偿不满意、不理解，但通过多次做工作，交心，我们最后成了朋友，多见几次面后就慢慢理解我们、支持我们了。

"一个月补助400多元钱，如何生活？这是群众最担心的问题。转为移民后，去了新的小区，没有了土地，转变了生活方式，群众不习惯，有焦虑感。这在群众中普遍存在，但为了支持国家重点工程，也必须搬迁，只有做出牺牲和奉献了。"

张奎的话语里，我们还是多少听出了一些无奈与担忧。

张奎看了看窗外，若有所思地说："牛滚荡养殖户多，以贩牛养殖后售卖为生。有7户养牛，有养20多头牛的，有养100多只羊的。白天群众几乎都在山上放牛放羊，去了也找不到人，所以我们大部分时间是晚上去入户。有些人家反复去多次都找不到人，但我们还是一直没有放弃，直到见到面说通了，才算完成了任务。

"在牛滚荡，我们最担心的是一组，有家农户是租房子来养牛的，他的房拆了以后，牛就没有关处了，这是我们面临最难解决的问题。最后只有忍痛动员农户把牛全部卖了，看到群众对牛的不舍，我们心里也是十分地难过。"

坐在一旁的李明国同志，也是县农行的干部，跟着张奎一起，驻村工作很长时间了，他说很少有时间回家照看家人，都是以村为家了。但是看到群众顺利搬迁了，有了新的住房，也很欣慰。

"现在群众搬迁后总体是满意的，生活发生了很大的变化。移民群众人均基本保障住房达30平方米，改善性住房达20平方米，但人均不得超过50平方米。北门安置区基本保障性住房均价每平方米1396.5元，改善性住房每平方米2000元。有的人家补偿了几十万元至100多万元不等，都能够住上新楼房。"

说到移民群众搬迁后住房的巨大改变，李明国露出了一脸的笑容，那洋溢在脸上的高兴劲，仿佛住新房的是他自己。

"我们挂钩的移民，是去年腊月十九搬迁入住的。挂钩干部每天晚上都坚持到十一二点回家休息。农行60多位职工，每个都有挂钩户，都要确保移民群众顺利搬迁入住。"

从李明国的话语里，我像是看到了挂钩干部披星戴月、顶风冒雨走东家串西家的身影。那一幅幅鲜活图景，不是创作的油画，而是挂钩干部一手一脚干出来的。我想，那才是党员干部写在大地上最接地气的著作啊！

从挂钩干部李国明的嘴里，我们又听到了一些关于牛滚荡村民的故事："一组小组长彭元贵，开始搞前期工作，他不配合，当钉子户，所有群众签完了，他就是不签字，直到拖到最后一天才签字。我们也选了一些积极支持工作的代表，虽然选了一些人，但有些人惧着别人的威慑，不敢来签，怕签了被别人骂。这些，都是影响搬迁进度的因素，总之，这个搬迁工作，太难了。"

蒙姑镇牛滚荡一组的李文发，83岁，有两个儿子，两个姑娘。老人家是单独户头，儿子服侍他。他的脚生了一种病，走路困难。

"年轻时去四川省凉山州黑格挑糖碗来装糖，走了8天的路，踩着冷水了。我在门口种了走经风，用根来泡酒或蒸来吃。高山人送的种子，儿子栽的药。搬来住不惯，又搬回去。"

李文发老人边说边用手指着门外花坛里的那株走经风。他说话有些含混，断断续续地吐字。但我还是听懂了他的意思。

"后来走不动了，是张奎背我来新房子的，还给我的药重栽过来。儿媳先对我也不好，张奎又去做了思想工作，现在对我很好了。搬来新房子，现在适应了，200平方米，宽大，比老家好。"

临别时，李文发老人很费劲地站起身来，走到堂屋正墙边的柜子上，拿了一包绿茶，蹒跚着碎步挪出门来，直往张奎手里塞，张奎一直推托拒绝，但没用，架不住老人的热情，只好接了下来。

"李文发老人通情达理，厚道。我平时偶尔给他买一点吃的，他老记着，你看，这茶，推都推不掉。"

张奎说着用手指了指手中的那包绿茶。

我们乘车穿过了一段施工路段，绕过了一个大工地，来到了安置区的指挥部办公室。

眼前这个高大的男人叫黄功堡，攀谈中得知，他今年43岁，担任巧家县司法局副局长、白鹤滩片区移民临时党工委副书记、管委会副主任。

从黄功堡的口中，我们获取了一些移民工作的权威信息。

黄功堡说："总体上讲，县委把安置点调整到城郊以后，把移民发展和滨江旅游业有机融合，被大家一致公认为是个大手笔。移民群众从江边搬上来，如果搬上山，对群众发展不利。为了让移民搬得出、稳得住、能致富，云南省委、省政府主要领导调研后给了35个亿，建美丽湖滨旅游县城。按照一城三镇的定位，县里沿金沙江库区建了大寨、县城、金塘、蒙姑等五个安置区。确定了县城一面山，一江水，一座城的整体定位。整条滨江大道穿连五个安置区，充分体现了水电建设为移民服务的理念，群众的满意度很高。也因为有了这个完美的顶层设计，才有了今天移民大搬迁奇迹的出现。"

黄功堡吸了一口烟后，接着说道："黎明村、七里村片区重点打造水上娱乐城。北门片区重点打造旅游集散中心。天升梁子和丘家屿片区重点打造花果休闲度假区。整条滨江大道长达14公里，贯穿了五大安置区，使得安置小区占据了县城库区的黄金地段，对移民群众的发展非常有利。

"在产业配套上，对移民逐年进行补偿，每人每年可领到5300多元的赔偿，比照当年的水平有所增加。同时，在山上规划了乡村旅游的花果园，大力发展桃树种植，为下一步的乡村旅游、乡村振兴打下坚实基础。县里还建了三个卫星工厂，引进沿海发达地区的企业来建分厂。在劳动力就业方面，人社部门和劳务输出公司，都与沿海企业合作，联合招工输出劳动力。

"搬迁过程中有一些阻力，这很正常，毕竟移民群众祖祖辈辈生活在自己的故乡，一下子要搬迁了，心里难免接受不了。但通过各级党组织艰苦细致的思想工作，总体上来讲，移民还是比较支持配合的。因为疫情影响，一二三月工作推进不了，导致安置点建设滞后两个月，待疫情好转后，县里、镇里和村组干部加紧工作，没日没夜，天天走村串户做群众工作，帮助群众搬迁，现在都已克服了。北门安置区搬进去 1.4 万多人，几方组织了初验，要整改的问题 8 万多个。我们带领移民干部 4 天时间把所有房源排查准备好，正月十四全部推出来，正月十七搬了 2551 户，全部搬完。

"为了完成搬迁任务，确保电站按时下闸蓄水，我们组建了 3 支队伍，组建了 1327 人的志愿服务队，320 人的党员先锋队，255 名流动岗，28 个支部，200 人的应急维修突击队。

"我们落实了 5 张保障网，一个是移民驻村工作队加上包保部门，负责动迁的保障网，把移民群众的东西搬了护送到安置点。二是从主公路到安置点，由交通部门负责，织密交通安全保障网。三是由党工委组建的从小区门口到楼栋，党员帮助群众搬东西进屋的网格化保障网，负责物资的发放，维修整改。志愿服务队和党员先锋队，负责做好群众拆迁的日常服务工作。如有一家有两个老人，没有劳力，还担心东西无人搬，幸好有红马甲给搬了，直夸奖我们培养的党员干部队伍很好。四是织密物业管理保障网，负责做好小区秩序维护和卫生管理。物业管理队伍 100 多人通宵工作，从摇号以后，房源大规模推送，满足了移民群众的搬迁需求。五是水通电通学生上学就医保障网。分两个阶段启动搬迁，黎明和北门从 2020 年 2 月 13 日启动搬迁到 2 月 28 日基本搬迁结束，历时半月。其余县城三个安置点从 3 月 5 日启动搬迁到 3 月 13 日基本结束。

"在搬迁过程中，我们的移民干部付出了太多的心血和汗水。尤其是基层党员干部全部参与了志愿服务队，及时帮助群众搬东西上楼，每天干得汗流浃背，筋疲力尽。楼栋长就更辛苦啦，楼上楼下来回跑，挨家挨户地认真走访排查。有些老年人走不动了，我们的党员干部直接背了送上楼去。"

黄功堡吸了一口烟，似乎情绪稍微舒缓了一下，看了看窗外，接着说："我们党工委班子很努力，凡是群众反映的问题都由班子成员亲自办，跟踪问效。我们一共安排了 8 个管理服务的功能室。一是社区管理服务功能室；二是老年活动室；三是妇女儿童之家，四点半课堂；四是便民警务室；五是卫生室；六是支部活动室；七是物业管理服务室，含维修中心；八是劳动就业服务室。"

说到党工委和党员干部们为移民群众所做的一切，黄功堡一清二楚，所有的事务都刻在了他的心上，不用回忆，像是电脑一样，可随时调用。

"在如此短的时间内实现搬迁，得益于顶层设计好，保障服务到位，移民群众感恩党、感恩国家的感恩之心强烈。所以工作开展起来就稳当、顺利，创造了移民史的奇迹。"

尽管黄功堡说起工作来轻松自如，但是从他有些愁苦的表情，我还是感受到他身上承担的担子之重，要在今年 3 月 25 日前全部移民实现搬迁，4 月 6 日电站下闸蓄水，确保在党的生日 7 月 1 日准点发电，这是个多么艰巨的任务啊！但事实证明，如磐石压顶的移民任务，他们还是完成了。

11. 大风起兮乌东德

对于乌东德，大家印象最深的，莫过于三天两头迎江而起的大风。那风吹得生硬，刮得猛烈，大有摧枯拉朽之势。这也许正迎合了峡谷里如虹崛起的大坝、那已然改写滔滔金沙江狂放撒野之豪气。

从金沙江下游第三级超级水电站白鹤滩启程，溯金沙江而上，是第四级超级水电站乌东德。

从地理地貌来看，乌东德所处地段与白鹤滩和溪洛渡相似，一样山高谷深，一样雄峰耸峙，一样水流湍急。从昆明前往乌东德的路，在大山和云雾中弯弯绕绕，经过九曲十八弯，大约 4 个多小时的车程，才能到达。与其下游的白鹤滩、溪洛渡和向家坝不一样的是，乌东德地处风口，常年刮大风，因此，在整个施工过程中，所有参与乌东德的建设者，除了盛夏要忍受 40 摄氏度左右的高温酷暑，冬春还得经受大风的涤荡，几年下来，人也似乎沧桑了许多。但与乌东德超级水电站建成后为点亮中国做出的贡献相比，建设者们脸上的皱纹和沧桑就显得微不足道了，常常被他们自己忽略抑或忘记，他们脸上洋溢的，总是喜气和阳光。

乌东德为中国第四大、世界第五大超级水电站，其坝高居世界第六，泄洪量居世界第三。乌东德水电站拦河大坝为混凝土特高双曲拱坝，最大坝高 270 米，装机容量 1020 万千瓦，两岸各安装 6 台单机容量 85 万千瓦的水轮发电机组。

和乌东德下游的白鹤滩、溪洛渡、向家坝三座超级水电站一样，在金沙江建设超级水电站，除了地形地貌极为相似外，在大坝和地下厂房的建设中，一样问题多多，困难重重，而且大多是超级难以克服的世界级难题。据长江勘测规划设计研究院副总工程师、国家大坝安全工程技术研究中心副主任、乌东德项目设计总工程师翁永红介绍，因乌东德地处干热河谷区，经常刮大风是一大特征，大坝混凝土保温保湿施工技术问题、大坝混凝土温控防裂问题就显得异常突出。令人敬佩的是，中国这一群大国重器的建设者、拓荒者，是一群不服输的"悍将"，多少次反复试验，无数次倒腾摸索，失败失败再失败，成功成功再成功，他们总是在逆境中前行，在困境中崛起，成功克服了一个又一个难题，完成了当今世界看似无法超越和完成的使命任务。

施工现场，一组远程控制中央服务器正有序调度着混凝土制浆站、输送浆系统和灌浆单元机。提起这套世界先进的建造系统，乌东德工程建设部技术管理部高级工程师刘科一脸得意："这套包含智能通水、智能灌浆等全生命周期应用的大坝智能建造系统，是三峡集团与清华大学、天津大学和长江设计院联合研发的成果，曾获多项国家级技术进步大奖。当时应用的'plus'版，不仅推进了大坝混凝土工艺的创新，还推进了进度、质量、安全的一体化高效管理。"

2020 年 7 月，光明网光明智库特邀乌东德水电站工程建设部主任、高级工程师杨宗立，讲述了乌东德水电站"一项工程，十年坚守，七个世界第一"的故事。

杨宗立在接受专访时说："金沙江乌东德水电站首批机组投产发电啦！2011 年至今，我一直坚守在金沙江峡谷乌东德水电站工地。初到乌东德水电站坝址时的艰苦和危险，至今刻骨铭心。

"2011 年 1 月，我带领一个 10 多人的小分队来到昆明市禄劝县大松树乡新村一带的金沙江河谷边。作为乌东德水电站工程筹备组，我们是施工大军的'侦察队'。当时，这里没公路，许多地方甚至没小路，更不通水电和手机信号。为了查清江边的地质情况，我们经常像蜘蛛人一样吊着绳子在悬崖峭壁上爬上爬下。

"最初三年里，筹备组一直住活动板房，从七八公里外的山沟用小塑料管引水过来，仅够饮用，但一下雨，总有滚落的石头砸断水管。好在我们修了一个地窖，下雨时把水收到地窖里，断水时就喝地窖里的水。营地到江边的工作现场有七八公里路程，我们早晨带着干粮去江边，晚上才回营地。2013 年 11 月 11 日，条件较好的施工营地建成后，我们才搬了进去。

"从 2015 年底开工建设，到今年首批机组投产发电，乌东德水电站有 7 项指标创造了世界之最或第一：世界最薄 300 米级双曲拱坝、大坝单位坝顶弧长泄量世界第一，地下厂房开挖高度世界第一，尾水调压室开挖半径世界第一，导流洞开挖断面世界第一，导流洞高度世界第一，已建成投产单机容量世界第一。

"乌东德水电站地处金沙江干热河谷，岸坡陡峻，地质条件复杂，地震基本烈度Ⅶ度，工程技术难度大。面对这些困难，7 个世界第一是如何做到的？我们的答案是：不断进行工程技术创新，敢于自我革命。

"'无坝不裂'过去一直是悬在水利人心头的'魔咒'。我们首次全坝采用低热水泥混凝土，创造了高拱坝建设'之最'，并且未出现一条裂缝，成功驱散了'魔咒'的阴影；水电站拱坝抗震设计难度大，我们创新提出了静力设计、动力调整的拱坝体形优化设计新方法，使坝体抗震性能大幅提高。此外，我们在国内水电工程中首次大规模采用国产 800 兆帕高强钢，焊缝一次合格率达 99%，探索出一整套成熟的、可推广的高强度钢板焊接工艺；全面采用大坝智能建造技术，构建智能建设体系，引领世界水电发展。

"为了坚持生态优先、绿色发展，我们在国内首创尾水固定集运鱼方案，破解了乌东德大坝过鱼难题。根据金沙江底层鱼类特性，我们采用固定集鱼站及尾水集鱼箱双重全水层集鱼，利用车辆、船舶复合船运系统，将鱼类运输至流水江段放流，有效保障金沙江流域鱼类生态平衡。

"回想起从 10 多人的筹备组发展为 1.2 万多人的施工队伍全过程，我很是感慨。10 年来，队伍里的很多年轻人已成长为高级工程师、技术骨干和中层管理干部，还向其他重点工程输送了 30 多名青年人才。我想，铸造更多国家精品工程，需要一大批年轻人选择奉献、选择坚守，在造福百姓的长路上携手奋斗。"

杨宗立的这一段讲述，不仅让我们加深了对乌东德水电工程的全面了解，平实的语言中透出了艰辛、坚持和坚定，更浸透着一位科技工作者为大国重器成功崛起的坚守和初心。

在乌东德的建设过程中，除了这些掌握核心高科技的首席专家和工程技术人员，还有一大批默默无闻的普通工作人员，他们就像是一颗颗螺丝钉一样，死死地扣在自己的工位上，他们看似普通，却一颗也不能少，这一个普通的平凡群体，也正是笔者想关注的采访对象。

说来也巧，2021 年 12 月 27 日，正在笔者采访乌东德建设历程期间，一次从昭通到昆明的车上，竟然巧遇了一位年轻女士。因为当天大雪封山，实施交通管制，在野猪冲堵车一个多小时，通行不久，又在中梁子隧道里堵了一夜，连同驾驶员 6 人一直困在车上。隧道里汽车尾气无孔不入，加上疫情防控期间的口罩标配，一夜呼吸困难，通风机整夜轰隆作响，吵得无法入睡，聊个天，也得扯着嗓子吼。

攀谈中得知，这位年轻的女士叫谭雪晶，个子高挑清瘦，戴一副眼镜，云南昭通昭阳人，大学一毕业就进入三峡集团工作，最先分配到溪洛渡电站做文员。在那里，她工作了 8 年，虽然没有在工程一线，但是见证了溪洛渡水电站大坝的一天天崛起。在溪洛渡工作期间，为了克服两地分居和带孩子的困难，谭雪晶把母亲接到了电站，成天招呼刚出生的孩子。溪洛渡炎热，开始她和母亲都不习惯，后来慢慢适应了，谭雪晶又被调到了刚上马的乌东德电站。

2021 年 1 月 23 日，春城昆明的阳光格外暖人，有亚洲最大的人工瀑布之称的昆明湖，在温润的阳光下，流水从高高的岩石上倾泻如注，从水帘长廊悬挂下来，像翻晒一床巨大的被面，泛着白花花的光芒。尽管云南边境还在防控疫情中，但昆明湖公园却一如往常一样热闹，游客有之，晨练者有之，只是在进门处，必须要扫健康码才能进入。

和三峡公司的谭雪晶约了好几次，都因为各种事，耽误了采访行程。这次终于如愿，约好在昆明湖附近见面。我先到，转了一圈公园，约 12 点半，在公园的大门口等了 10 来分钟，就见谭雪晶骑一小电驴，后面还驮着一个小女孩，猜是她常带到电站工地的女儿吧。果真。

"叫伯伯。"

小女孩真乖，阳光清脆地叫了一声伯伯。

"这是我女儿，就是往天给你提到的从小在电站长大的丫头。"

"你叫啥名，姑娘？"

"张语冰。我最喜欢乌东德了。"

小女孩大概听妈妈说下午要接受我的采访，忍不住一下子就蹦出了这么一句。

我们来到一个比萨店，在门边的一个角落找了张桌子落座。还没上菜，我们的采访就开始了。

　　谭雪晶是个 80 后女孩，毕业于云南师范大学旅游地理科学学院旅游管理专业，自 2006 年 3 月到溪洛渡电站工作以来，先后在溪洛渡电站工作了 8 年，在乌东德电站工作了 7 年。2021 年 4 月调到位于昆明湖公园旁边的三峡集团金沙江云川水电开发有限公司，在质量安全部负责文件资料的处理归档工作。就是这么一个平凡女孩，她的 15 年青春，全献给了金沙江下游的水电开发事业。谭雪晶的老公张启，2002 年武汉大学毕业后招进武警水电部队，参与承建三峡电站部分工程，2004 年转战溪洛渡电站建设，主要承建右岸泄洪洞项目。谭雪晶就是在这个时期认识他的。因电站结缘，两人走到了一起，组建了家庭。后来，老公转业，先后进入昭通市煤炭工业局和能源局工作，10 多年来，两人一直过着聚少离多的两地分居生活。

　　"怀上张语冰，是 2010 年 12 月，当时我还在溪洛渡电站工作，一个人在远离父母和家人的电站上班，有啥困难就一个人扛着，休产假 4 个月后孩子就留在昭通，由我父母亲带着，后来为了照顾孩子，我又把母亲接到溪洛渡电站，帮着带孩子。"

　　2014 年 4 月，因工作需要，谭雪晶调到了乌东德电站，这次调动，让谭雪晶离昭通的家更远了。孩子也一天天长大，为了多陪陪女儿，谭雪晶每两个月回一次昭通。当时，因路途遥远，路上来回得花去 4 天时间，第一天从乌东德坐电站的班车到昆明，第二天才坐班车到昭通，从昭通回乌东德也得先回到昆明住一晚，第二天才回到乌东德。

　　说到昆明去乌东德的道路之艰，谭雪晶有说不完的话。

　　乌东德坝址所在地，位于昆明市禄劝县大松树乡境内。

　　电站修建之前，当地只有几十户人家，因交通不便，当地村民到撒营盘镇赶集要一天时间。传说，撒营盘镇当年是吴三桂练兵的地方，因此得名。后来乌东德电站营地建起之后，人们就习惯性地把营地叫作新村。从昆明到乌东德，得先经过禄劝县，电站专用公路没修好前，从撒营盘的崇山峻岭间走老路，要翻越两座接天连云的大山。

谭雪晶说："当年记忆最深刻的就是坐车难。不堵车的情况下，从乌东德到昆明要 7 个小时，到县城要 6 个小时，到四川凉山州会东县城要 3 个小时。每次翻越海拔最高点骆驼背，我都会晕车，吐得翻江倒海，像害了一场大病。有时，真想一进电站就不出来，一出来就不想再进电站。"

因为乌东德电站的修建，金沙江两岸的专用公路也在紧锣密鼓建设中，2016 年 8 月，经过昼夜奋战，从撒营盘镇半角至新村 28.4 公里的公路修通后，原本要翻越骆驼背高峰，现在因为三条隧道的贯通，大大缩短了车程，当地村民到撒营盘镇只要 2 个小时，到禄劝县城只要 3 个小时，到昆明只要 4 个小时。到四川凉山州会东县城只要 1 个小时。

乌东德，这个名不见经传的小地方，一个藏在金沙江岸边闭塞的弹丸之地，因为一座超级水电站的修建，因为一条电站专用公路的建设，连通了世界。

说到在电站的生活起居，谭雪晶说："在乌东德工作期间，印象最深的，就是离城市太远，看个病啥的很困难。虽然营地有个坝区医院，但医疗条件、设施、技术都有限，身体稍微有点大的问题，都要去县城医院。营地坝区医院只能临时处理下民工的一些简单外伤。有一年暑假，我 6 岁的女儿得了急性中耳炎，半夜疼得哭天喊地，我急忙带到坝区医院，医生说建议送四川凉山州会东县城治疗，但得要一个多小时的车程。如果到昆明市禄劝县城要三个多小时的车程。当时觉得实在不方便送，请求医生想想办法，医生说建议用大人的药，减少一点剂量给孩子输液。没办法，我也只能冒险试试了。还好，输了一个星期的液，孩子病情终于好转，悬着的心，才终于放了下来。不然的话，我又要上班，又要送女儿到会东县，既折腾，还耽误工作。"

除了就医困难以外，谭雪晶说，由于离城市太远，购买生活物资极不方便，也是困扰电站员工的一大难题。

"每一次回家休假，从昆明回电站时，每个员工都得大包小包地带生活物资进山，尤其带小孩子的，啥吃穿用度，都要带进去。乌东德气候炎热，不分春夏秋冬，只有旱季和雨季，旱季两三个月不下雨，最热时每天都是38、39摄氏度，因此，当地的肉质不新鲜是个常态。肉质食品，我们一般都是从昆明带去。"从谭雪晶的讲述中，笔者似乎已经感受到了扑面而来的热浪。

乌东德地处风口，一到旱季，风特别大，员工们常常打趣说，他们从不做发型，因为大风一来，啥发型都被吹乱成鸡窝。

"最苦的还是施工现场的民工和那些搞项目管理的小伙子们，有的常年在地下厂房工作，在山洞里，空气不好，一年见不到几天阳光。负责大坝工程管理的小伙们，每天要守在大坝上监督施工过程，顶着大太阳，在高温下劳作，或者冒着风雨，加班加点工作，晚上回到办公室，还要处理文字资料及内业工作。

"还好，三峡公司的劳动保护做得好，夏天，食堂每天都配有绿豆汤给工程管理人员解暑。凡是参与建设的施工单位，都要配足够的绿豆，每天吃完饭都要给员工们喝上一碗绿豆汤。"说到这绿豆汤，谭雪晶下意识地咂了下嘴，仿佛眼前就摆着一碗诱人的绿豆汤。

说到电站员工的生活，谭雪晶说："我们在电站工作的很多年轻人，大多是研究生，都挺优秀的，但是长年在山里工作，和外界接触太少，找对象就成了老大难问题。"

"对我来说，最苦恼的还是带不着孩子。老公经常下县检查，都是老人带。就担心我不在身边，影响孩子的成长。"一提到孩子，谭雪晶的脸上就会掠过一缕愁云。

虽然离开了乌东德电站，但是在电站工作7年的点点滴滴，如电影镜头一样常常泛起。谭雪晶说："因为平时带不着孩子，所以一到寒暑假，职工都把孩子带到营地上，做完作业就带孩子们在球场上打球，或者到泳池游泳。我女儿最爱到野外捉蜻蜓了，觉得很有乐趣。电站上的同事们很好，一下班就带着孩子们玩，还会带小孩子们去买雪糕消暑。"

谭雪晶还饶有兴致地说："每年暑假夏令营，团委都会组织职工的小孩子普及电站的科技知识、安全和消防知识。还会组织孩子们看金沙江特有的鱼苗，参观鱼类增殖站，让小孩子们知道小鱼苗是如何繁育出来的，长大后又是如何放流到金沙江中的。孩子们可高兴了，不仅增长了知识，增强了环保意识，还觉得挺开心快乐。"

说到在电站上工作的这些生活片段，谭雪晶感慨万千："我常常在想一个问题，为什么我一个女人能坚持在山沟里的电站待15年，想想还是因为身边的人都是来自重点大学，普遍素质高，虽然环境条件差一点，但周边人的环境很好，我常常在同事们身上看到一种精神的力量。跟同事相处比较舒服，领导对我的工作也十分关心，人与人之间互相帮助，这一点，让我看到了一个不一样的集体，一个为大国重器无怨无悔奉献青春的集体，让我的精神很愉悦。尤其当看到中央电视台报道溪洛渡、乌东德、白鹤滩电站正式投产发电的报道时，我感觉自己特别自豪，觉得自己参与了国家重点工程的建设，岗位虽然平凡，但输出的每一度电，都有我的一份付出，尽管微不足道，但很自豪。"

谭雪晶的女儿张语冰，是个典型的"电站宝贝"，几乎每一个寒暑假，她都会跟随妈妈来到电站，这个11岁的小女孩，说起电站的生活，还身临其境。她说："让我印象最深刻的是，每天看着那些在工地上施工的叔叔们，身上穿着工作服，全身都是灰，回来第一件事就是去洗手间洗手，我就觉得他们特辛苦，也特了不起，很心疼他们。"

"长大了我要去乌东德工作。"这句话不经意间从张语冰的口里说出来，没有一点别扭和做作，从她的眸子里，透出的是坚定、是纯粹。是的，乌东德所有的美好，都留在了像张语冰这群"电站宝贝"的童年记忆中。

事实上，在山沟沟里工作了 15 年的谭雪晶，早已经习惯了江边的生活，早已认同了自己是一名水利人的身份。她说："从实现人生价值来说，我更愿意留在电站工作，觉得参与超级水电站的建设很有荣誉感。这 15 年来，在我所学专业不对口的情况下，三峡公司给我提供了奉献的平台和机会，亲眼见证了几个重大水电工程的建设，备感骄傲，还很愿意一辈子从事水电建设工作。"

锲而舍之，朽木不折；锲而不舍，金石可镂。

采访中得知，2021 年，乌东德水电站持续安全稳定运行，全年发电量突破 389.1 亿千瓦时，达到多年平均发电量设计值，源源不断的清洁电能送往南方电网，发挥了巨大的发电效益，助力粤港澳大湾区等地高质量发展。

乌东德水电站是实施"西电东送"的国家重大工程，电站装机规模 1020 万千瓦，共安装 12 台单机容量 85 万千瓦水轮发电机组，年平均发电量 389.1 亿千瓦时。专家介绍，389.1 亿千瓦时绿色电能，可替代大量化石燃料，每年可减少标准煤消耗量 1186 万吨，可减少二氧化碳 3239 万吨，相当于种植 8.5 万公顷的阔叶林，不仅可缓解受电地区能源短缺局面，还能大幅减轻环境污染。

乌东德水电站全面建成投产后，成为南方电网供电范围内调管的最大电站。南方电网总调方式处经理助理刘春晓说："随着南方电网昆柳龙直流工程全面投产，大幅增加了西电外送能力，最大送电能力达 5800 万千瓦。乌东德水电站的清洁电能源源不断送往粤港澳大湾区，为大湾区经济社会发展提供有力的能源保障。"

2021 年是乌东德水电站全部机组投产发电收官之年，也是电厂全面接管电力设备设施的关键之年，在"边接管、边运行、边检修"的复杂生产形势下，乌东德电厂坚持精益运行、精心维护，12 台机组实现"首稳百日"目标。

乌东德电厂厂长王金涛表示，乌东德水电站 2021 年发电量突破 389.1 亿千瓦时，当年投产就达到设计多年平均发电量，截至 2021 年 12 月 30 日，总发电量超过 523 亿千瓦时，这是科学设计、科学管理、精心运行的结果。作为世界最大清洁能源走廊上的骨干工程，乌东德水电站发电效益巨大，未来将对我国实现"双碳"目标做出更重要的贡献。

乌东德水电站还具有机组单机容量大、运行水头高等特点。2021 年迎峰度夏期间，乌东德电厂合理安排低谷消缺，12 台机组汛期满负荷运行 750 小时，创下单月发电量 73 亿千瓦时的成绩。进入冬季，乌东德电厂落实迎峰度冬保供相关举措，全力确保电力安全生产形势平稳和电力可靠供应，提前 27 天完成年度发电任务。

目前，乌东德水电站大坝、地厂等水工建筑物各项监测指标正常，优于设计要求，泄洪设施经历泄洪检验，质量优良，全部 12 台机组运行稳定可靠，实现了精品工程目标。

巍巍乌蒙，磅礴金沙。正是一代又一代水电人的无私坚守，智慧融合，才铸就了金沙江下游四道大坝如彩虹般绚丽崛起，创造了无愧于时代的世界奇迹。

纵观历史，人类的伟大之处，在于怀有积极的、健康的、伟大的梦想，并以极大的热情，用勤劳的双手创造美好的生活，用积极的行动改变来日之世界，用智慧的头脑创造旷世之未来，在平凡中创造伟大，在伟大中创造奇迹。向家坝、溪洛渡、白鹤滩、乌东德四座超级水电站的成功崛起，便是奇迹中的奇迹，四道巨型大坝，将桀骜不驯的滚滚洪流驯服，让黄汤一样的江水变得清如明镜，将自然水能资源变成点亮中国大地的清洁电能资源，在不烧一块煤炭、一根木柴的情况下，实现自然资源的可再生利用，堪称史上经典案例。金沙江下游水电开发这一世界超级工程，必将载入史册，为后世称赞。

千百年来，金沙江这条奔腾东流的历史长河，波澜壮阔、跌宕起伏、纵横千里，浓缩成一个个千古神话，承载着两岸人民的百年梦想，在乌蒙群山的滋养下，正在孕育着一个个浴火重生、凤凰涅槃的传奇。

近10年来，笔者不停地穿梭在金沙江两岸的大山大水间，在肥沃的土壤里踏下深深的印迹，在厚重的大地上留下不可重复的合影，在纵深的峡谷里留下呼号呐喊的声音，在奔腾的大江之上投下长长的背影，向蓝天挥一挥手，向江河挥一挥手，在英雄的大地呼吸，在红色的沃土上行走，在移民的村寨和街巷驻留，倾听移民干部的心声，聆听老人的移民故事。真诚一直伴随着，感动一直伴随着，泪水一直伴随着，欢笑也一直伴随着。

不指望金沙江两岸的山川能记住记录者的容颜，不指望江河能记住行走的脚步，但定要铭记金沙江的青春、历史，记住辉煌和辉煌背后那些悲壮的别离。我们用心灵去感受金沙江呼吸的同时，也在感受着翻江倒海的涛声。当纵横交错的大山，为我们铸起巨大的生命屏障之时，也在悄无声息地铸造着磅礴与伟大，更铸就了移民群众用无疆大爱书写的、震撼天地的辛酸移民史。

移民，他们的心中怀揣一个小小的家，那是他们赖以栖身的小家，他们的心中还怀揣一个天大的家，那是每一个人心中固有的神圣的大家，这个家正是国家。为了国家，他们放弃小家，为了小家而建设国家，家国天下，就装在他们的心中。

哪怕将他们的祖坟掘起，将骨灰撒入江中，一样割舍不了家和国在心中的地位，他们在祖坟前哭泣，在心中祭祀和缅怀，但决不会丢弃神圣的信仰和梦想，在生活面前，在前进的路上，他们永远是铁骨铮铮的大山的子民。

大山，可以阻挡江河流向，却阻挡不了亲情的自然流淌；眼前的迷茫和困惑可以阻碍亲朋好友间的交往，却割不断深入移民群众和移民干部骨髓深处的血脉相连。

大地是广阔的，山川是无边的，江河是久远的，亲情是博大的。爱永远大于人世间的一切，维系着人类至高无上的精神追求。千百年来，在金沙江两岸的土地上，他们本是同根生，本是一家人，共同在这方土地上耕种，奋斗，努力，打拼，共同抗争，共同享受大山带来的恩赐，大地带来的丰收，大江带来的润泽，共同经历风雨，在同一片蓝天下期盼，共圆一个伟大的百年梦想，就这样一步一步拉近关系，打通血脉，疏通亲情，创造家园，造就历史，这一步步一走就是几千年，这个时间，足以把心焐热，将爱融化。

上架建议：纪实文学

ISBN 978-7-5212-2258-6

9 787521 222586 >

定价：54.00元